hommes et océans

Photo de couverture : © Pierre Minier

BP 177 - 38008 Grenoble Cédex

ISBN : 2.7234.2513.4
Dépôt légal : X 1997

POSSIBLES
REVES

Dans la même collection : Hommes et Océans

Yves Pestel - *Cap à l'Ouest, des sagas au blues*
Patrick Mouton - *Les Héritiers de Neptune*
Léonid Kameneff - *Les Enfants de l'Amiral Colomb*
Jean Puiseux - *Altitude et longitudes, ou le fauteuil flottant*
Jean-Michel Barrault - *Mer Bonheur*
Danièle Romatet - *Retour d'Océan*
Jean-Paul Ollivier - *Les Filets bleus*
Guillaume Hezez - *Odyssée en mer rouge*
Yves Jacob - *Heloa, la passagère clandestine*
Patrick Mouton - *Le Passager de* la Lune

CATHERINE CHABAUD

POSSIBLES REVES

Glénat

A Suzanne, ma mère,
A Jean, mon père,
A Dominique, Jean-Frédéric et Gilles,
A Thierry,
A Anne, Frédo,
et tous ceux qui m'ont accompagnée
sur ce tour du monde,

A tous ceux qui rêvent.

Vent, Mer, Bateau et Voiles,
un tout compact et diffus,
sans commencement ni fin,
partie et tout de l'univers,
mon univers à moi, bien à moi.

La longue Route, Bernard Moitessier

PRÉFACE

La Chabaud voulait faire le tour du monde. Ou plutôt le tour de la mer. Sans le dire, même aux plus proches, car elle a sa pudeur, elle ne pensait qu'à ça. On ne la comprenait pas toujours. Pis, on la sous-estimait. Comment ? Une femme, une de plus, sans pedigree au long cours, qui taquine l'eau et fait la journaliste, une femme dans la course autour du monde qui aligne les meilleurs marins et les plus fines coques ?

C'est une farouche, la Chabaud, derrière son air rigolard et ses grands gestes généreux. Une acharnée. Capable de passer d'un désordre enfantin à la méticulosité la plus extrême, d'une indécision confondante sur ce qui l'indiffère à une volonté d'airain sur l'essentiel. Et l'essentiel, pour elle, c'est la mer. La mer qui la possède depuis l'enfance. La mer qui nourrit sa passion, ses engagements, ses affections. La mer qui vaut communion, où se fondent comme autant de solitudes le don de soi et le besoin d'infini.

La Chabaud a fait le tour du monde. Ou plutôt le tour de la mer. Mine de rien, prenant aux tripes tous ceux qui l'aiment, tenant en haleine les fondus de voile et les amateurs de courage, elle a bouclé entre novembre 96 et mars 97 son Vendée Globe et elle est ainsi devenue la première femme à réussir en solitaire sans escale et en course un tour du monde à la voile.

Cet exploit, elle nous le raconte à sa manière, comme elle est, comme on l'aime, sans esbroufe ni artifices, sans rodomontades sportives, sans effets de manche, de style, de muscle ou de forfanterie vélique. Elle dit la pulsion qui la pousse, le besoin de faire retraite comme dans un monastère, le besoin de simplicité et d'harmonie qu'on ne trouve qu'au large, et aussi, au fil des semaines, la lassitude des émotions trop fortes. Elle décrit l'enchaînement des gestes, le travail sur soi, sur son corps. Elle explique, jour après jour, le duo avec son bateau, le duel avec l'océan, les moments de béatitude et de découragement, et même une histoire d'amour avec Bernard, l'albatros, qu'elle nomme comme Moitessier. Elle exprime le besoin des autres, la fraternité qui la relie comme un filet à ses camarades de course, Isabelle Autissier, Pete Goss, Raphaël Dinelli. Elle prouve l'extraordinaire importance de l'équipe au sol, ceux qui l'ont préparée en même temps que le bateau, ceux qui ont empaqueté les petits plats et caché les cadeaux-surprise, ceux qui la conseillent à distance, ceux qui la tiennent et la soutiennent à force d'amour et de sollicitude, ses parents bien sûr, sa famille, mais aussi la Combier et le Fredo et tous les autres qu'elle nomme et qui l'aideront, ensuite, à remettre pied à terre.

La Chabaud a fait le tour du monde, et le tour de la mer. Elle a aussi fait le tour d'elle-même. On comprend mieux comment par son exploit, par son courage, derrière son grand rire, ses grands gestes et sa pudeur intacte, elle nous a offert, et elle nous le livre ici, un formidable élan d'amour.

Christine Ockrent

Préambule

« Une vieille légende hindoue raconte qu'il y eut un temps où tous les hommes étaient des dieux. Mais ils abusèrent tellement de leur divinité, que Brahma, le maître des dieux, décida de leur ôter le pouvoir divin et de le cacher à un endroit où il leur serait impossible de le retrouver. Le grand problème fut donc de lui trouver une cachette.

Lorsque les dieux mineurs furent convoqués à un conseil pour résoudre ce problème, ils proposèrent ceci : "Enterrons la divinité de l'homme dans la terre". Mais Brahma répondit : "Non, cela ne suffit pas, car l'homme creusera et la retrouvera".

Alors les dieux répliquèrent : "Dans ce cas, jetons la divinité dans le plus profond des océans."

Mais Brahma répondit de nouveau : "Non, car tôt ou tard, l'homme explorera les profondeurs de tous les océans et il est certain qu'un jour, il la retrouvera et la remontera à la surface."

Alors les dieux mineurs conclurent : "Nous ne savons pas où la cacher car il ne semble pas exister sur terre ou dans la mer d'endroit que l'homme ne puisse atteindre un jour."

Alors Brahma dit : "Voici ce que nous ferons de la divinité de l'homme : nous la cacherons au plus profond de lui-même, car c'est le seul endroit où il ne pensera jamais à chercher."

Depuis ce temps-là, conclut la légende, l'homme a fait le

tour de la terre, il a exploré, escaladé, plongé et creusé, à la recherche de quelque chose qui se trouve en lui. »

C'est un peu l'histoire de mon tour du monde : j'avais envie de mer, de voile, de solitude, d'aventure autant que de compétition, et j'ai découvert bien d'autres richesses. Mais comme le révèle la légende, il n'est pas nécessaire de boucler le tour de la planète pour vivre "son Vendée Globe". Cette histoire pourrait être la vôtre, si vous aviez choisi la mer…

1re Partie

HARMONIE

Lundi 7 octobre - 16 heures 45 -
Au large des côtes bretonnes

Besoin d'écrire. Dois-je regretter mon coup de tête, ma "bonne bêtise", ma folie diront certains ? Je ne me raisonne plus. Quelle est cette angoisse qui m'indispose : l'appréhension du Sud, du froid, de la mer, des icebergs et des growlers, de la casse dans la tempête ? La perspective de passer quatre mois enfermée dans ce bateau que je découvre à peine et que je n'aimerai peut-être pas ? Quelle est cette force qui m'a habitée ces quinze derniers jours et qui m'a propulsée en plein cœur du golfe de Gascogne pour accomplir à la hâte un parcours qualificatif indispensable ? D'où m'est venue cette arrogance, cette certitude que j'étais mûre, qu'il n'était pas nécessaire d'attendre quatre ans de plus, qu'il fallait y aller maintenant ? Où est-elle aujourd'hui cette certitude ? Est-ce l'intuition que je sens au fond de moi ? Oh ! comme j'envie celle que j'étais durant ces quelques jours, capable de déplacer des montagnes et de changer le cours de ma vie ! Comme je voudrais chasser le doute qui s'est immiscé face à la réalité de la mer !

J'ai besoin d'écrire, de poser là mes peurs, d'identifier mon trouble, de donner un nom à cette inquiétude viscérale. C'est peut-être la plus folle, la plus violente, mais la plus belle décision de ma vie et je ne la regrette pas. Ce que je crains aujourd'hui, c'est d'oublier quelque chose. Comment penser à tout en cinq semaines, alors que d'autres se préparent depuis des mois ? Mais surtout, je prends conscience que je n'aurai plus que quelques jours, quelques heures, pour profiter de ceux que j'aime. Dans moins d'un mois, je larguerai les amarres pour un long, très long voyage, et peut-être pour la dernière fois...

Mais pourquoi ai-je tellement envie de partir dans cette aventure extrême, d'accomplir le tour du monde seule ? Il y a tout ce à quoi le marin en moi aspire : la grande course en solitaire, le Sud avec sa longue houle, ses icebergs, ses aurores australes, ses albatros... Mais il y a autre chose de plus intime, le besoin de sentir souffler un grand coup de vent dans ma vie, de tourner une nouvelle page. A défaut de naviguer, j'avais envisagé un jeûne l'hiver prochain, une retraite dans un monastère, une virée dans le désert, une épreuve solitaire... L'idée me travaillait encore il n'y a pas si longtemps, peu avant cette incroyable journée, où j'ai décidé de prendre le chemin du monde...

... Ce 21 septembre, il pleut sur La Rochelle. Sans ce partenariat d'Europe 2 avec le Grand Pavois, je ne serais pas venue, car je ressens encore la fatigue d'une saison bien chargée. A 16 heures, je rejoins un stand où l'on m'a conviée à un débat entre marins et public. Nous sommes quelques coureurs abrités sous une tente, face à une poignée de curieux restés sous la pluie. C'est cocasse, mais après tout, cela nous donne l'occasion de nous retrouver entre navigateurs, ce n'est pas désagréable. Jean-Luc Van den Heede – VDH pour les paresseux – est assis à mes côtés. Le grand barbu qui totalise quatre tours du monde en solitaire, dont deux sans escale, tient dans ses mains des documents qu'il roule et déroule machinalement tout en discutant. Par curiosité, je lui demande s'il a finalement trouvé un locataire pour son bateau, le yawl rouge effilé qui l'a conduit à la deuxième place du précédent Vendée Globe. Jean-Luc fait la moue :

– Le dernier en date vient de se désister et le premier intéressé me confirme qu'il ne courra pas le Vendée Globe pour des raisons professionnelles. D'ailleurs, tu vois ces papiers, c'est le contrat de location que j'allais lui envoyer.

– Parce qu'il y a encore des marins qui envisagent de louer un bateau maintenant, à peine plus d'un mois avant le départ ? ! Ce n'est pas très sérieux, tu ne crois pas ?

– Oh ! tu sais, mon bateau est prêt, il n'y a plus grand-chose à régler…

Le débat clos, nous nous réunissons sur le quai, pour une photo de famille. Jean-Luc se tient toujours à mes côtés. Entre deux sourires, je le questionne :

– Il n'y a pas grand-chose à mettre au point… mais encore ?

– Un jeu de voiles, un peu d'électricité, remettre du plomb dans la quille, mais c'est facile et j'ai tout ce qu'il faut… en plus il est assuré.

– Combien le loues-tu ?

Impossible de réprimer la question. Ces bateaux-là sont rarement à louer, surtout pour une course comme le Vendée Globe, l'opportunité est même unique. Le montant de la location n'est pas exorbitant.

Cela chemine vite dans ma tête. Ces derniers jours, je pensais à mon avenir : si nous ne courons pas la Whitbread (la Course autour du monde en équipage) en équipage féminin avec Challenge Océanes, je suis décidée à repartir dans un programme solitaire. Ce bateau disponible et pratiquement prêt, c'est un signe...

– On peut étudier le projet, pour voir ? Seulement l'étudier.

Jean-Luc m'emmène sur un stand et entame une présentation détaillée en répondant à mes questions. A mesure que le tableau se précise, mon envie, longtemps refoulée, s'éveille avec une acuité inégalée. Je sens comme un raz de marée sourdre en moi. L'excitation monte. Rester posée, lucide, surtout ne pas s'emballer. Mais pourquoi attendre quatre ans ? L'opportunité est là. Et cela devient une évidence : c'est bien ce Vendée Globe que je veux courir. Ma décision est prise.

J'élabore déjà un planning, estime un budget. Pour le compléter, il me faut un devis de voiles. Déjà, je quitte le stand et VDH et m'apprête à traverser les halls du Grand Pavois pour rejoindre celui de la voilerie *Incidences*. Mais je n'ai pas besoin d'aller jusque-là : je tombe sur le voilier, par hasard... Tentant de maîtriser mon excitation, je confie ma décision à Frédéric, m'enquiers s'il est encore temps de fabriquer un jeu de voiles en moins d'un mois, réclame le devis et sa totale discrétion. D'emblée, le voilier m'assure qu'il est prêt à suivre. Le salon ne va pas tarder à fermer ses portes, il m'emmènera dans quelques instants. Je ressors au grand air, mes idées ont besoin de respirer. Soudain, mon regard est attiré vers le ciel :

incroyable, un vol de cygnes ! Je n'en ai jamais vu svoler. Je croise alors Gildas Flahault, dont j'apprécie autant la poésie que la peinture, et lui raconte cette apparition soudaine.

– Dans quelle direction allaient-ils ?

– Vers le Sud.

– Alors c'est bon signe. Suis donc les cygnes, Chabaud !...

Mon cœur bat la chamade. Jean-Luc, Frédéric, les cygnes, Gildas... tous par hasard sur ma route... Il ne s'est pas passé plus de deux heures !

Je rejoins Frédéric et nous quittons le port des Minimes pour la voilerie. Dans la voiture, je pense tout haut :

– Il faut absolument que j'appelle Jeantot.

– Il est venu au salon aujourd'hui, me lance Frédéric, mais il a dû repartir aux Sables d'Olonne.

Le créateur du Vendée Globe connaît mon désir de participer à sa course depuis plusieurs années. Il y a quinze jours, il m'appelait dans ma petite maison de Locmariaquer. Mais j'avais alors décidé de remettre ce projet à l'an 2000, faute de bateau, faute de sponsor, faute de temps. A tout hasard, il m'informait pourtant de la disponibilité du bateau de Jean-Luc et ne paraissait pas inquiété outre mesure par une préparation de dernière minute, compte tenu des milles que j'avais accumulés dans l'année. Malgré tout, je résistais aux sirènes. Jusque-là, les opérations commando – ma réputation – m'avaient permis de concrétiser plusieurs projets. Mais je souhaitais mettre un terme à ce fonctionnement afin de courir dans de meilleures conditions. Quelle que fût mon envie de partir, la méthode n'était pas raisonnable pour un tour du monde. J'en restai là avec Philippe, l'assurant de ma présence pour saluer le départ et sans doute à l'occasion des vacations avec les coureurs...

Je repense à cette conversation quand soudain, sur le trottoir de gauche, je remarque une silhouette familière, blazer et attaché-case.

– Regarde cet homme, on dirait Philippe !

– Non, ce n'est pas lui, objecte Frédéric, Jeantot est moins baraqué !

– Je suis sûre que c'est lui !

Comme nous arrivons à sa hauteur, je reconnais les moustaches.

– Arrête-toi n'importe où, je veux lui parler !

Frédéric se gare, je cours vers Philippe et l'interpelle. Très vite, je lui résume la situation, aussi calmement que possible. Le regard de Jeantot s'illumine : bien sûr, l'engagement de deux femmes dans le Vendée Globe n'est pas pour lui déplaire, mais je le sens interloqué par cette décision soudaine. J'en viens vite à l'essentiel : ai-je encore le temps de boucler mon parcours qualificatif de 2 000 milles ? Quand dois-je arriver aux Sables ? Nous passons en revue les modalités d'inscription et les obligations avant le départ. Estimant qu'il me faut au moins une semaine pour convaincre mes partenaires et réunir une équipe, nous concluons que je dois partir au plus tard le 1er octobre. L'idée de prendre la mer pendant plus d'une semaine, alors qu'il n'y aura pas un jour de trop pour préparer le bateau et que je passerai ensuite tout l'hiver sur l'eau, ne me réjouit pas. Mais je n'ai pas le choix. Au-delà de la formalité, cette "qualif" est indispensable pour m'aider à prendre rapidement la machine en main.

En quittant Philippe pour rejoindre la voilerie, je suis soulagée : après tout, le marin – qui a bouclé quatre tours du monde en solitaire – aurait pu freiner mon emportement, même si l'organisateur y perçoit l'intérêt médiatique. Sa réaction, que je sais lucide, me conforte dans ma décision.

Il en est deux autres dont l'avis m'importe, deux marins qui me connaissent bien et sont capables de juger mon choix. Halvard Mabire et Lionel Lemonchois seraient les seuls à pouvoir me convaincre de renoncer.

Halvard est aussi qualifié pour jauger la qualité d'un bateau (simple, fiable et robuste) qu'il est bon marin ; Lionel conjugue talents de navigateur, de constructeur et de préparateur, c'est lui qui a préparé le bateau sur lequel j'ai navigué toute la saison, il me connaît bien. Tous deux s'amusent d'une nouvelle opération commando de la Chabaud, me trouvent « un peu gonflée ce coup-là », mais ne crient pas à la folie. Lionel est prêt à me suivre...

Je passe la soirée dans ma chambre d'hôtel à échafauder un budget. Dès le lendemain matin, je file aux Sables d'Olonne. Christian, un ancien préparateur de Van den Heede, me présente le bateau. Je prends des notes et mesure un peu mieux l'ampleur du travail à effectuer (forcément, je rallonge la liste de VDH). Le premier contact avec le bateau est froid, il reste encore des traces du précédent locataire qui vient juste de le ramener à son port d'attache. Mais je ne m'arrête pas à cette impression, je sais que nous allons nous apprivoiser : je décide toujours d'aimer un bateau a priori, pour avoir une chance d'en être aimée. Un peu comme avec les gens : je ne veux pas juger sans connaître. D'expérience, je sais qu'il faut accorder du temps à cette rencontre, et de l'espace aussi. Je ne me sentirai bien que lorsque mon corps aura appris à évoluer avec cette coque, lorsqu'elle aura imprimé son mouvement dans mes sens. Il faudra sans doute plusieurs semaines de vie commune avant de découvrir l'harmonie.

De retour à La Rochelle, j'affine le budget, précise le planning, pose un nom face à chacune des tâches nécessaires pour un départ le 3 novembre.

J'aborde alors la deuxième étape de l'entreprise, plus délicate : annoncer ma décision à l'équipe avec laquelle j'ai mené des aventures en équipage et en solitaire. Première douche froide : Anne Combier, sur qui je compte pour coordonner cette opération commando, refuse de me suivre : « Trop fou, trop risqué, trop de responsabilités. » Pourtant je ne désarme pas. Anne est quelqu'un de réfléchi, fuyant l'amateurisme et les opérations hasardeuses. Elle est pragmatique et en même temps capable de prendre et d'assumer des risques. Enfin, Anne est une amie. Ses talents conjugués à ceux de Frédéric Léonard et Anne Raoult de l'agence Hickory avec laquelle nous travaillons depuis deux ans, sont un gage de réussite.

Du lundi 23 au vendredi 27 septembre, j'avance mes pions les uns après les autres. Jonglant avec des engagements que je ne peux annuler, mais que je réussis à écourter, je profite de quelques pauses pour contacter des sponsors… depuis une cabine téléphonique du port des Minimes !

Chez Whirlpool, partenaire de la première heure

depuis la Mini-Transat 91, la réponse n'est pas négative. Je connais leur capacité, si rare de nos jours, à prendre une décision rapidement. Amaury Finaz de Villaine, directeur de la communication marketing, me convie à un rendez-vous le lendemain. Chez Europe 2, mon “employeur” et partenaire média, Laurent-Yves Giloux, mon rédacteur en chef, semble séduit ; Guy Banville, le directeur de la communication et des programmes, sourit en m'affirmant que la station va m'aider à concrétiser “ma bonne folie”. Aux uns comme aux autres je fixe une échéance pour la réponse : vendredi soir. Au-delà il sera trop tard pour effectuer mon parcours qualificatif. S'ensuivent des rendez-vous, des tractations, entre partenaires, avec mon équipe... Après avoir étudié la question, Anne est finalement décidée à me suivre : elle sait que j'ai besoin d'elle et ne veut pas me laisser seule.

Je contacte alors tous les acteurs que je souhaite réunir au sein de l'équipe technique : après Lionel, qui va s'occuper de l'accastillage (équipement du pont), du gréement et coordonner les travaux, j'appelle Olivier Wroczynski, spécialisé en tout, mais surtout en électronique ; Christian Pollet, dit “Spok” (à cause de ses jolies oreilles ?), cameraman de métier, électronicien de formation (je ne le connais pas, mais il m'est chaudement recommandé par le propriétaire barbu, il a déjà travaillé sur ce bateau et ils ne seront pas trop de deux pour le préparer) ; Hubert Desjoyeaux, du chantier CDK, constructeur, qui devra réceptionner le bateau à Port-La-Forêt pour le gros œuvre de la coque, du pont (réparations, nettoyage et marquage) et de la quille (dans laquelle VDH veut rajouter du plomb) ; Hélène Attié, une amie de longue date, monteuse vidéo professionnelle, cuisinière remarquable, elle possède de bonnes notions de diététique et sera chargée de préparer 140 jours de nourriture... ; et bien sûr, Jean-Luc Van den Heede, prêt à nous aider dans cette préparation express. Ils sont tous dans les starting-blocks.

Vendredi soir, 18 heures, je pousse la porte de ma petite maison de Locmariaquer. Je régatais aujourd'hui en baie de Quiberon. Je pose mon sac quand le téléphone sonne : « Catherine ? C'est Amaury. J'ai une mauvaise nouvelle pour toi... »

Je manque de m'effondrer. « ... Nous allons te suivre ! »

Pour le coup, je m'effondre complètement, liquéfiée, tremblante de bonheur, et prenant dans le même temps la mesure de ma décision. Je respire profondément et me ressaisis. Amaury a trouvé un accord avec mes partenaires média, mais aussi avec mon équipe : « Je sais que tu as besoin d'eux et nous aussi. » Il a également interrogé Loïck Peyron – qu'il connaît – afin de recueillir son point de vue sur mon bateau et mon aptitude à me lancer dans ce tour du monde. Je ne sais ce que Loïck lui a dit, mais je l'en bénis.

Il ne s'est pas passé une semaine entre ma décision et sa validation par l'engagement de mes partenaires. L'énergie qui m'habite depuis samedi dernier ne m'a pas quittée, elle a décuplé. Dans les minutes qui suivent, je répands la nouvelle au sein du petit commando de préparateurs, à qui je donne rendez-vous lundi aux Sables d'Olonne. Enfin, j'appelle mes parents pour les prévenir. Jusque-là, il n'était pas nécessaire de les inquiéter inutilement. Je redoute leur réaction, mais vais être bien surprise : « Oh ! C'est superbe ! Que nous sommes heureux pour toi ! Tu vas pouvoir réaliser ton rêve. »

Quel soulagement ! Quelle famille admirable ! Je leur dois tant dans la concrétisation de mes objectifs ! Ils savent que c'est ma vie et ils ne m'ont jamais chargée de leur angoisse quand je largue les amarres. Pourtant cela ne doit pas être facile. Si j'étais mère, serais-je aussi respectueuse des engagements de mes enfants ?...

Durant le week-end, je prépare des listes de travail pour chacun et mon sac pour plus d'une semaine de mer. Je les retrouve tous aux Sables d'Olonne le lundi. Nous prenons le temps de faire le point. J'écoute leurs suggestions et m'en remets à leur professionnalisme.

Quand je prends la mer, le mardi soir, chacun repart avec du matériel à réviser, des commandes à passer. Je m'éloigne confiante vers le large. Dehors, l'océan est cassant, le vent souffle à plus de 30 nœuds. Dans la nuit, il monte jusqu'à 45 nœuds. Mon premier tête-à-tête avec la fusée rouge est agité, humide et nauséeux. Mais je ne suis pas mécontente de rentrer dans le vif du sujet, même avec violence.

... C'était il y a une semaine, à peine. Depuis, je tire de longs bords, teste le bateau sous toutes les allures. Ce matin, au portant, sous la pluie, je pensais à la neige que je vais sans doute rencontrer dans le Sud. Et puis, tout à l'heure, j'ai connu une grande émotion : j'ai d'abord perçu un son très aigu au travers de la coque. J'ai tout de suite pensé aux dauphins. Je suis sortie sur le pont : ils n'étaient pas dix ou vingt comme à l'accoutumée, mais près d'une centaine aux abords du bateau. Je n'en avais jamais vu autant, comme s'ils venaient fêter mon départ et me charger de leurs messages pour leurs frères du Grand Sud...

Mercredi 30 octobre - Les Sables d'Olonne

Nous sommes à trois jours du départ. Jusque-là, tout s'est enchaîné sans accroc : la fin de mon parcours qualificatif, le séjour au chantier CDK, le convoyage de Port-La-Forêt aux Sables en compagnie du Grand Barbu qui me transmet un concentré de son expérience, la poursuite des préparatifs aux Sables... Et puis ce matin, le ciel me tombe sur la tête. Jean-Yves Chauve me convoque dans son local médical. Jean-Yves est notre médecin à tous, les coureurs d'océans. Depuis des années, il accompagne en mer ou depuis son cabinet tous les marins en course, et notamment les solitaires. Nous lui devons l'efficacité de notre pharmacie et la tranquillité – relative – avec laquelle nous partons, car en cas de problème grave, Jean-Yves est au bout du fil ou du fax pour nous guider. Lors du précédent Vendée Globe, il a ainsi aidé Bertrand de Broc à recoudre sa propre langue...

... D'ordinaire souriant, Jean-Yves est grave ce matin. Je sens qu'il cherche les mots. Ses yeux d'abord fuyants finissent par se fixer sur les miens : « Catherine, j'ai hésité, mais il est de ma responsabilité de te le dire : je ne peux pas te laisser partir. Ton épaule, c'est beaucoup plus grave que ce que je pensais... »

Foudroyée, je cherche une chaise, de l'air, ma gorge se serre. Ce que je redoutais et avais occulté de mon esprit retombe comme un couperet.

« J'ai appelé l'orthopédiste que tu as consulté : il

pense que c'est de la folie de partir dans le Sud. Jusqu'à présent, tu as souffert sans doute de sub-luxations ; ta chute au ski, ton épaule qui semblait se déboîter pendant l'Europe 1 Star... La prochaine fois, il y a de grands risques que tu te luxes l'épaule pour de bon. Seule, tu n'arriverais sans doute pas à la réduire. Si dans les quatre heures personne n'intervient, tes nerfs vont rester coincés et tu vas perdre ton bras. Je sais que ce que je t'annonce est épouvantable, mais c'est mon devoir de te dire la vérité... »

Je ne retiens plus mes larmes. Jusque-là, j'ai levé tous les obstacles les uns après les autres, mue par une détermination farouche. Je ne peux pas concevoir d'être stoppée dans ma course pour une raison de santé. En janvier, je suis tombée, presque à l'arrêt, en m'essayant au surf des neiges. J'ai eu l'impression de me luxer l'épaule, qui s'est toutefois aussitôt remise en place. Après des séances de rééducation et de musculation, j'ai repris la mer, confiante. Pendant la Transat anglaise en solitaire, en juin, j'ai à nouveau souffert d'un déplacement. Mais cela ne m'a pas empêchée de poursuivre : par la suite, l'épaule bandée, j'ai pu manœuvrer sans trop de douleur. En prenant ma décision, le 21 septembre, ma seule retenue était cette faiblesse physique que je ne pouvais totalement oblitérer. Mais je l'avais déjà affrontée en mer et le handicap ne me paraissait pas insurmontable. Par acquit de conscience, j'ai consulté un orthopédiste : il n'a pas été très favorable à un périple solitaire loin de tout secours et m'a mise en garde, sans plus d'insistance. Mais peut-être ai-je interprété ses propos comme cela m'arrangeait... Le choix m'appartenait de prendre le risque.

Anne et Renaud Gaultier sont à mes côtés quand s'abat la sentence de Jean-Yves Chauve. Ensemble, nous l'interrogeons, lui et son assistant, Pierre, sur les moyens dont je pourrais disposer à bord pour réduire la luxation. Je sais que pendant la Route du Rhum, en se suspendant à la bôme, Gerry Roufs a réussi à remettre son épaule en place, bien que cet accident soit plus douloureux chez les garçons, avec leur musculature plus développée. En revanche, Philippe Poupon qui a connu la même mésaventure dans le dernier Figaro a été contraint à l'abandon...

Comment accepter ? Comment me résigner ? La douleur du renoncement n'est-elle pas plus insupportable que la souffrance physique ?

En l'absence de solution raisonnable, nous voilà contraints d'imaginer un repli acceptable pour mes partenaires : je ne peux tout abandonner maintenant, je dois au moins prendre le départ. J'envisage un abandon avant l'entrée dans le Sud. Je négocie un demi-tour aux Canaries, mais Jean-Yves est catégorique : les risques sont aussi grands sitôt passé le golfe de Gascogne.

Bien sûr, je peux ignorer cette objection du médecin, mais ce serait de l'inconscience. Abordé sous tous les angles, le problème paraît insoluble. C'est Renaud Gaultier qui le reprend à la base : lui non plus ne se résout pas à mon abandon. Ici comme pendant la préparation de l'Europe 1 Star, il est à mes côtés. Mes doutes, mes interrogations, ce que je n'arrive pas à dire aux autres dans l'intensité d'une avant-course, c'est à lui que j'en parle. Il analyse avec calme et objectivité. On peut appeler cela un accompagnement mental, bien utile pour évacuer le stress. Il suggère une contre-expertise : peut-être toutes les causes de ces simili-luxations à répétition n'ont-elles pas été explorées. Je reste suspendue à cette lueur d'espoir.

Une demi-heure plus tard, Jean-Yves obtient un rendez-vous pour le lendemain, à l'hôpital de la Salpétrière à Paris. Anne annule tous les autres rendez-vous, arguant de raisons familiales pour justifier une absence des Sables à trois jours du départ...

Jeudi 31 octobre

Au service du professeur Saillan, c'est le docteur Stéphane Ramaré qui me reçoit : « Si j'ai bien compris, c'est de moi que dépend votre départ ? » Il observe mes radios, puis ausculte mon épaule, la manipulant longuement, comme s'il tentait de la déboîter. « Je n'ai pas l'impression que ce soit un problème d'instabilité. En revanche, votre tendon est très enflammé. Compte tenu de votre grande laxité, vous n'avez pas plus de risque avec l'épaule gauche qu'avec la droite. Et il conclut : Je pense que vous pouvez partir. »

Je bondis, je lui aurais volontiers sauté au cou pour l'embrasser. Il me signe une attestation. Poignée de mains... Nous quittons la Salpétrière en sautillant, hélons le premier taxi pour attraper le prochain TGV. La vie est belle !

Désormais, il faut oublier cet épisode, reprendre le fil de l'histoire là où elle a été interrompue, me reconcentrer sur cette préparation, sur le départ, sur le tour. Nous décidons de taire l'incident : je veux tourner la page, vite. Quand je retrouve mon équipe le soir même dans le petit appartement loué devant le phare de l'Armandèche, les morceaux ne sont pas vraiment recollés, j'accuse le contrecoup, je ne suis pas totalement remise. Je voudrais m'effondrer dans les bras de quelqu'un, que l'on me serre très fort, j'ai eu tellement peur de ne pas partir. L'équipe est à peine au courant et ne semble pas mesurer à quel point j'ai été ébranlée. Autour de moi, la vie continue. Alors, je sors regarder la mer : dans trois jours, je serai là-bas, au large et je ne reverrai pas ces côtes avant…

Dimanche 3 novembre - Les Sables d'Olonne

C'était il y a quatre ans. Ce dimanche 23 novembre 1992, j'arpentais les pontons bondés comme aujourd'hui. Je cherchais leur regard avant qu'ils larguent les amarres. Je m'attardai devant un bateau et un marin que l'on présentait comme les favoris, *Bagages Superior* et Alain Gautier, un joli duo devant lequel je me pris à rêver… moi toute seule sur ce bateau, au large… Après tout, cette histoire était peut-être bien pour moi, qui rêvais de tour du monde…

J'embarquai sur une vedette pour assister au départ. A mes côtés, un grand monsieur moustachu dont je venais de faire la connaissance, mais dont j'avais suivi le périple : Gérard Seibel avait appartenu à cet équipage de copains qui traversèrent l'Atlantique à la rame. Nous vécûmes ensemble les moments émouvants de la sortie du port, du coup de canon, de l'envolée de la flotte et des derniers adieux aux marins qui s'éloignaient vers le large. C'est à lui que je confiai mon ambition : « Dans quatre ans, je serai au départ du Vendée Globe avec un bateau. »

Que d'eau a coulé depuis ! Gérard est présent ce

matin, lui et bien d'autres amis et parents. Il m'a laissé une lettre, sur laquelle il a collé un trèfle à quatre feuilles. Elle a rejoint les nombreux messages que je lirai plus tard, en mer. Je sais déjà que je me les servirai au compte-gouttes, pour que dure le plaisir.

C'est donc l'heure des adieux. Ma famille et la plupart des membres de mon équipe doivent rejoindre Port-Bourgenay pour embarquer sur un bateau spectateur. Déjà. Ils sont les premiers à venir m'embrasser. Je serre maman bien fort dans mes bras, lui caresse le visage, m'emplis d'elle comme pour l'emporter avec moi. Sourire, ne pas pleurer, lui offrir mon bonheur et ma sérénité pour étouffer la douleur de la séparation. Je devine qu'au fond d'elle, elle chasse cette idée que, peut-être, elle me dit au revoir pour la dernière fois. Elle en appelle à l'humour et à la dérision pour refouler ses émotions et ne pas m'en charger : « Mets bien ton cache-nez ! » dit-elle en souriant. Mais j'ai mal, moi aussi. « Ne t'inquiète pas, je serai prudente. Tu sais comme je suis heureuse de partir... » Ne pas s'épancher trop longtemps, pour rester forte. Papa me prend dans ses bras à son tour. Il a toujours été pudique avec ses sentiments. Je sais qu'il veut taire sa nature inquiète, ne pas m'accabler lui non plus de sa propre douleur. Nous n'avons jamais connu une telle séparation, un arrachement physique que je ressens dans mes gènes. A cet instant, je perçois que, si je souffre d'une absence pendant mon tour, ce sont eux qui me manqueront. Et aussi ma sœur, Dominique, mes frères, Jean-Frédéric et Gilles, leurs enfants, ma famille de sang et de cœur. Celle de cœur tout court aussi, mes amis proches, Anne, Frédo, Anne, Renaud,

Hélène, Lionel, Olive, Spok, Juju, Jean-Luc... avec qui cette histoire noue des liens plus étroits, différents de ceux que nous avons connus jusqu'ici.

Puis c'est l'adieu aux petits copains qui vont m'accompagner sur cette longue route. Isabelle Autissier sera l'une des premières à larguer les amarres ; elle vient m'embrasser. A cet instant, un sentiment profond et nouveau nous lie. Les regards seuls trahissent l'émotion qui nous gagne. Les mots sobres disent l'essentiel : « Bon vent ! Fais-toi bien plaisir !... Sois prudente !... Gagne-la nous, cette course !... On prendra le temps de papoter, de se raconter des histoires de filles !... A tout à l'heure sur l'eau, et à plus tard sur les ondes ! »

A mon tour, j'arpente les pontons, à la recherche des têtes aux cheveux coupés ras de mes treize autres compagnons : Christophe Auguin, Bertrand de Broc, Thierry Dubois, Eric Dumont, Hervé Laurent, Didier Monduteguy, Yves Parlier, le Belge Patrick de Radiguès, le Canadien Gerry Roufs, le Hongrois Nandor Fa, les Anglais Tony Bullimore et Pete Goss, seul engagé sur un 50 pieds (15,24 mètres) plus petit donc que nos 60 pieds (18,28 mètres), et le pirate Raphaël Dinelli. A cet instant, je sens la course reléguée en arrière-plan, nous partons ensemble vers la même aventure. Qu'importe pour moi qui gagnera, l'essentiel est qu'ils soient prudents, tous, et qu'ils se fassent plaisir, que chacun profite pleinement de cette extraordinaire expérience que certains construisent depuis des années. Sans doute la pression n'est-elle pas la même pour tous. Plusieurs sont donnés favoris et possèdent une expérience propre à décrocher une victoire. D'autres, moins titrés, mais tout aussi pugnaces, font figure d'outsiders.

Moi, je sais pour quoi je pars : je n'ai pas un bateau pour gagner, mais pour boucler le tour. Même si cette année j'ai parcouru plus de milles que la plupart d'entre eux (10 000 milles sur la seule année 1996 avant le Globe), j'embarque plus pour l'aventure que pour la course. Je n'ai aucune pression, aucune obligation de résultat, mais une détermination colossale : je veux boucler le tour du monde sans m'arrêter.

Et je me sens légère ce matin, si légère ! Si ce n'était cette boule en travers de la gorge quand je croise les regards. Je n'ai jamais connu d'adieux d'une telle intensité. Tous ceux que je serre dans mes bras, que j'embrasse, me disent au revoir comme si c'était pour la dernière fois. Peut-être est-ce pour la dernière fois. Je n'y pense pas trop. Je me sens sereine, heureuse. Je cherche à m'imprégner de ce qui émane de tous, comme pour emporter un peu de chacun en moi.

Je n'ai jamais largué les amarres avec autant de bonheur. Je prends pourtant conscience que je ne descendrai pas de ce bateau avant près de 120 jours, mais je chasse vite cette perspective abstraite de mon esprit et regarde une dernière fois tous ces visages sur le ponton : ils sont souriants, mais graves. Je voudrais leur dire de ne pas avoir peur. J'irai au bout, je le sais. Debout dans le cockpit, je prends la barre et lâche enfin à voix haute, pour moi seule : « Je pars faire le tour du monde ! » C'est bien naïf, car je ne sais pas au juste ce que cela signifie, mais que c'est bon ! Je le dis comme un enfant qui crierait : « Je m'envole pour la planète Mars ! » ou tout simplement aussi : « Je pars faire le tour du monde ! » Seulement là, ce n'est plus un rêve, c'est une réalité, aussi incroyable qu'elle puisse me paraître.

Lionel et Spok sont demeurés avec moi. Dans le chenal, c'est le délire. Il y a quatre ans, j'étais là sur une vedette accompagnant la sortie d'Alain Gautier. Aujourd'hui, c'est moi qui pars ! Je les salue tous, j'applaudis avec eux et me laisse enivrer de ces derniers visages.

12 heures 45 – Spok et Lionel viennent de débarquer, précipitamment. En m'embrassant, ils cachaient mal leur émotion et moi la mienne : je n'ai pas l'habitude de voir Lionel ému. Désormais, je suis seule à bord, mais je suis déjà concentrée, le départ va être donné dans un quart d'heure. J'effectue les manœuvres sans précipitation, éludant de mes réflexions tout ce vers quoi je vais et que j'ignore. Je prends ce départ comme si je partais pour une transat – je n'ai pas d'autre référence. En coupant la ligne, je crie à nouveau pour moi, juste pour le plaisir : « Je pars faire le tour du monde ! »

Mardi 5 novembre - Au large du cap Finisterre

La traversée du golfe de Gascogne a déjà laissé ses blessures : dans le baston qui nous a cueillis dès la première nuit, Didier a démâté, Nandor s'inquiète pour sa quille, Thierry annonce une voie d'eau, Tony connaît des problèmes de pilote automatique. Tous font route vers les Sables d'Olonne.

A bord de *Whirlpool - Europe 2*, j'ai réduit jusqu'à me retrouver trinquette seule. D'ordinaire, j'aurais dû être sujette au mal de mer : nous avons pris le vent et les vagues de face dans la mer creuse et cassante, le bateau gîte et tape, mais le médicament préconisé par le docteur Chauve s'est avéré réellement efficace.

Cette deuxième nuit est douce. J'aperçois les lueurs de la côte espagnole maintes fois longée ou abordée. J'avais espéré pouvoir contourner plus au large la péninsule ibérique, mais le vent est à nouveau contraire. Les premiers ont dû arrondir le cap Finisterre avec des vents favorables. Je les suppose déjà loin devant, pourtant, c'est amusant, je ne me soucie pas de leur parcours et cependant je me sens totalement en course. J'ai l'intuition profonde que ce tour va être long, très long, et que je dois respecter mon rythme et celui du bateau.

Je passe mon temps à régler les voiles à la recherche du bon équilibre. Aujourd'hui, j'ai écopé plus de 200 litres d'eau dans la soute avant dont le capot était mal fermé.

Je suis étonnée de ma patience inhabituelle. Les dauphins et les fous de Bassan m'accompagnent de nouveau.

Dimanche 10 novembre

Peu à peu j'adapte mon rythme, différent de ce que j'ai connu en mer jusque-là : je me fais de vraies nuits, morcelées certes (pas plus de 1 heure 30 d'affilée) mais longues (j'atteins facilement les 7 heures par 24 heures). Je cherche encore les bonnes combinaisons de voiles, celles que va supporter le pilote.

Mes journées sont très chargées : le renouvellement de l'énergie, la météo, la navigation, les vacations avec le PC Course, l'alimentation, le sommeil et tout le bricolage et l'entretien du bord...

Je ne sais si je vis la course différemment des autres. Je ne veux pas aller à un autre rythme que le mien. Il faut que je tienne la distance. J'agis de sorte à ne pas trop solliciter le bateau et à ne pas m'épuiser à la tâche. J'effectue les manœuvres de changement de spinnaker sans doute plus lentement qu'un homme car je m'attache à ne jamais travailler en force, toujours utiliser les winches qui permettent de démultiplier les efforts, exécuter un geste après l'autre, ne pas me précipiter, penser à respirer pendant la manœuvre, me concentrer sur les gestes à enchaîner, l'un après l'autre, comme un musicien qui s'applique sur les notes qu'il joue tandis que ses yeux s'imprègnent déjà des mesures suivantes. Cette gestion de l'effort est capitale : je me rends compte que mon dos, par exemple, est fortement sollicité, au point que je le ressens jusqu'au plexus, qui est douloureux. Mes épaules aussi travaillent mais, étonnamment, la douleur est moins vive qu'à terre : dans l'effort, les muscles sont bandés, c'est au repos que mon épaule est douloureuse, mais cela reste raisonnable.

Je réalise que je suis en train de vivre une histoire importante. J'en prends conscience à mesure que le temps passe. A terre, j'aborde le présent sans anticiper sur le futur, sauf lorsqu'il s'agit de monter un projet, d'élaborer un programme. Mais ici, cette sensation de vivre l'instant est plus forte que jamais. Je n'ai de projection que météorologique, et encore, à courte échéance. D'ailleurs, je manque vraiment d'informations car je n'arrive pas à recevoir les cartes des stations locales. Je vais commander des fichiers de vent...

Lundi 11 novembre

Mon option a sans doute payé, puisque j'ai repris 6 milles à Gerry qui ne me précède plus que de 28 milles.

Je viens de couper le 30e nord et suis par 14°45 ouest, à 100 milles du passage obligé des Canaries. Je m'étonne : d'habitude, l'abandon d'une carte générale (que l'on nomme routière) pour la carte de détails aux abords d'une île m'excite toujours. Là, j'y suis presque indifférente. Je ne suis pas en manque de terre.

Hier soir, sous grand spi asymétrique, par une nuit étoilée sans lune, je chantais à tue-tête, dirigeant le philharmonique céleste, les violons et alti sur bâbord avec la Petite Ourse, les vents devant, violoncelles et contrebasses sur tribord emmenés par la Grande Ourse. Quelques étoiles filantes pour souligner l'envolée des violons… Et pas de chœur car pas de nuages. Dans mon grand auditorium, les choristes sont toujours perchés sur les nuages, les basses sur les plus sombres, cumuléiformes, les soprani sur les cheveux d'ange… Une formation alizéenne. J'ai écouté Vivaldi, puis le *Messie* de Haendel.

Le *Messie* me transporte toujours loin dans la mémoire de mes sens et me rapproche de cette émotion si grande ressentie alors que j'avais 14 ou 15 ans, ma plus grande émotion d'adolescence, celle que je tiendrais sans doute pour la plus forte avec la découverte de la plongée sous-marine et de la mer en trois dimensions…

… Je ne sais plus très bien pourquoi – sans doute parce que j'aimais la musique, puisque je jouais de la flûte –, je m'étais inscrite à la chorale du lycée Florent Schmidt que je fréquentais à Saint-Cloud. Nous n'étions pas très nombreux à nous retrouver dans cette petite salle où Mlle Jaladis, notre professeur de musique, nous échauffait la voix, souvent debout, une main sur le piano, l'autre battant la mesure ou appuyant les notes montantes ou descendantes. A la cadence d'un cours par semaine, nous apprenions pas à pas, voix par voix – j'étais soprano – la plupart des chœurs du *Messie* de Haendel. De l'oratorio, je ne connaissais que l'*Alleluia*, comme tout le monde, je me souvenais que bien des années plus tôt mon frère l'écoutait, et que les tambours et trompettes des dernières mesures me donnaient la chair de poule. Là, notre professeur décortiquait ces mesures par grappes, interrompait, reprenait... et j'attendais avec impatience ce moment où nous allions enchaîner un air sans nous arrêter. Ce serait une vraie récompense, comme si, après avoir travaillé le détail d'une photo, nous prenions enfin un peu de recul pour voir le motif représenté. Malgré tout, je suivais ces cours de bon cœur, et je me souviens que, sur le chemin du retour jusqu'à Suresnes, en train ou en mobylette, je reprenais les notes nouvellement apprises.

Puis il y eut la première répétition générale avec tous les choristes. Elle se tenait dans la chapelle du lycée Henri IV. Je n'en croyais pas mes yeux : la chapelle était pleine à craquer. Il nous fallut un bon moment pour la mise en place : nous étions près de 650 choristes venus de tous les lycées de Paris et de la région parisienne. Il n'y avait pas encore d'orchestre, juste un piano sur lequel Mlle Jaladis jouait la partition des instruments. Aux premières mesures chantées, les voûtes de la chapelle gothique s'emplirent de nos voix et me les renvoyèrent dans les tripes. Mon corps en frémissait tout entier : c'était incroyablement beau ! Etait-il possible que tant de beauté puisse exister et que j'y prenne part ? Je commençais tout juste à apprécier la mesure de ce que nous étions en train d'accomplir ; toutes ces longues heures à mémoriser et travailler des sections de mélodie, c'était donc pour cela. Je ressortis de cette première répétition transcendée. Il y en eut une autre dans la même chapelle, puis deux avec l'orchestre – celui des concerts Colonne –, les solistes et le chef, Pierre Loupias, sur la scène de Pleyel. Je me souviens de l'extraordinaire présence rassurante du chef et du sentiment de communion qui se dégageait autour de lui. Nous étions pendus à ses yeux, à ses mains, à son sourire quand la mélodie était gaie, à ses rictus quand elle était triste, à sa profondeur dans les airs graves. Comment était-il possible qu'un homme puisse unir autant de sons à la fois, allier autant d'individus disparates autour de lui ? Je comprenais ce que le mot communion voulait dire : nous étions près de 700 avec l'orchestre et nous ne formions qu'un.

Vint le grand jour. Plus un fauteuil de libre dans la salle, nos familles, nos amis étaient présents... Quand les premières notes s'envolèrent, je compris que nous n'avions pas le droit à l'erreur, que si l'un d'entre nous prolongeait sa note après la coupure du chef, c'était l'œuvre entière qui s'écroulait. Je mesurais la responsabilité qui pesait sur notre guide, mais aussi celle de chacun d'entre nous, la mienne. Il y eut des applaudissements après l'*Alleluia*, bien avant la fin de l'oratorio. Nous étions tellement transportés par la musique dans le crescendo que nous avons accéléré imperceptiblement le rythme, redressé à grand renfort de gestes par le chef. Nous le bissâmes ensuite, tellement heureux à la fin que nous n'entendions plus les applaudissements couverts par le trépignement de nos pieds sur les estrades.

Je repense souvent à l'émotion de mon corps dans ces instants-là, à cette joie qui fit couler mes larmes sur scène, à mon âme que j'ai sentie s'envoler. Je repense aussi à Mlle Jaladis avec sa voix cassée d'avoir trop chanté avec les garçons ; j'aimerais lui dire merci pour ce bonheur qu'elle m'a donné, sans doute sans le savoir. Je rêve souvent de rejoindre une chorale, un jour. Mais ma voix n'est plus la même, mes cordes vocales ont souffert d'une période où elles étaient régulièrement enfumées. Seule, dans ma voiture, chez moi, en mer, je chante encore à tue-tête, j'ose parfois m'élancer dans un *For unto us a child is born...*, mais la voix traîne, elle n'est pas toujours juste. Je ne revivrai pas ces instants magiques, ils appartiennent définitivement à l'enfance. J'envie parfois les chanteurs d'opéra, à mes yeux le plus beau métier du monde... avec celui de coureur d'océans...

Ce soir, je me sens petit point minuscule dans l'Univers, et en même temps si grand car j'embrasse totalement l'espace ami. J'aime ce sentiment mêlé.

Je vais retouner à mes boules de cristal et observer le ciel pour trouver la voie des Canaries et du Pot-au-Noir.

Mardi 12 novembre

La Carmélite amazone est africaine aujourd'hui. J'ai retrouvé la station penchée, trois ris dans la grand-voile, trinquette, tapecul arisé. Ciel bleu azur, mer bleu outremer lacéré de blanc. Je ressens les moiteurs africaines, la côte est à 60 milles à peine.

J'ai longuement étudié le passage des îles hier : avant que l'évolution ne le confirme, j'avais décidé de passer dans l'est de Gran Canaria où j'ai été ralentie et n'ai eu qu'un bord à tirer, tandis qu'à l'ouest le duo qui me précède (Bertrand de Broc et Eric Dumont) louvoyait quelques heures plus tôt entre les îles.

S'il n'y a pas d'erreur dans les distances au but, j'ai repris 60 milles à Bertrand, 50 à Isabelle Autissier, 28 à Yves Parlier et je suis à la même distance que Pete Goss.

Je continue de m'étonner : le passage le long de Gran Canaria n'a suscité en moi aucune émotion, aucune envie particulière. Et même de l'indifférence, alors que c'est peut-être la dernière terre avant le cap Horn... Si je le vois. Aucun regret de ne pas m'arrêter. Mon paysage est le large. Le passage d'un cargo m'intéresse beaucoup plus, peut-être parce qu'il est comme moi, comme mon bateau, un fruit de l'océan. Peut-être en eût-il été autrement si j'avais longé l'île de jour. Mon esprit suit le fil imaginaire tendu jusqu'à un point que je me suis fixé pour objectif, 1 200 milles devant mon étrave.

Côté météo, je n'ai pratiquement pas d'informations, à part le bulletin de Météo France reçu sur le standard C (par liaison satellite), le baromètre, le ciel, les premières cartes de Dakar... Je ne tarderai plus à commander le fichier de vent, pour étudier le passage du Pot-au-Noir.

Je vais bien. Mon seul souci est la casse que je redoute. Dès que le vent aura molli et que l'allure sera plus confortable, je reprendrai l'inspection générale du bateau.

Mercredi 13 novembre

Le Dinelli est en vue depuis ce matin. J'ai d'abord cru que c'était Pete Goss, avec qui j'ai finalement communiqué par standard C car il connaît des problèmes de radio.

J'ai pris ma deuxième douche ce matin. Quel bonheur ! Je poursuis le bricolage. J'attends que le vent tourne et m'apporte les parfums du désert pour lancer ma musique africaine.

Jeudi 14 novembre

Encore une journée bien remplie. Des réparations, encore, mais surtout beaucoup de manœuvres : gennaker (très grand génois), spi asymétrique, tangonné, pas tangonné, solent tangonné, sur un bord, puis sur l'autre... A chaque fois, la manœuvre exige près d'une demi-heure, là où cinq minutes suffisent en équipage : je dois organiser l'enchaînement des gestes de manière à minimiser les allers et retours entre la plage avant, le pied de mât et le cockpit où reviennent souvent les bouts sur lesquels je tire pour hisser le tangon, le spi dans sa chaussette, dérouler la voile... L'un des plus grands bonheurs de la navigation en équipage est l'exécution rapide, harmonieuse et complice d'une manœuvre, surtout quand elle est compliquée. La satisfaction est totale quand la parole a disparu pour laisser place au geste, sans excès. En solitaire, je connais aussi ce bonheur du travail mieux accompli que la veille, de l'enchaînement plus rapide, mieux cadencé, mieux organisé, de l'astuce trouvée qui facilite le déroulé du geste, sans saccade. Bien souvent, le rythme est rompu par une drisse bloquée, une écoute mal passée, une déchirure découverte au dernier moment. Bien souvent, alors que j'étais sortie sur le pont pour n'effectuer qu'un réglage, j'en redescends quatre heures plus tard car il a fallu changer de voile, virer de bord, régler le bateau, le pilote, réparer un accroc repéré pendant la manœuvre !

Aujourd'hui, j'ai reçu un joli cadeau : les élèves de l'école de Tursac en Dordogne m'ont appelée. Ils m'ont expliqué comment ils suivaient le Vendée Globe, posé des questions et chanté leur version de *C'est dans la cave qu'on met les rats*... au touchant refrain :

« Pare à virer, Catherine faut déhaler.
Tu t'reposeras quand tu arriveras
Dans le port des Sables d'Olonne ! »

Vendredi 15 novembre

Je culpabilise : Raphaël, qui m'avait doublée hier soir mais qui était encore en vue, possède désormais 12 milles d'avance en distances au but comparées. J'ai déjà 166 milles de retard sur le plus proche concurrent devant Raphaël et 378 sur Yves qui se trouve en tête... Est-ce à dire que je dors trop ? Que je ne suis pas assez combative ? J'ai pourtant l'impression d'être toilée comme il faut. Il n'est pas facile de trouver les bons compromis : dans le petit temps, la houle est meurtrière pour les voiles... Jour de doute. Jour de blues : « Si t'es pas capable de mener ton bateau à fond, tu ferais mieux de faire de la croisière ! » Combat intérieur que j'exprime tout haut. Ça commence ! Et ce n'est sans doute pas terminé ! Comment savoir jusqu'où ne pas aller trop loin ? Il y a douze jours à peine que je suis partie et j'en ai au moins encore cent devant moi... Je n'ai aucune notion de l'usure des voiles, des bouts, de l'accastillage, de tout, de moi, des autres... C'est l'heure de la vacation. A plus...

... Après la vacation, Pete m'a envoyé un message pour me donner rendez-vous sur une fréquence radio. Nous venons de discuter un bon bout de temps. Cela m'a fait du bien : lui aussi a connu une nuit sans vent, lui aussi adopte un rythme de sommeil assez terrien (long quoique morcelé), lui aussi se demandait ce matin s'il ne fallait pas passer à la vitesse supérieure. Savoir que l'autre vit les mêmes interrogations, réagit de la même manière, fait réellement du bien au moral, mais cela peut être dangereux aussi, car nous risquons de nous maintenir mutuellement à un rythme qui nous convient alors que nous pourrions pousser le régime. Pete insiste posément : « Je n'irai pas plus vite à m'énerver davantage sur le pont. Note que nous n'avons pas les mêmes conditions que les autres à cette latitude... »

J'ai encore pris une douche aujourd'hui. J'ai fini la réparation de l'embout de rail d'écoute de grand-voile, mis un patch dans le gennaker qui s'était accroché dans les barres de flèche...

Je suis heureuse d'être là et de ce grand voyage qui m'attend encore.

Ce matin, j'écoutais Michel Jonasz et cette chanson qui résume si bien ce que je ressens ici :

« Ôm les hommes tranquilles
Laissez loin le bruit des villes
Où de nombreux navires ont fait naufrage
Hissez les voiles
Pour aller respirer l'air du large
Dormir sous les étoiles...

Ôm les hommes tranquilles
Dans le silence immobile
Soyez prêts pour le grand départ
Bientôt c'est sûr
Ce sera l'heure de larguer les amarres
Pour la grande aventure...

Ôm les hommes tranquilles
Derrière vous le bruit des villes
Laissez-vous bercer par la mer
Et sur les ondes
Emportés par la mer
Vers le nouveau monde...
Ôm les hommes tranquilles
Ôm... Ôm... Ôm... »

... Les "globi boys" sont de retour ! C'est ainsi que je surnomme les dauphins depuis l'Europe 1 Star – la transat anglaise en solitaire. Yves m'a envoyé un bien joli message. Grand soleil, musique à fond – aujourd'hui c'est la cassette enregistrée par Xavier Joly, Monsieur duos virtuels sur Europe 2 –... j'ai une pêche d'enfer ! Ce n'est pas plus mal, vu la bricole et les manœuvres que je dois enchaîner sur le pont !

... Ce soir, j'écoute Mozart et Farinelli. Ambiance décidément très musicale aujourd'hui.

Samedi 16 novembre

Je commence à étudier d'un peu plus près le franchissement du Pot-au-Noir. Je suis curieuse de voir où vont passer les petits copains qui sont devant. A suivre...

Mes nuits sont bonnes. Je m'aperçois que je rêve beaucoup : c'est bon signe ! Signe que je récupère bien. Balancés par les vagues, mes rêves sont parfois bien étranges. Lors de ma première traversée de l'Atlantique, en 1988, convoyant le bateau d'un ami entre les Antilles et la métropole, j'avais rêvé que j'allaitais ! Moi qui n'ai pas d'enfant, je percevais les traits d'un bébé qui était le mien et que je nourrissais... A l'occasion d'une autre traversée, en double, je m'égarai dans un rêve plus érotique, où surgissait un marin au membre viril fleuri d'oreilles de Mickey ! J'avais explosé de rire dans mon rêve et cela m'avait réveillée. Hilare, je l'avais narré à ma coéquipière, Michèle Paret, puis avoué avec la plus grande naïveté lors de la vacation avec le PC, pour le plus grand bonheur de toute la flotte de duettistes.

Ici, je ne me souviens pas de mes rêves, du moins pour l'instant. Lorsque je m'éveille, mes sens sont aussitôt aux aguets, attentifs au moindre bruit, à la plus petite variation de l'assiette du bateau, du changement de vent. C'est souvent lui qui me réveille, plus que mon alarme stridente, que je règle malgré tout, par sécurité.

Dimanche 17 novembre

Je traverse l'archipel du Cap Vert. Ciel couvert, chaleur épaisse... L'atmosphère est lourde. Petite pluie. Je passe entre Sao Tiago et Fogo, une île qui n'est qu'un volcan. Le cratère est superbe.

C'est peut-être la dernière terre que je vois avant longtemps et il n'y a pas plus terrien que ce cratère, la Terre en érection ! Rarement vu spectacle si pur. Volcan imposant et pourtant si discret dans cette lumière blafarde. La vision pourrait être lugubre, alors que le tableau est d'une douceur infinie.

Une nappe de nuages coupe l'île en deux. Je sors les carnets de croquis et les crayons de couleur découverts parmi les cadeaux, je m'installe dans le cockpit et je tente de reproduire ce spectacle. Je ne sais pas dessiner, le résultat n'est vraiment pas satisfaisant, mais le geste me plaît, le contact avec le crayon gras, le papier, le mélange des couleurs. Je bariole plusieurs pages. Plaisir enfantin.

13 heures – Il y a exactement deux semaines que nous avons quitté les Sables d'Olonne. Je ne vois pas le temps passer. Je suis décidée à conserver ce rythme : appliquée mais pas forcément à fond en permanence sur le pont, prendre du temps pour lire, pour écrire, pour écouter de la musique ou des informations... Il est vital de me ressourcer et de m'évader. Important aussi de bien me reposer car la station debout ou assise est fatigante, les muscles sont tendus, le corps recherche en permanence son équilibre, contrecarre le mouvement du bateau, encaisse les secousses inattendues...

La compétition est importante, mais elle ne peut

prendre le dessus sur ma manière de mener le bateau. Je ne sais pas comment ma course est perçue à terre et cela m'importe peu – quoique… –, cette voie-là est la mienne. Cela dit, à la minute où j'écris, je réalise des pointes à 16 nœuds et des moyennes aux alentours de 12-13 nœuds.

J'effectue une partie du check que je m'étais fixé : j'ai trouvé quelques manilles desserrées. Je retourne sur le pont poursuivre la réparation de l'embout de rail… et regarder une fois encore cette terre tellement terre…

Lundi 18 novembre

Je démarre la journée par une cueillette de poissons volants : la nuit, ces zouaves ne voient pas les obstacles qui viennent interrompre leur vol en rase-mottes au-dessus des vagues; malheureusement, leurs ailes ne leur permettent pas de décoller d'une surface dure. Quand je les entends atterrir et agiter leur maigre plan porteur, je les remets à l'eau, pourtant bon nombre finissent coincés entre deux cordages ou contre un tangon. Ce matin, j'en cueille au moins cinq ou six. Ecaillés, vidés, ils se révèlent exquis dans la poêle avec du beurre salé, un citron, du sel – de la fleur de sel de Guérande –, du poivre – un moulin de cinq baies de chez Ducros – et un peu de basilic – en poudre… Le bonheur de manger du poisson frais!

Ce soir, je me sens comme neuve, à l'image du bateau entièrement nettoyé à l'eau de Javel. Il s'agit d'un cérémonial auquel j'ai toujours accordé la plus grande importance, le premier acte que j'exécute quand je prends possession d'un bateau ne m'appartenant pas : le nettoyage intégral. Passer l'éponge dans les recoins les plus intimes, les plus inaccessibles, redonner un air de neuf, de propre à celui qui va être mon compagnon de route pour plusieurs semaines ou plusieurs mois, m'accoutumer aux déplacements dans l'espace exigu, dénicher un bout ou une manille oubliés, des morceaux de boulons sciés et abandonnés, retirer la fibre de verre saupoudrée au percement de la coque pour fixer un quelconque appareil... Je marque toujours ainsi mon territoire à bord : comme un chien qui pisse, je prends possession des lieux à l'eau de Javel ! C'est le premier cadeau que j'offre au bateau, une marque de respect, une prise de contact physique.

Sur ce bateau loué au dernier moment à Jean-Luc Van den Heede, je n'ai pas eu le temps de me livrer à ce rituel avant de partir pour le parcours qualificatif et cela m'a beaucoup manqué. Le bateau portait encore la marque du précédent locataire, des miettes de pain imbibées et verdies au fond des coffres, de la poussière et des vêtements oubliés. J'avais bien commencé le grand nettoyage pendant cette "qualif", mais c'est mon équipe d'assistance qui avait fini la tâche, préparation commando oblige.

Aujourd'hui, je m'adonne enfin à l'exercice : un mélange de lessive et d'eau de Javel dans de l'eau de mer, un peu d'eau douce dessalinisée pour rincer les surfaces où je vais marcher et m'asseoir... Dans le rangement, je retrouve deux camemberts oubliés. Ils sont tellement faits que les boîtes ont gonflé. Je les jette à regret...

Après la lessive, c'est moi que je savonne. J'ai trouvé

un moyen bien pratique pour avoir de l'eau courante sans être obligée de prendre de l'eau de mer avec un seau – j'en ai déjà perdu deux en tentant de récupérer de l'eau pour me doucher, et la seconde fois le seau aurait bien pu m'emporter... – : je vide le ballast au vent avec la pompe. La vidange se produit dans la jupe arrière, il suffit de plaquer un seau à la sortie. La méthode est idéale dans ces eaux tempérées ; je trouverai d'autres solutions dans le Sud.

Je me sèche nue debout dans le cockpit. *Whirlpool-Europe 2* file plein sud, par un vent de travers de 20-25 nœuds. Il part dans des surfs sauvages sur une mer et sous un ciel tout aussi impressionnants – pour un peu, je me prendrais pour une amazone. Rien à voir avec ce que l'on pourrait attendre à ces latitudes "prépotaunoiraudes" et supputées encore alizéennes. D'ailleurs, je n'ai pratiquement pas eu d'alizés qui donnent au ciel sa physionomie si caractéristique : ciel bleu parsemé de cumulus ronds et effilés dans le sens du vent, bien blancs et bien organisés.

Ce soir, je sors un drap et une taie d'oreiller comme à la maison. *Home sweet home...*

Mardi 19 novembre

Problème de groupe électrogène aujourd'hui. Problème de lecture aussi sur l'un de mes deux ordinateurs : des cristaux liquides ont été endommagés après sa chute dans le golfe de Gascogne, au début du tour ; des rayures verticales commencent à encombrer l'écran. Une partie des positions transmises tous les jours par le PC Course deviennent illisibles, de même que des morceaux des messages adressés par mon équipe à terre, des amis ou d'autres concurrents. Je me rends compte aujourd'hui à quel point je suis dépendante de cette machine. J'en ai presque honte : la première chose que je regarde en rentrant dans le carré après avoir effectué une manœuvre sur le pont, c'est le boîtier du standard C : l'indicateur "Mail" allumé signifie que j'ai reçu un message. Je me dirige alors directement vers l'ordinateur, le mets en route, ouvre le programme de communication Inmarsat et découvre la missive. Tous les jours, je reçois les positions de la flotte et parfois des champs de vents commandés à Météo France ou Météo Consult (il s'agit de cartes sur lesquelles des flèches indiquent la direction et l'intensité du vent sur des zones assez précises). Cela vient en complément des cartes météo reçues à bord et issues des stations côtières environnantes. Mais la plupart du temps, c'est mon équipe qui m'écrit : à Paris, Anne Combier, Frédéric Léonard et Anne Raoult suivent ma progression. Bien au-delà des communiqués de presse qu'Anne Combier – alias Politburo – rédige, l'équipe assure une veille permanente et une liaison avec l'équipe technique, transmettant mes questions à Lionel Lemonchois, Olivier Wroczynski, Christian Pollet, Jean-Luc Van den Heede... quand je bute sur une panne insoluble pour moi.

Je leur adresse cinq ou six messages quotidiens ; ils m'en écrivent autant. Il y a aussi Renaud Gaultier, auquel je raconte ma course autrement, comme à Anne – La Combier. Tous deux recueillent deux versions de mon journal de bord, vivent l'intimité de mon aventure. A ce moment-là de mon parcours, mon journal de bord n'est empli que de chiffres, rapports de ma position, de celle des autres, des prévisions météo et des cartes que je colle et colorie comme une élève appliquée. Le plus intime, je le partage alors avec la mer, les dauphins qui m'accompagnent, les oiseaux, encore rares, les nuages, le ciel, les étoiles. J'écris à d'autres. Je n'ai pas encore besoin d'écrire pour moi. Ce que je rapporte ici de ces premiers jours de course est issu de ma correspondance avec eux, mes amis les plus proches bien plus que des collaborateurs. J'aime cet échange, mais je me sens très (trop ?) liée à la terre…

Mercredi 20 novembre

J'ai bien rigolé cet après-midi : le passage du Pot-au-Noir par un bizuth, c'est plutôt cocasse. Je savais que, dans cette zone frontière entre l'anticyclone des Açores au nord et celui de Sainte-Hélène au sud, la situation météo peut se résumer ainsi : entre les grains point d'air, sous les grains le vent peut monter violemment et instantanément jusqu'à 40-45 nœuds. J'ai donc anticipé l'arrivée de mon premier gros – énorme – grain : réduction significative de la voilure à trois ris dans la grand-voile sans rien devant. Le nuage a beau être noir et vaste, le vent ne dépasse pas les 30 nœuds. Je me retrouve totalement sous-toilée, hésitant à renvoyer la toile, et les quelques gouttes d'eau de pluie que je parviens à récupérer sous la grand-voile – sans grande réussite car je n'ai pas su où placer correctement le seau – sont saumâtres et imbuvables. Cela n'a rien de dramatique, mon dessalinisateur fonctionne bien. Je possède un manuel en cas d'avarie électrique et j'ai conservé mes bidons d'eau douce. Mais sait-on jamais, il peut être utile de savoir recueillir de l'eau de pluie... Confer Yves Parlier... Pour compléter le tableau, je profite de cette pluie intense pour me savonner, me shampouiner à la hâte. Trop tard... les dernières gouttes ne parviennent même pas à me rincer le visage ! A tâtons, le pied glissant et mal assuré, je regagne le carré et la pompe d'eau de mer, m'asperge la figure, remplis le seau et retourne dans le cockpit pour enfin me rincer à grande eau... Je suis hilare et me trouve tellement ridicule et naïve ! Le tableau est pitoyable et drôle ! C'est bon de rire, d'exploser de rire et d'en être l'objet ! La tension des dernières minutes où tout s'est enchaîné très vite retombe. J'ai encore beaucoup de choses à apprendre, même des choses simples.

Ce soir, je reçois un message du "bonze", alias Renaud Gaultier, sous forme d'un poème, comme à son habitude :

> « Quel est, doué de sens, l'être vivant qui n'aime pas, dans le miracle des apparitions de cet espace immense autour de lui, avant tout la lumière avec ses couleurs, ses rayons et ses ondes, l'apaisement et la douceur de son omniprésence quand elle est le jour qui se lève ?
> C'est elle, ainsi que l'âme intime de la vie, que respire l'univers géant des astres inlassables, et il nage en dansant dans l'azur de ses flots. »
>
> Friedrich Novalis, *Hymnes à la nuit*.

Souvent intime, cette correspondance sied à ma sensibilité. Ces textes, que Renaud m'adresse, m'enrichissent et me ressourcent comme les reproductions de tableaux que j'ai coutume d'embarquer pendant les navigations hauturières. Ce sont toujours Van Gogh et Gauguin qui m'accompagnent : l'harmonie des couleurs de *La Sieste*, de *L'Eglise d'Auvers-sur-Oise* ou d'*Arearea* me réchauffe l'âme et l'apaise et la nourrit. Une harmonie qui symbolise joliment celle que je dois préserver avec mon bateau.

Ce soir, j'en suis certaine : l'Equateur est pour demain.

Jeudi 21 novembre

Ça y est ! Je suis dans le Sud ! J'ai franchi l'Equateur à 20 heures 35 TU, 35 minutes après Pete avec qui j'ai discuté une bonne heure en BLU. Nous nous sommes appelés juste au moment où nous franchissions la ligne, l'un, puis l'autre. Nous avons parlé de tout, de nos vies passées, de nos attentes dans ce tour du monde, dans l'existence, étonnés tous les deux de faire connaissance dans ce voyage extrême en solitaire. Il est bon de partager de tels moments avec ses camarades de route, car nous comprenons le vécu de l'autre. Encore meilleur quand les sensibilités sont proches.

Pour sûr, je progresse en anglais ! Pas mécontente d'avoir embarqué un dictionnaire (utile aussi pour traduire les notices des instruments du bord, rarement rédigées en français).

J'ai offert un peu de champagne à Neptune, un air de flûte à Eole et quelques mèches de mes cheveux, coupés courts avant le départ, à tous les deux. La nuit était déjà tombée.

C'est amusant de voir un S sur le GPS à côté de la latitude; jusqu'à présent, je n'avais vu que le N des latitudes nord : c'est la première fois que je franchis l'Equateur en mer et, jusqu'alors, je n'avais décrit que des ronds dans l'eau dans les ports de l'hémisphère sud visités pendant la course autour du monde en équipage.

Samedi 23 novembre

Je suis toujours au près dans l'alizé de sud-est que j'ai déjà touché. Il fait encore très chaud, mais je ne peux ouvrir le hublot car le pont est régulièrement rincé par les embruns. Le bateau tape en permanence dans les vagues, c'est éprouvant. Je passe donc mes journées sur la bannette à réviser les conseils d'Eric Mas (Météo Consult), à feuilleter les documents qu'Alain Gautier m'a gentiment donnés avant de partir (avec quelques recettes), à lire et à dormir. Je sors sur le pont seulement pour ajuster les réglages et vérifier que tout va bien, réduire ou renvoyer la toile le cas échéant car le vent est très instable. J'ai hâte qu'il tourne et porte plus...

... 15 heures – Depuis le départ, j'ai eu froid, j'ai eu chaud, j'ai parlé toute seule, j'ai ri... je n'avais pas pleuré. Maintenant c'est fait. Comme si je n'avais pas assez d'eau salée autour de moi. Là, tout de suite, je pleure. Je ne sais pas très bien pourquoi, mais cela me fait du bien... Difficulté à communiquer avec un terrien. Nous ne sommes plus sur la même longueur d'onde. Passager sans doute... Et je mélange tout. Impression que ce que je transmets à terre ne passe pas, les vacations sont inaudibles. Crainte que ce que je raconte soit galvaudé, décortiqué avec un scalpel, trahi peut-être. Peur que mon vécu interprété à terre soit bien éloigné de ce que je vis en réalité. C'est absurde, car j'ai totalement confiance en l'équipe qui m'accompagne, en Anne, toujours respectueuse de ce que je suis et de ce que je pense.

Pourquoi aujourd'hui m'inquiéter de ce qui se dit à terre, pourquoi ne pas continuer à faire confiance ? Peut-être la réminiscence d'un fonctionnement ancien, où je contrôlais tout parce que je menais mes projets en solitaire, autant par curiosité que par nécessité. Depuis, j'ai connu l'intensité de la vie d'équipe avec Challenge Océanes, l'alchimie du groupe, j'ai appris à abandonner ces réflexes de vouloir tout savoir, appris à accorder plus de confiance.

Je m'en veux de ces doutes, du retour des démons que je croyais largués pour de bon. Un échange avec la terre m'a agacée et je suis agacée de cet agacement. Pleurer me lave. Ecrire va m'aider à exulter. Je reprends mon journal intime, puis finis ma lessive et me douche : l'eau, rien de tel pour purifier...

... 21 heures – De retour des travaux des champs... Encore un joli coucher de soleil. Ce soir, la lune est ronde, le ciel est alizéen, pour la première fois depuis le passage du Pot.

J'ai fini d'être chiffonnée par la communication à terre. Peut-être un premier tournant dans mon voyage initiatique. Explications avec un terrien... Du large, je continue à m'intéresser à autrui, à ceux que j'aime. Le recul me donne plus d'acuité sur l'autre et sur sa vie, mon regard s'enrichit de mon cheminement en solo.

Penser à mes proches n'altère en rien mon expérience solitaire. Ce soir, j'en ai conscience.

Je comprends d'autres aspects de mon fonctionnement : quelque chose me froisse, je n'en parle pas, j'encaisse, longtemps, je stocke, j'attise et finalement j'exprime une colère décuplée en regard du mal initial, avant, enfin, de m'expliquer. Schéma classique, évidence là encore, mais qu'est-ce que j'attends pour changer ça en moi ?

Je me promets, à l'avenir, de désamorcer le problème avant qu'il ne devienne bombe, de dire les choses comme elles sont, de communiquer. On dit souvent que les conflits entre les hommes résultent d'un manque de communication. J'en ai toujours été persuadée. Ici, au large, seule, je viens encore de le vérifier. Tellement absurde ! Je pense au risque : après tout, il n'y a pas de danger corporel dans un face à face humain, comme il peut y en avoir en mer, cependant nous nous comportons comme si l'engagement était presque vital, physique. D'où vient que nous ayons si peur d'aborder l'autre, d'exprimer ce que nous pensons, d'interroger sur ce que nous sommes, de dire que nous aimons ?

J'ai l'impression de larguer mes vieilles peaux plus vite qu'à terre où je serais tentée de me justifier, d'expliquer. Pourquoi la vie auprès des êtres humains n'a-t-elle pas la simplicité de celle du large ? C'est bien cela : autant que le sentiment de liberté, c'est celui de simplicité que je goûte en mer.

Dimanche 24 novembre

A partir d'aujourd'hui, les choix stratégiques de l'Atlantique Sud doivent se dessiner pour moi. C'est l'heure des hésitations : serrer le vent au plus proche de la route, ou débrider en m'écartant de la route mais en privilégiant plus de vitesse. Je passe des heures à observer les nuages et tente d'analyser la situation météo avec les maigres outils dont je dispose à bord : ici, en Atlantique Sud, impossible d'obtenir des cartes des stations terrestres. Je reçois des champs de vent et observe le ciel. Devant nous, j'entrevois deux centres anticycloniques séparés par un thalweg. A moyen terme, les deux bulles peuvent se rejoindre ; je préfère viser l'est de la future bulle, plutôt que de choisir le grand tour par l'ouest. Cela signifie continuer à serrer le vent, du près, toujours du près.

Raphaël a sans doute ouvert davantage ses voiles pour plus de vitesse et il compte 90 milles d'avance sur moi en distance au but. J'ai l'impression qu'il tire beaucoup sur son bateau. Il semble enfin sortir de ses problèmes techniques et commence à profiter de cette navigation. En revanche, Pete, qui navigue aussi moins près du vent, ne m'a pas pris un mille en deux jours. Je poursuis mon option. Je suis ravie de cette petite course interne à laquelle nous nous livrons, Raphaël, Pete, Patrick et moi. Je ne ressens aucune frustration de voir les autres s'envoler devant. Non seulement nous n'avons pas les mêmes bateaux, mais nous ne connaissons plus les mêmes conditions météo que nos prédécesseurs ; nous subissons des "passages à niveau" là où les portes étaient grandes ouvertes pour les premiers. Avec Pete, nous en prenons notre parti, sans amertume.

J'ai écouté la *Radioscopie* de Malraux aujourd'hui. C'est amusant, je l'avais embarquée sans penser à l'actualité. Et là, on transfère ses cendres au Panthéon. J'avais écouté des discours de Malraux pendant la Transat AG2R entre Lorient et Saint-Barthélémy – le cadeau d'un ami à qui j'avais confié mon admiration pour Malraux –, obligeant Michèle Paret avec qui je courais en duo à supporter les vibrations des enceintes à chaque envolée lyrique du grand homme. Lui qui a prononcé un mémorable discours lors du transfert des cendres de Jean Moulin au Panthéon, ce sont les siennes qui déménagent aujourd'hui. J'ai toujours admiré les interviews de Jacques Chancel, car elles vont à l'essentiel ; on y découvre autant un personnage qu'un pan de notre histoire. J'ai plusieurs *Radioscopies* à bord, dont celles de Kessel, Brel, Brassens... Aujourd'hui, j'ai donc écouté Malraux. J'aime son regard sur le siècle et sur le monde, comme s'il l'avait mis en orbite. J'envie ce recul du temps et de l'espace propre aux grands esprits, leur extraordinaire capacité d'analyse. J'aime cette autre vision qu'ils nous proposent sur les hommes et sur les événements.

Ce soir, j'écoute des cantiques, je dessine le coucher de soleil sous un nuage. Je resterais des heures à contempler les nuées, à les regarder changer de couleur et de forme. Pendant la Mini-Transat, une nuit passée dans l'enfer des éclairs d'une dépression orageuse particulièrement violente m'avait traumatisée au point que la moindre petite lueur dans les nuages me provoquait des poussées d'adrénaline. Depuis, je me suis réconciliée avec les nuages. Je les redécouvre ici plus inattendus, colorés, plus vivants que jamais.

La nuit est superbe. Pleine lune, mer belle. Sa musique est douce et riante. Quelle sérénité sur l'eau !

Quelle douceur de vivre ! Je jouis de paysages d'une extraordinaire beauté. Tout est tellement paisible et harmonieux. Harmonie, c'est bien le mot : je me sens en totale harmonie avec le bateau, la mer, le ciel, l'univers. Je suis comme un prolongement du bateau, de la mer, du ciel, de l'univers. Ma place est bien là. Je suis peut-être le fruit du hasard, mais je ne dénote pas. Impression d'emplir l'espace. Je parle aux étoiles. Peu à peu je me familiarise avec cette voûte céleste de l'hémisphère Sud. Le précédent locataire du bateau a laissé un recueil d'observations des étoiles de l'hémisphère Sud à bord. Assise dans le cockpit, la tête renversée vers le ciel, je repère les constellations. Puis, à la lampe frontale, j'essaie de retrouver leur nom dans le livre. J'éteins la lampe et me replonge dans l'univers. Je possède également à bord des conférences d'Hubert Reeves. Je ne tarderai pas à les écouter avant de plonger au "Pays des ombres", où il paraît que je ne verrai pas souvent le ciel.

En réalité, j'écoute peu de musique. Celle de la mer me comble. Mais quand j'ai envie d'en entendre, il m'arrive parfois d'essayer deux ou trois cassettes avant de trouver celle qui va le mieux s'accorder à l'harmonie de l'instant et du lieu.

Lundi 25 novembre

Il y a une dizaine de jours, j'ai fait une incroyable découverte à bord : dans la caisse des cadeaux, je suis tombée sur deux cassettes sans indications particulières, seulement un A et un B pour signifier l'ordre d'écoute. Intriguée, j'ai mis en place la première et j'ai reconnu la voix de mes parents : « Nous avons pensé que te dire sur cette cassette ce que nous avions dans le cœur, pouvait être un peu de nous... » Le plus beau cadeau qu'ils m'aient jamais offert... « Tu as déjà compris combien nous adhérions à tes choix. Ils sont difficiles, extrêmes, mais aussi ils sont forts, beaux et peuvent te mener au bout de toi-même en te faisant te révéler et aller jusqu'au bout du dépassement même pour donner un plein sens à ta vie.

Nous savons que tu as saisi au vol cette opportunité et c'est le coup de cœur. Pourquoi cela s'est présenté maintenant ? Dieu seul le sait. C'est ça le destin, il s'impose brutalement à toi et tu ne peux plus reculer. Dans quatre ans, tu n'aurais peut-être pas été plus prête qu'aujourd'hui. Alors, nous avons envie de te dire : "Va libre et joyeuse, ne te charge pas de l'émotion des autres. C'est ta vie, elle t'appartient. Que l'amour de tes amis, de nos amis aussi qui se sont tous manifestés, et le nôtre soit pour toi un souffle qui gonflera tes voiles et non une entrave." Alors ma grande, bon vent et à bientôt !... Maintenant stop ! Tu reprendras le jour de ta fête. »

C'est aujourd'hui la Sainte-Catherine. J'ai attendu d'avoir un moment de repos, après la réception des cartes météo et leur analyse, après la vacation radio, après les réglages sur le pont, après le déjeuner, je me suis allongée sur ma couchette et j'ai écouté : après m'avoir souhaité bonne fête, Maman lit *Invitation*, le poème d'un auteur anonyme.

"Voir... Quoi de plus simple ?
Voir la lumière qui se lève,
le soleil qui monte lentement,
les nappes de couleurs qui s'étendent
sur la ville, sur les rues,

sur la campagne lointaine,
sur les montagnes qui pointent à l'horizon.
Voir... il n'est rien là, au fond,
que de banal !

Nous le faisons tous les jours.

Regarder, s'attarder, découvrir
les pierres, la mer, l'eau, la corbeille
au bord de la cheminée,
la fleur qui penche sa corolle,
l'arbre qui danse dans le vent.

Voir ! S'émouvoir ! Pleurer, peut-être,
mais rire aussi de la beauté qui chante,
il n'est rien en cela
que de très ordinaire
Et pourtant...

Et pourtant, ami, mon frère,
femme, ma sœur,
sais-tu encore t'émerveiller,
perdre du temps sur l'eau qui coule,
sur la nuit qui approche,
sur l'ombre qui descend ?...
Ecarquille les yeux, soulève tes paupières,
ton cœur se réjouira
de voir au-delà de toi-même
et te dira des mots de Dieu.

Ton cœur s'éblouira
sur celui qui t'appelle,
si tu l'écoutes, si tu t'approches,

si tu te laisses faire...

Ô mon frère, ô ma sœur, je t'en prie,
le Dieu vivant descendra près de toi, il bercera ton âme,
il te prendra sur ses genoux de mère ;
et toi, ravi, silencieux, étonné,
tu entendras une chanson de paradis."

« Voilà ! C'est tout, je te laisse, et que l'amour qui prime tout t'enivre de son chant éternel ! »

Tout est là. Leur amour, ce que je vis. Ils sont dans le ton. Ils ont compris. Quel cadeau !

Je réalise ce que m'offre ce tour du monde et que je n'attendais pas : je ne savais pas que j'allais vivre cet échange si fort avec ma famille. L'avant-veille du départ, nous avons dîné ensemble. Ils semblaient heureux tous, mes parents, mes frères, ma sœur. Heureux de me voir réaliser un rêve, heureux aussi de ce que cela allait sans doute remuer en eux. Aujourd'hui, j'ai envie de relire cette lettre que ma sœur m'a donnée avant de partir. Je la relis pour la troisième fois :

« Petit poisson volant.

Lettre pour un rêve.

Catherine rêve, elle rêve debout, cheveux au vent (ma Do, je les ai coupés depuis !).

Catherine nous emmène avec elle dans son rêve.

Catherine nous emporte dans le tourbillon du bonheur de son départ.

Ma petite folle, pourquoi la réalisation de tes rêves me procure-t-elle tant de bonheur ? D'où me vient cette envie de chanter à l'approche de la concrétisation de tes désirs ?

Cette joie qui m'envahit est le partage muet d'un sentiment intense : ma petite Cath, ma grande sœur est heureuse, cette seule pensée me rend moi-même si heureuse. Comme les choses peuvent être merveilleusement simples parfois.

En te réalisant dans tes projets, dans tes passions, tu nous prouves que c'est une chose possible, tu fais naître en nous l'espoir.

En vivant tes rêves, tu nous incites à essayer de faire comme toi, tu nous "pied-au-culte" dans notre abandon, dans notre passivité face à nos propres vies. C'est pour cette raison que tant de gens sont prêts à te suivre.

J'étais sur le point de baisser les bras dans la direction de ma vie et voilà que, par tes actes et ton enthousiasme, tu me pousses à reprendre en main la conduite de ma petite barque personnelle.

Pour ces raisons, l'incroyable expérience que tu vas vivre ne concerne pas que ta seule personne. Nous nous sentons impliqués, acteurs de ton projet, parce que tu nous permets de vivre à plein, par procuration.

Parce que nous sommes plus forts lorsque nous sommes rassemblés par la pensée, parce que l'amour et l'amitié sont les seules armes que nous ayons en main pour t'aider, tes tempêtes seront nos tempêtes, tes maux seront les nôtres, tes joies et tes émotions nous les partagerons.

Durant toute cette période, un fil invisible et invincible reliera tous ceux qui penseront quotidiennement à toi. Les téléphones et les fax bruisseront de nos échanges. Nous nous sentirons unis par toi, comme nous nous sentons unis actuellement par ta préparation...

... Ton aventure solitaire est pour nous l'occasion de découvrir des personnes et des personnalités riches. Ta solitude génère des échanges, des communications. Tu vas vivre en marge du monde en le faisant se rencontrer.

Lorsque je te sais sur l'eau, je ne regarde pas la mer et le ciel de la même façon. Je me sens alors un peu complice des éléments. Je vais aller plus souvent sur l'eau lui confier mes messages pour toi. Sais-tu qu'à chacune de tes courses j'entretiens une relation particulière avec la nature, comme si elle et moi nous nous comprenions mutuellement secrètement... »

Et Dominique poursuit de cette plume que j'aime tant. Nous sommes très proches toutes les deux, c'est la plus jeune de nous quatre, elle est d'un an ma cadette. Elle me parle de cette "unité retrouvée" à la veille de mon départ : ce soir-là, les mots échangés sont allés à l'essentiel, nos pudeurs sont tombées, j'ai moi-même ressenti une concordance de vues, et Do de m'écrire : « J'ai eu ce soir, la sensation que nous étions, au sein de la fratrie, chacun sur une branche de la même étoile et tous en marche vers le centre. Cette sensation est la source d'une énergie immense... »

... J'ouvre d'autres cadeaux, dont un de Michèle, une surprise culinaire : des pommes de terre alsaciennes aux lardons et aux oignons, ainsi qu'un sachet de thym et de laurier. Senteurs provençales. Appel de mes racines. Une autre poésie... Je me régale.

Je fais le premier pas vers le check du mât avant

l'entrée dans le Sud : je repère comment monter avec mon baudrier, les sangles cousues dans la grand-voile pour les pieds, le bloqueur de sécurité à glisser le long d'une drisse bien tendue. J'ai la manœuvre bien en tête, ce qui me rassure, car je n'hésiterai pas à monter dès que l'occasion se présentera, dès que la mer sera plus calme.

J'effectue quelques exercices des jambes sur le pont, mes muscles ont besoin d'être étirés ; peut-être s'atrophient-ils un peu.

J'ai attaqué le sac de la semaine 4, même si je suis loin d'avoir fini celui de la semaine 3 : je n'ai pas terminé les produits frais et les sacs sont très copieux. Il me reste beaucoup d'œufs, du jambon, du fromage, des yaourts… Avec la chaleur, je n'ai pas très envie de plats chauds. Heureusement Hélène a eu la riche idée de répertorier les sacs en semaines chaudes, froides et très froides. Sous ces latitudes, je consomme surtout de la salade et peu de plats cuisinés. Hier, j'ai encore apprécié une poêlée entière de poissons volants. J'en profite et stocke les lyophilisés et barquettes que je ne consomme pas, au cas où mon périple durerait plus longtemps que prévu.

Ce soir, la lune est ronde et rousse et si nette et si grosse sur l'horizon que j'en ai sursauté en sortant du bateau. Une telle présence…

Mardi 26 novembre

Je suis cassée, en nage et pleine de bleus. Je redescends du mât où j'ai pu effectuer la vérification générale à laquelle je tenais. Je souhaitais également me rassurer sur ma capacité à monter en tête, ou presque. C'est fait, je suis heureuse, mais à quel prix ! Je suis redescendue juste avant d'atteindre le sommet car mon bras gauche tétanisait. De toute façon, de là où j'étais, j'ai pu observer le dernier mètre, notamment les sorties de drisses : tout semblait normal. La descente n'a pas été sans mal non plus, car il n'est pas toujours facile de glisser le pied dans les sangles, d'autant que, pour plus de tenue, je préfère monter en bottes.

De là-haut, la vue est impressionnante, le bateau paraît tellement étroit. Mais quelle beauté, cette mer outremer vue du sommet de ma montagne rouge ! J'ai pris le temps d'apprécier ce point de vue sur l'horizon. De là-haut, c'est comme si je prenais du recul par rapport à mon bateau, comme si je le voyais évoluer sur l'immensité bleue, comme si je me regardais tourner autour de la terre. Ma maison est là, sous moi. C'est ce bateau qui va m'emmener au bout du monde, mon refuge et mon compagnon. Je lui parle et le flatte et adresse des mots doux au pilote automatique sur lequel repose ma sécurité lorsque je suis en l'air.

En redescendant, plus que la satisfaction du travail accompli, de la peur dominée, j'ai le sentiment de maîtriser mon bateau, de pouvoir le conduire où je veux, de savoir faire face en cas d'avarie... Un sentiment profond de liberté : je peux courir le monde.

Mes sources d'informations météo continuent d'être maigres. Je redessine la situation générale sur une carte muette telle que je l'imagine à partir des champs de vent que je reçois – toujours sans indication de pression atmosphérique. Mon analyse me conforte dans mon option. De plus, j'ai repris 100 milles à Patrick et à Pete.

Je suis impressionnée par le témoignage d'Isabelle : le ciré perpétuellement sur le dos, assise ou allongée sur sa banquette de navigation en permanence, prête à sortir, elle se dit subjuguée par la vitesse du bateau, fatiguée à cause du bruit. Elle se déplace à la même vitesse que les fronts et les subit donc plus longtemps. Cela doit être stressant. Je ne suis pas mécontente d'être sur un bateau moins étalon. Ce n'est pas le qui-vive permanent qui m'inquièterait, j'ai souvent eu ma dose et l'aurai à nouveau dans peu de temps. Ce serait plutôt la sensation de ne plus maîtriser la bête. Nous ne sommes déjà plus dans le même monde : la tête de la flotte est entrée dans le Sud, ils ont ressorti les polaires et les cirés, je n'ai pas encore quitté les langueurs de Sainte-Hélène et revêts un tee-shirt, à peine.

« Message à l'attention de l'équipe terrain de Mission Impossible (ndla : référence au film que nous sommes allés voir ensemble avant le départ), alias : Le Très Bon Choix, Tom Cruise, Spokissime, Juju la Doublure et Hélène Vitamine.

Navette *Whirlpool-Europe 2* à Baïkonour. Bonjour. Comment va la vie ?

... Côté Atlantique Sud, ça va plutôt pas mal. Bon, bien sûr, devant ils nous larguent copieusement, même le deuxième peloton est à 500 milles en avant, mais je ne m'en fais pas. Je pense que je vais arriver dans le Sud avec un bateau propre, aucun lézard et une fille reposée.

A quelques jours du départ du Vendée Globe, premiers contacts avec mon futur compagnon de route.

A La Madrague des Lecques, en 1966. Nos vacances étaient partagées entre la Méditerranée et l'Atlantique.

Les quatre enfants Chabaud dans le jardin de notre grand-mère à Allauch, près de Marseille, en septembre 1966. Bien avant moi, c'est Jean-Frédéric, l'aîné (à la barre) qui rêvait d'océans…

Je pars chasser avec Papa, près de Roscoff, en plein hiver. Très tôt, il a transmis son amour de la mer à ses quatre enfants. C'est ainsi que j'ai connu l'océan en dessous avant de le connaître au-dessus.

C'est *Infini II* (un Comète 910) et son propriétaire qui me communiquèrent la passion de la voile en 1980.

Mes copains Bernard Van den Broek et Gilles Gasperment, créateurs de la Spi Dauphine. Je les ai aidés à organiser cette course pendant trois ans. Une aventure qui a noué une amitié indéfectible.

Radio Presqu'île, à Guérande, en 1983. Cette interview de Marc Pajot est l'une de mes premières rencontres avec les coureurs au large.

© Coll. C. Chabaud

En 1988, à bord de *Clémentine*, le Ginn Fizz d'un ami, que je convoyais de Guadeloupe en métropole. C'est ma première traversée de l'Atlantique ! J'ai appris là le maniement du sextant et la navigation à l'estime.

C'est à bord d'un Surprise et sans pilote automatique que j'ai disputé ma première course en solitaire (Les cent milles de Pornichet en 1984).

© Coll. C. Chabaud

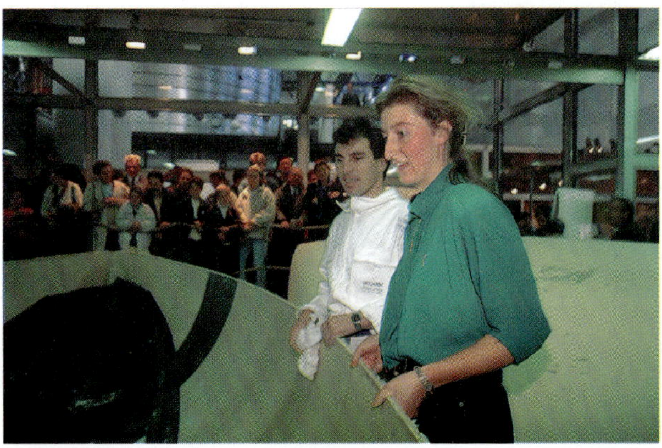

© Jean-Eudes Schurr/Cedri

Le démoulage de la coque de mon "mini-transat" : l'un des moments forts de l'exposition "Naissance d'un bateau" à la Cité des sciences et de l'industrie de La Villette, à Paris (1990).

En janvier 1991, sur la terrasse de la Cité des sciences et de l'industrie de La Villette, en compagnie d'Amaury Finaz de Villaine, alors directeur de la communication marketing chez Whirlpool France, et de Brigitte Gimenez, marraine de mon "mini-transat". En ce jour de baptême, j'ai décidé que le bateau serait désormais ma priorité dans la vie.

Après La Villette, mon "mini-transat" est achevé au chantier Structures de Sainte-Marine, où il rejoint la mer au printemps 1991.

Petits (6,50 m), puissants (ils peuvent atteindre 23 à 24 nœuds en vitesse de pointe), les "mini-transats" sont pour moi les bateaux les plus plaisants à barrer en solitaire au large. Ils sont aussi très spartiates.

Départ de la Mini-Transat 1991 à Douarnenez : ma première transat en solitaire.

© Thierry Martinez

Mini-Transat 1991. Je suis heureuse d'avoir connu l'époque où seul le sextant était autorisé. Depuis, j'en embarque toujours un, en cas de panne du positionneur par satellite.

© Thierry Martinez

Au départ de Vannes – Les Açores – Vannes, je tente de dégager les algues ramassées dans le golfe du Morbihan par la quille de mon "6,50 m" ; je ne pourrai éviter le bain !

© Andrea Sadecky

En 1992, après la Mini-Transat, j'embarque sur le "maxi" *La Poste* pour deux traversées au cours desquelles Daniel Mallé doit sélectionner son équipage. J'espère alors qu'une femme sera acceptée à bord pour la Whitbread 1993.

© Coll. C. Chabaud

Après la rédaction de *Force 8* (lettre interne des postiers dans la Course autour du monde en 1989), je collabore à l'émission "Postale de Nuit" sur Europe 2 à l'occasion de la deuxième Whitbread courue par *La Poste*.

Transat AG2R 1994
(Lorient – Saint-Barthélémy) :
première prise de contact avec le bateau sur lequel je courrai ensuite la Solitaire du Figaro, et bonheur d'une navigation en double avec ma complice Michèle Paret.

A bord de *Gregory Pat*, lors de ma première Solitaire du Figaro, en août 1994… douze ans après avoir présenté mon premier dossier de participation à cette course.

© Thierry Martinez

© Albert Bargues

Janvier 1995 : après la Route du Rhum 1994, convoyage du *Bagages Superior* d'Alain Gautier, en compagnie de l'Espagnol Albert Bargues. Je rêve déjà de Vendée Globe.

A bord du catamaran *Whirlpool – Europe 2* pendant l'Open UAP 1995, au départ de l'étape Marseille – Palma de Majorque. Nous étions arrivées la veille, après avoir essuyé jusqu'à force 10 depuis notre remontée de Malte.

© Thierry Martinez/Vandystadt

Open UAP 1995 (Course de l'Europe), avec l'équipage de Challenge Océanes (ici Michèle Paret à la barre).

Avec Anne Combier et Michèle Paret dans l'une des coques exiguës du catamaran.
Les émotions partagées, la promiscuité que nous connaissons en équipage tissent des liens souvent plus rapidement et plus étroitement qu'à terre.

Course de l'Europe 1995, sur le catamaran *Whirlpool – Europe 2*, les femmes de Challenge Océanes (Anne Combier et Christine Guillou au premier plan, Michèle Paret et Lucia Pozzo) entourées de Christine Ockrent, de Son Altesse Royale l'Infante Cristina de Borbõn (équipière pour une étape), Amaury Finaz de Villaine (alors directeur de la communication marketing de Whirlpool France) et Laurent-Yves Giloux (alors rédacteur en chef d'Europe 2).

Eau Dynamisante, le bateau de ma deuxième participation à la Solitaire du Figaro, au départ d'Arcachon (1995).

© Thierry Martinez

© Thierry Martinez

A bord du *Zaca* (43 mètres), l'ancien bateau d'Errol Flynn, skippé par l'Italienne Lucia Pozzo (à droite), l'une des femmes de Challenge Océanes, pendant la Nioulargue 1995.

© C. B.

Au départ de l'Europe 1 Star, la Transat anglaise en solitaire Plymouth – Newport, à bord de *Whirlpool – Vital – Europe 2* (ex-*Fujicolor III* de Loïck Peyron), ma première transat en solitaire à bord d'un “60 pieds open”.

© Thierry Martinez

Après l'Europe 1 Star (juin 1996), les femmes de Challenge Océanes me rejoignent pour une nouvelle transat : Québec – Saint-Malo.

Whirlpool – Femme – Europe 2
sous spi sur le Saint-Laurent,
au départ de Québec – Saint-Malo.

© Thierry Martinez/Vandystadt

© Challenge Océanes

Instants de récupération sur le pont du “60 pieds”, enveloppée dans ma couverture polaire.

Je tiens à vous féliciter et vous remercier car le bateau est vraiment bien préparé. Je ne gère pour l'instant que du détail.

Pour l'artiste des minis (ndla : Lionel Lemonchois est en train de construire son deuxième minitransat) : tu as compris que j'ai démonté la poulie de l'embout de rail d'écoute de grand-voile et que je l'ai directement brêlée sur le rail. Un peu barbare, mais ça tient mieux que tout ce que j'ai essayé jusque-là.

Suis montée dans mon mât aujourd'hui... aucun signe alarmant.

Pour Tom Cruise (alias Olive) : j'ai démonté le groupe électrogène extérieur car la patte de fixation est cassée; vais installer le deuxième groupe.

Pour Spokissime : R.A.S., si ce n'est que je n'utilise pratiquement pas le GPS car je n'ai pas d'indication de cap et de vitesse sur le fond. Je prends la position et les informations sur le PC (ndla : connecté au standard C, lui-même équipé d'un GPS). Aimerais savoir d'où vient le problème.

Pour Juju la Doublure (ndla : avec ses cheveux longs, on le prenait souvent pour moi sur les pontons des Sables d'Olonne) : as-tu pensé à donner une mèche de tes cheveux au passage de la ligne bleue des Vosges ?

Pour Hélène Supervitamine : je les prends tous les jours, matin et soir. J'y ai mis un point d'honneur... Bien pratiques, les sacs hebdomadaires. Joli boulot !

Une mention spéciale pour le Politburo (alias Anne Combier) pour le rangement du bateau et les inventaires extrêmement pratiques.

Navette *Whirlpool - Europe 2* bienheureuse vous embrasse très fort. »

Mercredi 27 novembre

J'ai passé la fin de la journée d'hier allongée, exténuée par ma montée dans le mât. En plus, j'avais mal au dos.

Je lis *Illusions ou le Messie récalcitrant* de Richard Bach, l'auteur de *Jonathan Livingston le Goéland*, un cadeau de mon frère Jean-Frédéric et de sa femme Joëlle. Il fait encore très chaud, je vis nue et sors peu aux heures les plus torrides.

Au menu de ma journée de travail :

– installer le deuxième groupe électrogène à l'extérieur, car la patte de fixation du premier est cassée ;

– tester tous les pilotes automatiques avant mon entrée dans le Sud ; pas mécontente de constater que j'utilise le même depuis le départ (un Autohelm 4000) ;

– faire le point sur le matériel actuellement stocké dans la soute à voile et que je dois rapatrier dans le carré habitable : dans le Sud, je ne suis pas sûre d'avoir accès à la soute car le capot sera sans doute sous les vagues ; de plus, je ne souhaite pas utiliser le capot intérieur qui relie la soute et le carré pour ne pas infester celui-ci de l'odeur d'essence et de gasoil qui règne dans la soute ;

– voir si les œufs sont encore comestibles (j'en ai trouvé un moisi) ; j'ai du mal à les jeter car je n'aime pas le gâchis : il y en a encore 68 ! Dommage que je ne les aie pas découverts plus tôt !

J'écoute plus fréquemment les informations que dans les premières semaines, où j'avais besoin de m'en sevrer. La seule radio que l'on reçoive au large est *Radio France Internationale* : c'est amusant de remettre l'actualité française dans un contexte planétaire. Amusant n'est peut-être pas le terme. C'est plutôt réaliste : la France n'est pas le centre du monde, de même que les Etats-Unis ne sont pas le nombril de l'univers, pas plus que l'Asie ne le sera demain. Le marin se sent citoyen du monde, attaché à sa terre d'origine, mais ouvert au monde. Peut-être parce qu'il vit avec le temps qu'il fait autant qu'avec le temps qui passe et que ni l'un ni l'autre n'ont de frontière. C'est ainsi que je ressens le monde avec le recul du large. J'aimerais mieux entendre parler d'affaires qui tournent rond ou même d'espoir, plutôt que de menaces de grève et de situations "dans l'impasse". Je ne demande pas que l'on décrive la vie en rose, j'aimerais seulement qu'elle soit moins noire. Je suis convaincue que la morosité appelle la morosité et que le sourire appelle le sourire. Je vois bien comme ici mon moral évolue avec le temps. Ce que j'entends là est certes moins nombriliste et sans doute moins maussade que l'actualité franco-française ou franco-européenne déversée dans l'hexagone, mais tout de même...

L'exemple du jour est frappant : je viens d'écouter un superbe reportage sur un berger peule joueur de flûte... entre deux informations consacrées aux routiers en grève en France et à la "situation préoccupante" des réfugiés du Zaïre – les Européens vont-ils parvenir à se mettre d'accord sur l'attitude à adopter ?

Jeudi 28 novembre

Je vois arriver les premiers nuages indicateurs d'un changement imminent. Depuis l'Equateur, ma descente de l'Atlantique Sud est la plus belle navigation que j'aie jamais réalisée. Tellement paisible.

Je m'interroge toujours pour mes œufs. Je ne me décide pas à les jeter. Ce matin, j'en mange deux, brouillés, accompagnés de toasts grillés – les derniers –; petit déjeuner dégusté dans le cockpit, sur mer belle et soleil matinal. Puis je les teste dans l'eau pour voir s'ils flottent ou non. J'interroge par fax mes agriculteurs préférés (Frédéric Léonard et Thierry Ambeza de l'agence Hickory, leader français de la communication agricole, agriculteurs eux-mêmes). La réponse est catégorique : je dois tout jeter. Je regrette alors qu'on ne les ait pas emballés dès le départ isolément dans du papier journal. C'est trop tard.

Je reçois mes premières cartes météo du Sud ! Elles proviennent de la station sud-africaine de Pretoria, descendent jusqu'à 70° sud et balaient de 60° ouest à 60° est. Je suis médusée : ces cartes sont couvertes de dépressions, les isobares s'alignent comme des sillons dans les champs pendant les labours. J'étais en veille depuis plusieurs jours sur mon récepteur de facsimile, testant différentes fréquences, espérant les horaires indiqués dans ma documentation encore valables. C'est toujours une joie de recevoir les premières cartes d'une station : cela me rassure pour la suite car je sais que je disposerai des outils nécessaires à ma progression ; et puis j'ai l'impression toute simple de bien faire mon boulot de marin.

Ces cartes, je les découpe, les colle dans mon cahier-journal de bord, redessine les contours des continents – ici la pointe sud de l'Afrique – au stabilo, repère latitudes et longitudes, les centres d'action (anticyclones et dépressions) et le contenu (analyse ou prévisions, à

12 heures, 24 heures, 48 heures, 72 heures...). Alors, j'essaie de comprendre la situation, l'évolution...

Depuis longtemps la météo me passionne. J'ai traîné plusieurs fois mon oreille curieuse dans les bureaux des prévisionnistes de Météo France. En 1992, j'y ai suivi un stage de formation. Sur les bancs de l'école, mes petits camarades s'appelaient Philippe Poupon, Jean-Luc Van den Heede, Yves Parlier... Nous étions à quelques semaines du départ du Vendée Globe. Les cours étaient forcément orientés sur la climatologie d'une circumnavigation. Nos instructeurs m'avaient demandé si cela ne m'embêtait pas. Trop heureuse d'anticiper l'avenir, mais trop timide pour avouer publiquement mes envies devant cet aréopage de marins solitaires, j'avais répondu que tout me convenait, n'ayant alors aucun projet précis. J'avais eu chaud au cœur d'entendre Philou ajouter que « de toute façon, cela me servirait certainement un jour » ; alors j'avais osé susurrer mon doux rêve...

Dans ma préparation commando pour ce Vendée Globe, j'ai pris le temps d'aller écouter les conseils avisés d'Eric Mas, chez Météo Consult. Il m'a donné des outils d'aide à la réflexion et à la décision.

Mais la météo, cela s'apprend aussi en naviguant. Au fil des milles parcourus, j'ai appris à suivre l'évolution du baromètre, à tester mon intuition, à décoder les cartes, à observer le ciel pour tenter une lecture. Malgré tout, j'ai toujours l'impression de ne pas savoir. Pire : plus j'apprends et moins j'ai l'impression de savoir ! Mais, sur le métier j'aime à remettre mon ouvrage. C'est l'un des plaisirs que me procure la navigation hauturière, et non le moindre.

Ce soir, c'est la fête chez mes parents à Suresnes ! Ils ont réuni une trentaine de mes amis pour célébrer mes 34 ans que je boucle demain ! C'est surréaliste : la plupart d'entre eux ne se connaissent pas et sont pourtant là, ensemble, à fêter l'anniversaire d'une absente. Et nous communiquons, eux assis autour de leur grande table dans la chaleur des rires, du vin et des mets toujours raffinés de Maman, et moi, seule, petit point abstrait qu'ils imaginent sur la mappemonde, en plein milieu de l'Atlantique Sud, à mille milles de toute terre habitée...

Ce soir, la nuit est douce. Comme la lune se lève plus tard, je distingue mieux les étoiles et passe un long moment dans le cockpit, le *Requiem* de Mozart dans les oreilles, les yeux plongés dans l'univers, les jumelles autour du cou, un peu plus près des étoiles. Sirius est extrêmement lumineuse, c'est « la plus brillante » m'indique mon petit guide. Je salue Orion, dont je découvre les détails à travers les lentilles, les Pléiades, les Nuages de Magellan aux abords de la Voie Lactée, la Fausse Croix du Sud... mais je ne trouve toujours pas la "vraie" ! Peut-être ne verrai-je qu'elle quand je l'aurai enfin découverte.

Je rentre dans le carré. "Mail" est allumé. Ils viennent de répondre à mon message. A cet instant même, ils sont à table. J'ai la liste des convives. Je tente de les appeler via Saint-Lys Radio. Mon père décroche. La liaison est mauvaise : il ne m'entend pratiquement pas ; en revanche, je perçois parfaitement les voix derrière lui. Comme c'est étrange et comme c'est beau d'être relié à des milliers de kilomètres et de partager cet instant ! L'émotion est réciproque. Décidément, je m'émerveille toujours de ce que permettent les moyens de communication modernes ! Nous n'insistons pas. Cela suffit, même si j'aurais aimé leur parler de mon dialogue avec les étoiles. Je leur en donne quelques bribes dans un nouveau message, pour leur offrir un peu de mon rêve. C'est amusant : dans cet instant de liaison extrême avec la terre, je me sens déjà un peu déliée. Je retourne plonger la tête dans l'infini étoilé, et j'entends le Petit Prince : « Si tu aimes une fleur qui se trouve dans une étoile, c'est doux, la nuit, de regarder le ciel. Toutes les étoiles sont fleuries. » [...] « Quand tu regarderas le ciel, la nuit, puisque j'habiterai dans l'une d'elles, puisque je rirai dans l'une d'elles, alors ce sera pour toi comme si riaient toutes les étoiles. »

Ce soir, c'est un peu comme si tous mes amis réunis habitaient chacun une étoile et que je les entende rire...

Quand j'étais enfant, je connaissais *Le Petit Prince* presque par cœur. Avec ma sœur, nous écoutions sans nous lasser son histoire racontée par Gérard Philipe. Depuis, l'expression « à mille milles de toute terre habitée » que j'ai employée plus haut, possède une intonation toute particulière pour moi : elle a la voix de Gérard Philipe et évoque autant un désert de sable que d'eau. Une référence que nous avons en commun ma sœur et moi et qui scelle notre complicité. Même à nos âges, il nous arrive de citer, parfois en même temps : « Tu parles comme les grandes personnes ! [...] – Tu confonds tout... tu mélanges tout ! »

Si mes oreilles captent la question : « Où sont les hommes ? », me revient le dialogue du Petit Prince et du serpent : « On est un peu seul dans le désert ? – On est seul aussi chez les hommes… »

Et lorsque je largue les amarres, me vient toujours cette phrase : « Et quand l'heure du départ fut proche : – Ah ! dit le renard… je pleurerai. […] Puis il ajouta : Va revoir les roses. Tu comprendras que la tienne est unique au monde. » Le 3 novembre dernier, je l'ai prononcée tout haut, rien que pour moi, en m'écartant du ponton aux Sables d'Olonne…

Oh ! Je pourrais citer tant d'autres passages, avec le ton des récitants. C'est amusant comme ce texte m'habite – comme il habite sans doute bien d'autres que moi –, plus ou moins consciemment d'ailleurs, comme une source fertile, comme une musique inscrite dans ma mémoire, une petite Madeleine de Proust dont la saveur revient pour quelques mots entendus ou prononcés. Et ce soir donc, les étoiles rigolent et je ris avec elles…

Vendredi 29 novembre

La nuit a été agitée. J'ai manœuvré plusieurs heures sur le pont au passage de grains successifs. Ce matin, le vent est à nouveau stable. Après un bon petit déjeuner, j'ouvre mes cadeaux : quelques livres, un ourson en peluche, un petit phare et un Game Boy ! Un cadeau du Politburo ! Cela manquait à ma culture, je vais pouvoir combler les lacunes. Mes premiers scores sont assez minables !

Je rassemble cadeaux, gâteau d'anniversaire, bougies, fixe mon appareil photo numérique sur son bras magique dans le cockpit et réalise quelques clichés, que je transfère sur mon ordinateur. Olive et Thierry Martinez – photographe – ont mis au point un système de transmission de photos numériques par standard C... Mon cliché sera publié dans *L'Equipe*.

Décidément, ces moyens de communication me fascinent. Je continue de penser que ma voie est là, ces technologies auront part dans des chapitres de mon histoire encore à écrire. Ce sujet m'intéresse depuis des années : la communication entre la mer et la terre. Autour du concept, j'ai déjà monté deux projets avortés. Le premier s'intitulait Media 92. Un titre ronflant, que j'avais même eu l'impudeur naïve de déposer. Quelle prétention ou quelle innocence ! Je ne sais plus. J'en souris aujourd'hui, peut-être avec un peu de honte, mais sans moquerie pour ces rêves d'alors. J'ai cru, crois et croirai toujours – je l'espère – à des rêves fous et impossibles... Media 92 est né dans ma tête un ou deux ans avant que l'on célèbre le 500e anniversaire de la découverte de l'Amérique par Christophe Colomb. Un événement symbolique de la communication entre les hommes. Les marins allaient le célébrer à leur manière, en retraçant le sillage de Colomb. J'avais décidé d'armer un bateau pour cette deuxième édition de la Route de la Découverte organisée par les Espagnols (je ne m'étendrai pas sur ma tentative de participation à la première édition de cette même course quatre ans plus tôt...) ; l'équipage aurait été constitué de journalistes professionnels, navigateurs amateurs, qui auraient partagé leur aventure en direct grâce à des moyens de transmission sophistiqués et auraient réalisé des reportages sur ces lieux découverts par Colomb. Je réunis de la documentation sur les outils disponibles, mais eus bien du mal à récolter des informations sur leur efficacité réelle. Ils étaient de plus hors de prix. Je ne parvins pas à convaincre de sponsors et abandonnai finalement un projet qui, rétrospectivement, me paraît totalement irréaliste pour l'époque. Mais j'avais semé quelques graines de rêve dans ma tête. Depuis, elles continuent de germer...

J'ai cru la moisson mûre deux ans plus tard, avec un deuxième projet, Reporter Bleue. Il s'agissait là de m'engager dans le Boc Challenge 93-94, le tour du monde en solitaire avec escales. Les routes maritimes, les ports escales, l'environnement maritime... pouvaient constituer l'objet de reportages réalisés par une équipe de journalistes professionnels ; mon bateau aurait été le fil conducteur de cette série de reportages. Il aurait été équipé de moyens modernes de transmission d'information, d'image ou de son. Le bateau et son skipper auraient donné un ton, un esprit, une coloration à ce voyage de re-découverte du monde, de respect de l'environnement maritime. La navigatrice retrouvait la journaliste... Et je tentais toujours de convaincre des entreprises, des banquiers pour des crédits afin d'acheter un bateau. Mais d'autres programmes virent le jour... Reporter Bleue rejoignit Media 92 dans le tiroir des projets avortés. Pourtant le rêve était toujours en germe, la moisson viendrait un jour, j'en étais sûre.

Depuis, je ne compte plus les projets avortés ou concrétisés par d'autres et dont l'esprit se rapproche de cette intuition de rêve que je sens mûrir en moi. Signe que l'idée est dans l'air du temps...

En ce jour où j'entame ma trente-cinquième année, je commence réellement à faire un point sur le sillage que j'ai tracé dans ma vie, et j'ai cette conviction : il y a un temps pour mûrir ses rêves et un temps pour les réaliser. Cela commence à se bousculer dans ma tête, comme des révélations, des évidences. Je retrace les derniers mois passés... Et surtout, je me souviens qu'il y a un an, jour pour jour, je pleurais : mon espoir de courir la saison 1996 en Figaro solo, dont la si magique course en solitaire du Figaro, s'effondrait...

... Je venais de signer, trois mois plus tôt, ma deuxième participation au Figaro, soutenue par Clarins. Un partenariat concrétisé à peine un mois avant le départ de la course – déjà... Mon bateau portait le joli nom de l'*Eau dynamisante*. Malgré une participation plutôt médiocre, l'équipe en charge de la communication chez Clarins semblait ravie de l'opération et me disait vouloir continuer : la voile leur allait bien. Qui plus est, au-delà des rapports professionnels, nous avions noué de véritables relations d'amitié. Je leur proposais une saison entière sur le même bateau ; le budget était modeste et serait largement amorti par les retombées auxquelles nous pouvions prétendre. La question était de savoir si Clarins décidait de choisir la voile comme axe de communication. Les informations que je recevais me confortaient dans cette idée. L'aval du président paraissait n'être qu'une formalité, du moins à mes yeux (l'on prend volontiers ses rêves pour des réalités lorsque l'on croit toucher au but). La réponse tardait et le 29 novembre 1995, j'appelais une nouvelle fois la secrétaire du vice-président, lui rappelant l'urgence de la décision.

Elle me joignit quelques instants plus tard après s'être enquise de la réponse ; j'étais un peu inquiète mais confiante... Le verdict tomba comme un couperet :

« Désolée, Catherine, la réponse est non. » Je m'effondrai au téléphone, demandai des explications. Finalement, je fondis en larmes : nous étions pratiquement à la fin de l'année, trop tard pour partir à la recherche d'un autre sponsor et à la veille de l'ouverture du Salon Nautique, où je m'apprêtais à contacter les fournisseurs. Je m'en voulais de trop de confiance, de tant d'optimisme irréaliste, de mon manque de sang-froid aussi. Mon interlocutrice, Annick, tentait de me consoler ; sa voix était douce et je percevais son réel regret d'être la messagère de la défaite. Elle me proposa de me rappeler quelques minutes plus tard afin de me permettre de reprendre mes esprits. Ce qu'elle fit. Je lui avouai que le soir-même je fêtais mes 33 ans... C'était aussi son anniversaire. C'était étrange, cette femme que je ne connaissais pas et qui venait de casser mon rêve bien malgré elle, semblait sincèrement partager ma souffrance, peut-être à cause de cette date anniversaire...

... Annick vient de m'adresser un message par fax, via Saint-Lys Radio, ainsi que toute l'équipe "communication" de Clarins. C'est le deuxième qu'elle m'adresse depuis le départ du Vendée Globe. Je lui réponds. Peut-être plus qu'un autre, elle comprend le bonheur d'un rêve réalisé. Elle s'est réjouie, étonnée peut-être, de cette opiniâtreté qu'elle a perçue au travers de mon engagement dans cette course ultime, et aujourd'hui, tout comme moi, elle doit penser au coup de fil d'il y a un an... Cela m'émeut. Je réalise alors que si la réponse de Clarins avait été positive, je ne serais pas là, à tracer ma route autour du monde. J'aurais couru ma saison en Figaro, et puis après ?...

Devant l'échec, j'ai dû réagir, inventer autre chose, reprendre le cours d'autres rêves. C'est drôle, la vie : le projet a-t-il échoué parce qu'il ne fallait pas qu'il aboutisse ? A quoi dois-je ce changement de parcours, au hasard ou à la destinée ? Je m'interroge de nouveau sur "la" question, sans chercher d'ailleurs à lui trouver une réponse, à lui proposer "ma" réponse. Dans les jours qui ont suivi, une autre voie s'ouvrit pour moi, un chemin en partie solitaire, que j'avais délaissé pour un projet d'équipage. C'est un marin qui me la désigna. Mais que faisait-il sur ma route ce jour-là ?...

... Ce 8 décembre, à la fin du déjeuner de la F.I.C.O. (Fédération Internationale de Course Offshore) qui se tient traditionnellement le deuxième vendredi du Salon Nautique, je croise Yves Parlier, qui me lance :

– Tu imagines, Catherine, dans un an, à la même époque, nous serons dans l'océan Indien...

Interloquée, appelant ma raison à la rescousse, je lui réponds :

– Tu sais bien que j'ai remis ma participation au Vendée Globe à l'an 2000. J'ai décidé de donner la priorité au projet d'équipe, pour engager, avec Challenge Océanes, un bateau dans la Whitbread.

– Rien ne t'empêche de courir l'une puis l'autre course. Tu sais, moi je te verrais très bien dans le Vendée Globe, c'est une course pour toi.

Je quitte Yves, ébranlée. La plaie du renoncement, du choix raisonné de remettre mon rêve à plus tard, est béante ; je la croyais cicatrisée, je croyais mon envie enfouie bien au fond de ma poche, j'avais remis un gros mouchoir par-dessus, et voilà qu'à la première tentation, mes résolutions s'envolent ! Le soir-même, j'appelle

Anne Combier, lui avouant mon trouble. A l'époque, nous pressentons que Whirlpool France ne nous suivra sur la Whitbread qu'avec le soutien de la maison-mère américaine. J'évoque avec Anne l'idée d'un programme sur un monocoque de 60 pieds open pour 1996, comprenant l'Europe 1 Star (la transat anglaise en solitaire), la transat Québec - Saint-Malo avec Challenge Océanes et un équipage féminin international, et le Vendée Globe : j'y trouve mon compte, l'équipe aussi qui peut arguer des escales américaines et canadiennes pour "vendre" notre projet de Whitbread à Whirlpool Etats-Unis. Anne connaît mon envie de Vendée Globe depuis le départ ; elle sait la déconvenue que j'ai connue une semaine plus tôt. Elle sait aussi que si l'équipe navigue depuis trois ans, c'est en partie parce que j'ai amené mes partenaires dans le projet. Pragmatique, diplomate, mais surtout extrêmement humaine, elle me rassure : c'est peut-être une solution... A étudier... Je ne dois pas m'inquiéter.

Le lendemain soir, autre rendez-vous traditionnel des marins : le dîner de l'U.N.C.L. (l'Union Nationale de la Course au Large), qui s'achève généralement très tard – pour les plus courageux – entre champagne et rock n'roll. Fatiguée, j'hésite à prolonger la soirée mais me laisse finalement tenter. Sur la piste, je me retrouve à danser un rock avec Yves, souhaitant et redoutant à la fois qu'il me rappelle notre conversation d'hier. Entre deux passes, il me lance :

– Tu as repensé à ce que je t'ai dit hier ?

– Parlons-en ! Tu as mis un sacré chantier dans ma tête ! Je ne pense qu'à ça et à trouver des solutions pour tout conjuguer sans pirater notre projet Whitbread.

Je sais que le bateau d'Yves est à vendre, lui sait que, potentiellement, je peux convaincre mon sponsor ; je ne suis pas dupe, mais écoute volontiers ses propositions. Choisir cette option-là suppose de monter un nouveau dossier avec un programme et surtout un budget : Yves me propose de m'aider à reconstruire ce montage. Le jour est levé quand nous y mettons un point final. Yves reprend son train pour Bordeaux. J'irai dans quelques semaines voir son bateau à Arcachon...

... Dans les mois qui ont suivi, j'ai réalisé le programme élaboré durant ces deux jours, mais d'une autre manière : finalement, Yves a vendu son bateau à Marc Thiercelin, et nous avons loué l'ancien *Fujicolor III* de Loïck Peyron, le monocoque, à bord duquel j'ai disputé l'Europe 1 Star et Québec-Saint-Malo avec Challenge Océanes. Mais au mois d'août, j'ai renoncé au Vendée Globe : ce bateau aurait nécessité des transformations trop coûteuses pour que j'envisage de m'élancer dans le Sud. Mais je me refrénais aussi, pour donner ses chances au projet d'équipage féminin d'aboutir.

C'était il y a un an, seulement, et je vais bientôt rentrer dans l'océan Indien...

« Salut Catherine,

Vu que mon bazar informatique a l'air d'émettre, j'en profite pour faire un essai et te remercier pour les infos sur la météo. J'ai encore et toujours le problème de drisses à régler. C'est la première fois que je suis incapable de dépasser ma peur ; je dois être en train de vieillir ! Bienvenue dans ta trente-cinquième année ! Mis à part quelques ennuis techniques, c'est un vrai bonheur, cette course, et je ne regrette pas toute l'énergie investie. Je te laisse pour bosser un peu la météo, car j'ai grand besoin d'attaquer un petit peu mon Canadien préféré... Je t'embrasse et si cela fonctionne, nous pourrons correspondre à l'avenir. Marc. »

C'est le premier message que je reçois de Marc Thiercelin. Je sens que nous sommes installés pour de bon dans cette course et commençons à prendre plaisir aux échanges. Avec Isabelle, cela a commencé il y a plusieurs jours. J'apprécie cette correspondance. Elle a l'air de se régaler, mais elle avoue que son bateau se comporte parfois comme un cheval fou. Elle s'en tire bien malgré tout. Je la sens heureuse, et amusée par ma course et mon enthousiasme qui lui rappellent son premier tour, pendant le Boc Challenge 89-90. Elle avait racheté *3615 Met*, le premier bateau de Jean-Luc Van den Heede ! et avait joliment bouclé son parcours. Après elle, Bernard Gallay avait repris la barre de ce plan dessiné par Philippe Harlé. Aujourd'hui, révisé et mené par Patrick de Radigues, le sloop anciennement gréé en yawl parcourt son quatrième tour du monde... Belle histoire.

« Ma belle Cath,

Je découvre que c'est ton anniversaire... Mille bisous, belle année qui commence en route vers le Sud. Ça me rappelle mon premier voyage perso vers le Brésil. La veille du départ, on m'a tiré le Hi King et la phrase emblème était “qui va vers le Sud, trouvera la fortune”. C'est ce que je te souhaite, une fortune d'émotions et de sensations et de plaisir. Tu dois être très occupée aujourd'hui, et avoir beaucoup de courrier. Quand tu auras le temps, raconte comment est Sainte-Hélène pour vous. Ici, ça va ; pas encore de gros mauvais temps, le froid et les albatros et la lumière... Mais tu verras. Encore des bises... Isa. »

« Bonjour Princesse,

C'est ton compagnon de voyage invisible mais bien présent, non loin de toi. J'aurais aimé me rapprocher de toi ce soir pour te faire une surprise et te souhaiter bon anniversaire, mais je suis certain que, plutôt que ces mondanités, tu préfères garder ton avance. Patrick. »

Samedi 30 novembre

Le décor a changé ce matin. Après une nuit sans vent, le ciel s'est totalement bouché, des grains l'ont assombri, capricieux, puis le vent s'est stabilisé au sud-est, 15 à 18 nœuds.

Je poursuis mes vacations quotidiennes avec Pete. C'est bien agréable de naviguer en groupe, c'est motivant pour la compétition, d'autant que nous subissons notre troisième passage à niveau. A notre position actuelle, la flotte de tête filait dans des vents plus portants et plus intenses.

Message à Anne concernant le deuxième envoi de ma photo anniversaire (le premier est arrivé incomplet) : « Le colis est arrivé. Tu peux dire à Tom Cruise (Olive) et à Depardon (Thierry Martinez) que les

27 842 bytes ont été livrées dans la boiboîte… J'espère que ce coup-ci est le bon… Il faudra dire à Lyophal, que 280 mg d'eau pour le hachis parmentier, ch'est pas achez… mais ch'est bon quand même… »

Ce soir, j'ai froid et ressors les vêtements polaires.

Dimanche 1er décembre

J'ai la gorge serrée. Une profonde tristesse que je ne parviens pas à chasser depuis ce matin. Mes parents, qui me croyaient sans doute au courant, m'ont appris la nouvelle sans plus de détails. C'est le choc. Je veux savoir. J'envoie des messages partout pour que l'on m'explique ce qui est arrivé à Isabelle. Mon équipe comprend mon émotion et tente de trouver les mots qui apaisent : « C'est apparemment un safran qui aurait cassé, m'indique Anne, je comprends que tu sois bouleversée, mais rassure-toi, Isabelle philosophe et relativise en pensant à Nandor et à Didier, pour qui ce n'est pas le Pérou. Continue ta course, pour toi, pour Isa, pour moi, pour tous ceux qui sont à fond avec toi. Isa est fière de toi. Reconcentre-toi sur toi. La vie est belle, Isa le sait. » Pour sûr, elle est forte, mais ce qu'elle vit doit être une souffrance extrême. C'est étrange, depuis le départ, j'encaisse très mal les abandons successifs. Le retour au port de Nandor, Thierry, Didier, leurs tentatives successives pour repartir, et puis maintenant, Isabelle… Un peu comme si nous avions tous embarqué sur le même bateau et qu'ils restaient là, sur le bord de la route, sans que l'on puisse rien pour eux. Encore une fois, j'ai la sensation que cette épreuve unique tisse un invisible fil entre nous, qui parfois casse et envoie comme une décharge, nous faisant mal. C'est aussi le premier abandon en tête, parmi les éclaireurs. C'est donc ça, le Sud ? Ce n'est sans doute qu'un début.

Je n'ai pas écouté la vacation. Pas envie d'entendre leurs questions, pas envie de parler. J'essaie de me changer les idées en nettoyant la soute à voiles et en bricolant sur le pont, rien n'y fait. Je la vois elle, seule bien sûr, sur le pont de *PRB*, le regard embué sur l'horizon, déroulant le film de sa précédente navigation dans l'Indien...

... J'étais en mer quand Isabelle s'est retournée, il y a deux ans. Alors qu'elle venait de gagner la première étape du Boc, son rêve se brisait : démâtage, gréement de fortune aux Kerguelen, puis la culbute, le grand soleil, en plein milieu de l'océan Indien. C'était l'hiver pour nous dans l'Atlantique, au nord de l'Equateur. Je ramenais *Bagages Superior* des Antilles en compagnie d'Albert Bargues, fidèle préparateur d'Alain Gautier qui venait de disputer la Route du Rhum. Nous rencontrions notre première grosse dépression depuis le départ. La mer, le ciel et la vie à bord avaient le goût d'un Sud que je ne connaissais pas. Il faisait froid. Avec Albert, nous pensions à ces mers dont nous rêvions tous les deux et aux copains qui, à cet instant même, naviguaient là-bas, à sec de toile ou presque. Nous venions d'interroger Pierre Lasnier sur l'évolution de cette dépression qui nous poussait vers l'Europe. Sa réponse fut brève, avec un post-scriptum : « Isabelle vient de déclencher sa balise de détresse... » Pendant les heures qui ont suivi, nous sommes restés silencieux, attendant des nouvelles avec angoisse. Je regardais la mer déjà bien creuse. Je me souviens d'avoir pensé à sa famille, à ses parents. Oh ! Isa ! Tiens bon !

Elle a tenu bon, elle est revenue... sans son bateau, et malgré tout, elle a retrouvé la force de reconstruire, sans rancune contre le sort et avec une énergie étonnante.

Tout cela, elle y pense sans doute à cet instant, mais aussi à la nécessité de boucler ce tour. Je lui ai écrit cela ce matin. Je sais que les mots ne consolent pas, ils allègent seulement la souffrance. Ce soir, elle me répond.

« Ma belle Cath,

Hier tu me demandais ce qu'est le Sud... Eh bien voilà, c'est ce pays où tout est solitude, où tout ce qui t'arrive de bon ou de mauvais est pour toi seule, que ce soit la victoire d'y tracer son chemin, ou l'affrontement de l'échec. C'est le pays où l'âme est nue. Comprends-tu ce que je veux dire ? Le Sud sera ce que tu en feras, puisque quelque part il est en toi. Et là, il suffit de froid, de glace, d'eaux grises et de râles du vent pour que tout se réveille, tes peurs, tes bonheurs, tes envies, tes questions...

Alors vas-y avec ce que je sens en toi de fougue et de bonheur et tu seras payée de retour. Et si d'aventure, il te refusait, je peux dire que les journées les plus impressionnantes de mon existence ont été celles du 28 au 31 décembre 1994, parce qu'à travers cette épreuve, je me suis retrouvée si proche de moi-même. Ce qui arrive aujourd'hui est un mauvais remake, mais peut-être un pas de plus sur le chemin. Je n'ai pas encore baissé les bras et j'ai encore besoin de me regarder dans ce miroir du Sud. Vas-y avec confiance, il y aura le bonheur en plus.

A bientôt. Isa. »

Lundi 2 décembre

Je suis tombée nez à nez avec la Croix du Sud la nuit dernière, enfin... J'étais sortie faire un tour sur le pont vers 4 heures TU. Elle se trouvait là, exactement dans l'axe du bateau. « Tu me cherchais peut-être ? », m'a-t-elle lancé d'un air goguenard. J'étais médusée. Elle était beaucoup plus grande que je ne l'imaginais. Je l'avais déjà aperçue pendant la Transat AG2R, la dernière nuit avant notre atterrissage à Saint-Barthélémy ; elle m'avait paru bien grande, mais aussi je la regardais sur l'horizon. J'ai pris des points de repère par rapport aux constellations que j'avais déjà identifiées et je l'ai observée longtemps, parcourant ses branches à la jumelle. Finalement, elle n'est pas plus spectaculaire qu'Orion ou les Pléiades, mais c'est la Croix du Sud, magique pour un marin.

Je ne me défais pas des bras de Sainte-Hélène. Le dernier souffle de vent s'est envolé cette nuit. Je ne desserre pas non plus l'étreinte de mes concurrents directs, mais celle-ci n'est pas pour me déplaire : traverser la pétole ensemble motive. Je discute une bonne heure par radio avec Pete à qui j'apprends ses premiers mots en français (une phrase pour épater Jeantot à la vacation), et Patrick est en vue.

Je constate que cette absence de vent ne me porte pas sur les nerfs. Depuis le début, j'accepte la météo comme elle vient. Quand je sens venir un souffle, je déroule mon grand gennaker, et l'enroule quand la bise s'évanouit. Je me repose alors, dors, lis ou écris. Tout s'effectue sans violence à bord et sans brutalité. Je ne tire pas plus sur les bouts que raisonnable et utilise volontiers les winches afin d'épargner un dos déjà bien sollicité par ailleurs. Je suis vraiment heureuse de ce rythme harmonieux que j'ai adopté.

J'ai vu une baleine alors que je manœuvrais sur la plage avant. J'ai d'abord entendu le souffle, me suis retournée, j'ai aperçu l'auréole laissée en surface par sa plongée en apnée, puis j'ai attendu qu'elle remonte. Il s'agissait d'un rorqual commun, j'ai pu le vérifier dans le manuel sur les mammifères marins. Il m'a rappelé ceux que nous observions l'été dernier dans le golfe du Saint-Laurent avant la transat Québec - Saint-Malo. J'avais aimé ces quelques jours passés à Percé, en Gaspésie, les baleines, la colonie de fous de Bassan sur l'île de Bonaventure, l'accueil des Québécois... Je m'étais promis de revenir cet hiver, si je ne devais pas naviguer... Je suis étonnée de ne pas voir davantage de cétacés. Surprise aussi car d'ordinaire, j'aperçois plus de détritus en surface ; mais il est vrai que d'habitude, mon sillage emprunte les routes maritimes sur lesquelles on repère facilement un objet toutes les deux ou trois heures, alors qu'ici, je traverse ces axes de navigation. Aujourd'hui, je suis tombée dans un courant qui charriait une quantité étonnante d'immondices. J'ai tenté de comprendre leur origine : Amérique latine ? Afrique du Sud ?

« On a gagné ! On a gagné ! » Anne m'a envoyé un message cette nuit : la France vient de remporter la

Coupe Davis, et Renaud d'ajouter : « On redécouvre en France ce que c'est que de vouloir vaincre ; ça tranche avec le climat ambiant et c'est bien sympa. »

Une fois encore, je nettoie le bateau entièrement et vérifie l'usure des pièces d'accastillage et des bouts. Je vide un jerrican d'essence dans le réservoir pour le groupe électrogène, dont la bougie s'encrasse d'ailleurs bien vite.

Mardi 3 décembre

Il semble que je me situe du bon côté de "Bonaparte", Patrick à ma gauche, Raphaël à ma droite, tous les deux en vue, et Pete pas très loin derrière – l'élastique toujours... et au bout du fil tous les jours. C'est amusant ces retrouvailles aux portes du Pays des ombres, sous le plus radieux des soleils, et tellement étonnant d'apercevoir une voile amie à l'horizon, comme un caillou dans un jardin zen. Tous semblent heureux, surtout Patrick qui n'a pratiquement eu personne en ligne depuis le départ et qui barre quelque huit heures par jour car ses batteries ne tiennent pas la charge.

Je suis en grande forme, j'ai retrouvé mon moral depuis hier. Je m'extasie tous les jours devant la beauté des lieux, je me régale des levers ou des couchers de soleil, des lumières, des éclairages dans les nuages, des étoiles, de la houle...

D'après les cartes météo, nous allons toucher un petit front, devant dans le sud, juste de quoi nous mettre en jambes – en douceur, je pense – avant les grandes révélations.

Ce soir, comme souvent, je feuillette le *Carmel Océan*, un cadeau de Renaud, qui a dessiné une image sur chaque page d'un carnet de croquis. J'aime ces vignettes colorées et leur enchaînement. J'aime aussi sa calligraphie. Elle m'en rappelle une autre, bien différente, mais tout aussi belle, d'une amie peintre dont la spécialité est l'ex-voto, ces "boîtes", comme elle les surnomme, qui retracent en relief l'histoire d'un bateau. A l'origine, l'ex-voto était offert à la Vierge, à la suite d'un vœu ou pour remercier d'une grâce rendue. Anne-Emmanuelle Marpeau en a fait un objet d'art. Ce sont les plus beaux que je connaisse. Le texte qui habille la scène relatée dans la boîte est tracé à l'encre, avec sa plume sergent-major d'écolière. J'ai revu Anne-Emmanuelle et Bernard Lagny, son compagnon, qui réalise de superbes demi-coques, il n'y a pas très longtemps, à l'occasion d'une exposition montée dans l'Abri du Marin de l'île de Sein. En 1990, Bernard m'avait offert la demi-coque du bateau que j'allais faire construire à La Villette, pour m'aider à chercher un sponsor... La calligraphie de Renaud me renvoie à Sein... et à la péniche *Thalassa,* où je travaillais alors et où Bernard était venu m'apporter sa demi-coque.

Mercredi 4 décembre

Aujourd'hui est un grand jour, du moins je le pressens : le décor a changé, j'entre dans les Quarantièmes ! Je vais traverser l'archipel de Tristan da Cunha, dont une île culmine à 2 000 mètres ! Et apercevoir – j'en ai l'intuition – mon premier albatros !

Un petit front est passé dans la nuit, juste de quoi me mettre en jambes et m'habituer aux couleurs grises. J'ai enroulé mon gennaker à temps, car le vent a rapidement fraîchi ; il est important que j'anticipe les manœuvres afin de préserver des voiles qui doivent boucler le tour. Il m'arrive de penser au premier Vendée Globe, aux pionniers qui partaient dans l'inconnu total et embarquaient pratiquement tout en double, les écoutes, les voiles... Aujourd'hui où l'on maîtrise mieux le vieillissement du matériel, les bateaux partent plus légers.

Ce matin, j'observe tous les oiseaux qui tournent autour du bateau avec plus d'acuité que d'ordinaire. Depuis plusieurs jours déjà, je suis accompagnée par des pétrels et des puffins et plonge régulièrement dans le livre transmis par Philippe Poupon avant mon départ...

... J'avais exprimé à Philou mon souhait de larguer les amarres avec un mot de lui. Au-delà de l'admiration que je porte au marin, Philou incarne une philosophie de la vie qui m'est proche. Il connaissait mon envie de Globe depuis longtemps : il y avait eu ce stage chez Météo France et cette conversation dans une boîte de nuit, à l'issue d'un Figaro, où j'avais eu plaisir et fierté à me retrouver bord à bord avec des marins naguère inapprochables. Je demandai alors conseil à Philou et à Jean Le Cam sur l'itinéraire à suivre : continuer dans le circuit Figaro, très professionnel et très enrichissant, ou tenter l'aventure du Grand Sud. Jean me conseillait la monotypie, les budgets raisonnables, Philou, l'expérience du Sud : « Le Figaro existera toujours dans vingt ans, le Globe peut-être pas... »

... A la veille du grand départ, je reçois un fax de Philou :

« Chère Catherine,

Devant toi se trouve la plus belle aventure. Tu vas parcourir l'Atlantique, l'Indien, le Pacifique, contourner l'Antarctique. Tu seras pendant quatre mois au cœur de la nature, avec le soleil, la lune, les planètes, les étoiles, la mer, la houle, les vagues, les calmes, les tempêtes, les nuages, le vent, les icebergs, les baleines, les oiseaux.

Profite de tous ces moments magiques, admire la nature, observe les oiseaux.

Sois heureuse et prends ton temps sur cette “Longue Route”. Amitiés, Philou. »

Ce même samedi 2 novembre, Lucien, l'un des fidèles préparateurs du Bigouden, me donnait un paquet : « De la part de Philou, avec un grand coup de pied aux fesses et un gros bisou. »

Ce matin, je parcours à nouveau les planches de ce *Guide des oiseaux de mer* de Gerald Tuck et Hermann Heinzel – remarquablement bien construit et très pratique d'utilisation –, consacrées aux albatros, comme une élève avant l'examen. J'ai beau me dire que le doute ne sera pas possible, que je les reconnaîtrai sans hésitation, je languis.

Le ciel s'est dégagé derrière le front ; le soleil est de retour, le vent est plus stable. J'ai perdu mes petits copains de vue, mais observe encore l'horizon, à tout hasard… Je vais bientôt traverser l'archipel… J'attends les albatros… Je ne cesse d'effectuer des allers-retours entre le carré et le cockpit. Mon corps connaît cet enchaînement des gestes par cœur : attraper le rebord en bois du rouf avec les deux mains, basculer les hanches vers l'avant, entrer une jambe, puis l'autre, descendre les deux marches espacées... Depuis un mois que je navigue sur ce bateau, mon corps a optimisé ses déplacements, les mains, les pieds connaissent leurs points d'appui, leur appel, essentiel pour aller plus vite, ou tout simplement pour ne pas tomber. Finalement, je sors le livre, les jumelles, la carte dans le cockpit, les pose sur le capot sous le rouf en plexiglas transparent, assise sur un banc ou dans la descente, et j'observe.

Il est là ! Je le vois ! Pas de doute, c'est lui ! Mon premier albatros ! Ce vol sans battement d'ailes, cette envergure, ces ailes sombres sur le dessus, blanches détourées de noir en dessous, ce corps blanc, coupé en deux par le noir des ailes qui se prolonge, l'éventail de la queue noire, cette présence et cette grâce... Plusieurs espèces répondent à cette description. Je lui demande : « Comment t'appelles-tu ? Albatros à cape blanche ? A tête grise ? A bec jaune ? » Et l'oiseau tournoie autour du bateau, se laisse porter par l'ascendance, incline son vol, rase les vagues, remonte et replonge, sans battre une seule fois des ailes, ou un coup à peine, pour se donner plus d'appui. C'est magique. « Denis t'embrasse ! » J'ai tenu ma promesse à un ami marin... Je sors ma caméra. Plus rien n'a d'importance que cet albatros, son vol, notre rencontre. Alors, je comprends la fascination des marins pour cet oiseau, comme une révélation qui me serait offerte à l'entrée du Pays des ombres, un cadeau d'accueil aux portes d'un monde imaginaire...

Depuis hier, j'ai sorti la grande carte Polaire Sud, celle du tour de l'Antarctique. La plupart des cartes embarquées m'ont été prêtées par VDH. Au stylo et avec des couleurs différentes, figurent les routes de ses quatre tours du monde. J'ai l'impression de posséder les cartes d'un grand explorateur du XVe ou du XVIe siècle. Je me sens bien petite. Sur les cartes neuves, comme celle de l'Antarctique, j'ai fait reporter la route de Jean-Luc durant le précédent Vendée, à bord du même bateau. Jusqu'à présent, j'ai été, en moyenne, un peu moins rapide que lui, allant parfois à la même vitesse, rarement plus vite, souvent moins vite, car l'ancien professeur de mathématiques barrait bien plus souvent que moi, et puis l'expérience... Là, je compte le temps qu'il a mis pour aller de ma position du jour jusqu'au cap Horn : 47 jours... Vu qu'il était plus rapide et qu'il était descendu très sud, il est à peu près sûr que je mettrai plus de temps que lui. Deux jours ? Quatre ? Une semaine ?

Je réalise aussi que j'ai accompli un quart du chemin. Je ne m'en serais sans doute pas aperçu si Pete ne m'en avait parlé. Je ne trouve pas le temps long. Il n'a plus de valeur, il s'écoule et je vis à son rythme, sans urgence et sans lassitude. C'est bon de ne pas sentir le poids du temps !

L'archipel Tristan da Cunha, découvert par le navigateur portugais en 1506, compte trois îles : l'Inaccessible (tout un programme), The Nightingale (quel décalage, un rossignol ici !) et Tristan, la plus grande, la plus haute aussi avec son cratère qui culmine à 2 000 mètres pour une circonférence de 5 milles nautiques, à peine. J'imagine qu'il doit être impressionnant d'être à l'aplomb de l'île qui n'est donc qu'un volcan éteint. Je décide de la longer à son vent, mais une calotte de nuages aux nuances grises et soufrées l'enveloppe complètement, ne laissant qu'une maigre bande dégagée à la base. J'aperçois les vertes falaises et regarde l'île s'éloigner, un peu triste d'avoir raté mon rendez-vous. Jusqu'au crépuscule j'espère une éclaircie. Elle viendra, plus tard. Après un coucher incandescent, le ciel se dégagera totalement et je retrouverai mes étoiles. J'y retournerai, je m'en fais la promesse...

Lors de la vacation avec le PC Course et durant notre liaison personnelle avec Pete, Patrick et Raphaël, il apparaît que tout ne va pas pour le mieux pour chacun : Raphaël s'inquiète pour son pilote automatique, le bateau zigzague beaucoup ; la nuit dernière il a effectué un empannage involontaire, et la bôme est violemment passée d'un bord sur l'autre. Patrick a déjà atteint son quota de gasoil du jour et sait qu'il va devoir barrer quatre ou cinq heures la nuit prochaine. Marc a une voie d'eau au niveau du tube de jaumière à travers lequel passe la mèche de safran. Yves a encore cassé des lattes... Bienvenue dans le Sud ! Je bénis la simplicité de mon bateau, sa solidité et sa tolérance pour les pilotes automatiques. Je réalise de jolies moyennes : 11 à 13 nœuds, 16 nœuds dans les surfs !

Jeudi 5 décembre

Je viens d'ouvrir mon premier pot de Nutella. Etonnant, moi si gourmande, je n'y ai pas touché avant. Depuis quelques jours, j'ai entamé les sacs des semaines “zones très froides”, dont les rations sont plus riches et copieuses que celles des zones tempérées. J'ai veillé à ne pas perdre trop de poids dans la descente de l'Atlantique, car je sais que je vais maigrir dans le Sud; je dois garder des calories. Je bois aussi beaucoup d'eau (4 à 5 litres par jour en comptant l'eau pour réhydrater la nourriture lyophilisée) et améliore le goût de l'eau de mer dessalinisée avec de l'Isostar, très énergétique. J'absorbe tous les jours mes 17 pilules (9 le matin, 8 le soir) de compléments nutritionnels fournies par Starvital, et ne suis pas mécontente d'arriver à observer cette discipline sans difficulté – facilitée par le travail de fourmis d'Hélène et Anne qui les ont triées et mises sous sachets avant le départ ! C'est même amusant, car elles font partie d'un rituel qui s'est installé à bord : le matin, il y a les pilules, mais aussi la lecture à voix haute de la pensée du jour, extraite d'un recueil offert par ma sœur et qui s'intitule *La Petite Voix*.

Comme le souligne Do dans sa dédicace, ces pensées sont un peu naïves, mais « tu trouveras souvent une impulsion pour les moments à vivre et une cohésion avec l'instant présent. Que ces petites pensées t'accompagnent jour après jour ». Je m'étonne d'apprécier ce rituel, quelles que soient la naïveté du texte et les évidences que j'y déclame parfois, je m'adonne à cette lecture quotidienne avec plaisir et trouve autant d'importance à l'exercice de lecture à voix haute qu'au contenu du texte. Je pense alors aux moines, dont je comprends mieux la vie rythmée par les lectures ou les chants. Aujourd'hui je lis : ...« Prends conscience que tu n'as pas à chercher la sagesse, la connaissance et l'entendement à l'extérieur; tout est là en toi, disponible... Tu es un monde par toi-même, un monde qui contient toute lumière, tout amour, toute sagesse et tout entendement, et qui attend qu'on le fasse émerger. Alors cesse de le chercher à l'extérieur. Prends du temps pour être tranquille et le trouver en toi ! Apprends à te comprendre toi-même, et ce faisant tu commenceras à comprendre les autres, à comprendre la vie... » Je me demande ce que je vais trouver en moi dans ce voyage que j'ai envisagé initiatique, je pense à cette nouvelle page qui s'ouvre avec l'entrée dans le Sud et « qui va me mettre l'âme à nu »...

Patrick n'a pas trop le moral ce soir : il est resté 15 heures à la barre aujourd'hui ! Je n'en reviens pas ; j'admire sa ténacité. Raphaël aussi a pas mal de soucis, notamment de pilote et de frottement sur ses bosses de ris qui permettent de réduire la surface de la grand-voile ; il avoue ne pas avoir pris de plaisir depuis le départ. Pete va bien, malgré une douleur au coude ; je le sens inquiet de ce handicap avant le grand tour de l'Antarctique. Cela l'énerve car il n'a jamais été malade, mais il m'assure que ce n'est pas grave.

A les entendre, je suis presque confuse de ne pas avoir de problème et de connaître tant de bonheur. Je ne pensais pas que j'éprouverais autant de plaisir sur cette route. Moi si sensible à la beauté, c'est un univers magnifique qui m'environne depuis le départ. Je me sens bien ici et maintenant. Je ne vois pas le temps passer, mais encore une fois, je vis l'instant. Mes vacations avec le PC doivent paraître bien banales car je n'ai pas grand-chose d'autre à raconter que mon bonheur. Peut-être devrais-je parler un peu plus technique ? Cela m'est égal. Mon histoire est comme ça et je souhaite que cela continue.

J'ai eu un coup de foudre cet après-midi : un albatros bien plus grand que tous les précédents. Jamais vu une telle envergure : il avait deux grandes taches blanches sur le dos de ses ailes brunes. Un albatros hurleur, m'a précisé mon guide. Il m'a accompagnée pendant des heures, tournant autour du bateau, s'éloignant, se rapprochant ; j'ai suivi son vol du regard, amoureuse. Il y a de l'aigle et du dauphin dans cet oiseau : de l'aigle pour la puissance et la grâce de son vol, du dauphin pour la présence et le profond sentiment de liberté qu'il dégage.

Il fait beaucoup plus froid ce soir et j'ai sorti les charentaises. J'écris en écoutant un concerto pour violon de Max Bruch que j'ai découvert avant de partir. Ce que j'entends est sublime : l'interprète, Maxim Vengerov, âgé d'à peine 23 ans, joue de son Stradivarius comme mon albatros de ses ailes, avec une telle grâce, une telle facilité apparente et tant de sentiment ! Jamais je n'ai entendu une telle sonorité ! J'en ai la chair de poule ! Comme si l'archet glissait sur la corde tendue de mon âme et l'élevait. Que c'est bon, l'âme qui s'élève !

Vendredi 6 décembre

Je viens de m'injurier copieusement : après une nuit dans la pétole, j'ai vraiment tardé à renvoyer la toile. A force de me convaincre de ne pas trop faire souffrir le bateau et les voiles, je finis par ne plus toiler comme il faudrait. Il est vrai que par petit temps, la houle est meurtrière pour les voiles, mais mon gennaker n'est pas en dentelle ! « Chabaud, t'es nulle ! Et ça dit faire de la compétition ! A d'autres ! » Je me tutoie toujours quand je me parle, surtout quand je me passe un savon. Et je ne rigole pas, je m'en veux terriblement d'être aussi timorée, de manquer d'agressivité, de ne pas à être à fond en permanence. J'imagine que les autres, eux, le sont. Dans un empannage, qui nécessite de détendre le pataras tenant la tête de mât sur l'arrière, je prends la poulie sur la tête, bien comme il faut ; j'ai une jolie bosse et encaisse cela comme une punition.

Je viens de passer le 40e sud ! Et je ne dépasse pas 2 à 3 nœuds de vitesse moyenne, 5 nœuds dans les surfs ! Bonjour le rugissement ! Sur les cartes, je repère quelques petites dépressions, mais surtout une belle grande bulle anticyclonique ; pour les tempêtes, on verra plus tard !

A comparer nos conditions, nous avons fini par comprendre la situation : je me situe au centre d'une petite dépression – donc sans vent –, Raphaël et Patrick plus au nord viennent de retoucher de l'air, arrivera bientôt mon tour, puis celui de Pete. Cela peut paraître étrange d'échanger de la sorte, nous ne le ferions certainement pas sur une transat. Ici, les données sont maigres et nous ne sommes pas avares d'informations. La route est encore si longue...

J'ai revu mon bel albatros. Je n'en croyais pas mes yeux. Je lui ai demandé de descendre un peu pour que je puisse lire sur ses ailes : elles étaient là, les deux belles taches blanches. « Tu es revenu ! Elle te plaît ma grande fusée rouge ? Moi, c'est Catherine. Et toi, comment t'appelles-tu ?... »

La liste s'allonge : à quelques heures d'intervalle, Thierry et Yves viennent d'annoncer la casse d'un safran. Thierry, qui est encore haut en latitude et qui réalisait une jolie remontée, n'a pas identifié l'objet ; il fait route sur Cape Town. Pour Yves, qui navigue déjà dans les Cinquantièmes, il s'agirait d'un growler ; cap sur l'Australie.

Ce n'est pas juste, cet acharnement du sort contre Thierry qui a déjà déployé une montagne de détermination pour repartir après la casse subie dans le golfe de Gascogne, et contre Yves qui depuis le début accumule les problèmes techniques. J'essaie d'imaginer comment j'aurais réagi à leur place : aussi loin que je plonge dans les ressources de ma volonté et de ma détermination, je ne suis pas sûre d'y trouver autant de courage pour continuer ou pour repartir. Certes, ils n'ont pas le moral aujourd'hui. Il y a ce qu'ils tentent d'exprimer à la radio pendant la vacation, mais il y a surtout cette solitude devant l'échec qu'ils doivent affronter seuls, même s'ils sont entourés.

Je viens de transmettre un message à VDH, j'ai besoin qu'il me rassure sur la solidité de mon propre safran et qu'il m'indique les solutions en cas de rupture...

Ce soir, je pétris mon premier pain. Hélène, qui n'a décidément rien oublié, a glissé des sachets de farine et de levure dans mes provisions hebdomadaires. Sans grande expérience en la matière, je tente une cuisson au bain-marie, à l'eau de mer... Quel bonheur cette odeur dans le carré ! Ressurgit alors l'image de ce bateau sur lequel j'appris à cuire du pain, durant l'été 1981, au cours d'un voyage autour de l'Espagne et du Portugal qui allait se révéler bien tumultueux...

... C'était l'époque où je frappais aux coques, dans les marinas, à la recherche d'embarquements de fortune. L'année précédente, ma passion était née d'une navigation enchanteresse, décrochée par l'intermédiaire de la bourse des équipiers de France Inter. Je rééditais donc. Un homme d'une soixantaine d'années souhaitait convoyer son bateau de Port-Barcares à Bayonne, avant de s'élancer seul dans un tour du monde. Nous devions être trois ou quatre à équiper son voilier de 9 mètres : je me retrouvai seule avec le propriétaire et sa chienne. J'entretins de bons rapports... avec l'animal. Quant à l'homme, il ne m'agressa pas, non. Il ne cessa de m'entretenir de la vie sentimentale de sa fille, de sa femme qu'il quittait, de son désespoir. J'écoutai, d'abord touchée, mais je me lassai vite, d'autant qu'il finissait par ignorer ma présence. Je m'évadais dans les manœuvres, la navigation, l'observation de la mer et du ciel et conversais avec la chienne. Il en devint jaloux. Au bout d'une semaine, avant de toucher Valencia, il perçut que j'allais débarquer, mais ne comprit pas pourquoi. Je n'avais pas envie de m'en expliquer. Son histoire n'était pas la mienne.

A Valencia, je décidai de poursuivre jusqu'au bout ce périple amorcé autour de la péninsule. Je fis le tour de la marina sans trouver d'embarcation. On me conseilla de rejoindre Denia, un port situé plus au sud, le long de la côte méditerranéenne, que je gagnai en stop. Arrivée sur le port de pêche, j'aperçus un grand ketch qui battait pavillon français. Je m'en approchai. Ce bateau portait la marque de ces constructions d'amateurs, conçues pour des navigations lointaines : pont encombré, voiles fatiguées, linge suspendu, un enfant jouait sur le pont. Je n'avais jamais navigué sur un bateau si grand et celui-ci incitait au voyage. Je hélai l'un des occupants et, très vite, me trouvai embarquée.

Ce joli bateau appartenait à des frères et sœurs, dont les parents élevaient des chèvres dans l'Hérault. Ils avaient mis plusieurs années à aménager cette coque en ferrociment. Les matériaux, espars et voiles, avaient été récupérés sur des chantiers ou achetés à bas prix. La carte la plus récente était une mappemonde nautique et datait de 1969. La fille s'appelait Isabelle et avait vécu à Ibiza avec son enfant qui était à bord. Plusieurs de ses frères avaient embarqué, dont celui qui skippait et dont j'ai oublié le prénom ; il lisait Castanedas et cuisait notre pain. Il était le seul à posséder des rudiments de navigation. Ils me parlaient d'un autre frère, journaliste à *Actuel,* Patrice van Eersel, qui se fit par la suite une spécialité – entre autres – de la rencontre avec les dauphins. J'aimais l'ambiance de ce bord et cette fratrie sympathique. En l'absence d'instruments de navigation fiables, et compte tenu de notre inexpérience, nous nous perdîmes deux jours en mer, dans un bon coup de vent, avant de retrouver la terre pratiquement où nous l'avions laissée... Je les quittai peu avant Gibraltar, à regret : ils partaient vers le Maroc, le Sénégal, le Brésil... Je voulais boucler mon tour de la péninsule avant l'entrée dans une école de journalisme.

Il était trop tard en saison pour rencontrer des plaisanciers empruntant la route Atlantique entre Gibraltar et la France. A défaut de bateau-stop, je décidai de poursuivre par la route. Parvenue au village frontalier entre l'Espagne et le Portugal, je posai naïvement mon sac à dos sur un banc et partis repérer les environs, à la recherche d'une pension. Je revins : mon sac avait disparu. Bien sûr, personne n'avait rien vu. Avec lui, je perdais non seulement mes vêtements, ciré et bottes, mais un appareil photo et ma flûte traversière... Il ne me restait plus qu'une brosse à cheveux, un pull, et 200 francs... En larmes, j'allai déposer une plainte bien inutile, puis quittai les lieux, furieuse, autant contre moi que contre les voleurs. Quelle inconscience !

Tendant mon pouce sur le bord de la route, j'eus alors à affronter les regards suspicieux des Portugais qui circulaient en famille : je réalisai que, les mains vides, sans sac à dos, je n'étais plus une touriste, mais sans doute une fille de mauvaise vie... Du moins, c'est ce que je lisais dans leurs yeux. Un camionneur me déposa à Lagos, sur une petite route de montagne. Le soir tombait et plus personne ne s'arrêtait. Une Mercedes passa sans freiner et là, je m'effondrai. Mais je la vis revenir. L'homme s'était ravisé, il me demanda en anglais si j'avais un problème. Je lui expliquai que je souhaitais gagner le nord mais venais de me faire voler mon sac et n'avais pratiquement plus un sou en poche. Il me proposa de venir me restaurer et prendre une douche dans la villa qu'il habitait, mais où il ne pouvait me loger. L'opulence des lieux contrastait avec les maisons vétustes aperçues jusqu'alors. Je compris confusément qu'on était chez le producteur de Clint Eastwood. Etait-ce lui le producteur ? Je ne l'ai jamais su. Enfin propre, je saluai la compagnie qui jouait au billard, puis l'homme me déposa en ville où je louai une pension pour la nuit.

Le lendemain, j'eus plus de chance sur la route et oubliai les agressivités passagères. J'étais bien décidée à suivre l'objectif que je m'étais fixé et n'avais pas l'intention de couper par Madrid. De toute façon, je n'avais pas de quoi me payer un billet de train.

J'appréciai les charmes de la campagne portugaise, puis espagnole, que je traversai rapidement. J'arrivai un soir à Santander, où j'avisai un banc sur le port. Je m'étendis, pensant y passer la nuit. Un jeune homme s'approcha, qui me fit comprendre qu'il était dangereux de rester là. Bien que je l'aie assuré, avec les quelques mots appris sur les routes, que je n'avais pas l'intention de bouger, il insista et me conseilla de m'installer sur une plage non loin de là, d'ailleurs, il voulait bien m'y conduire. Et je le suivis ! Dans la totale inconscience qui était la mienne à cette époque, rien ne me servait de leçon ! Sur la plage, il ne voulut bien sûr plus partir et me fit comprendre que ce ne serait pas long, que je ne devais pas avoir peur... J'étais pétrifiée. Je courus me cacher dans les herbes sur la dune, mais l'homme m'y suivit. Je courus encore, mais il était toujours là. Désormais, la nuit était tombée, le ciel était noir, le vent soulevait l'écume des vagues et le sable sur la plage. Il n'était plus question d'appeler au secours : il n'y avait personne. Quand il s'avança de nouveau, je plongeai la main dans le sable et lui en envoyai une poignée au visage. Il s'énerva réellement, bondit sur moi, je le frappai des poings, il m'attrapa au cou et serra... J'étais devenue hystérique. Je compris que si je ne voulais pas finir mes jours sur cette plage, je devais trouver une solution : brutalement, je relâchai tous mes muscles et fis la morte. L'homme prit peur et desserra son étreinte. Il bafouilla alors qu'il me laissait tranquille, mais que si je restais là, ce n'est pas un, mais dix garçons qui allaient venir m'agresser. Il était hors de question que je le suive quelque part. Il alla donc me chercher une couverture dans son coffre, m'indiqua un endroit retiré et partit.

J'attendis un long moment avant de relâcher ma vigilance, mais il ne revint pas. Je m'allongeai alors sur le sol, enroulée dans la couverture et m'endormis, harassée.

C'est la pluie qui me réveilla, tôt le lendemain. En me redressant, je fus étonnée de la couleur de la terre, noire : j'avais dormi dans les cendres d'un ancien foyer. Avec la pluie, j'étais noire moi aussi et suais dans les mêmes vêtements depuis Gibraltar. Je repris le chemin de la ville, me protégeant des ondées avec la couverture. Je l'abandonnai dans une poubelle du centre. Affamée, j'entrai dans un café, mais je n'avais sans doute pas de quoi me payer à boire, préférant conserver mes quelques sous pour le train, une fois parvenue à Bordeaux ou Poitiers. Le tenancier avisa les rares pesetas au creux de ma main, et sans répondre, partit en cuisine. Il en revint avec un énorme sandwich aux anchois et un grand café "con leche", me signifiant de remettre mes pièces dans ma poche : de toute évidence, je devais avoir l'air pitoyable. Je lui souris à pleines dents et mordis de même dans ce sandwich dont j'ai toujours gardé la saveur.

Les derniers kilomètres en stop au-delà de la frontière française furent laborieux. Je ne sais plus à partir d'où je pus payer le train pour Paris, j'ai oublié dans quel état je rentrai chez mes parents chez qui j'habitais encore, mais j'ai souvent pensé à cette escapade : à cette navigation malheureuse puis heureuse en Méditerranée, à Gibraltar, à la villa de Lagos, au sandwich aux anchois et au pain à bord du ketch...

Samedi 7 décembre

Bon, le bain-marie ce n'est pas mal, mais le pain est un peu humide et bien salé. Je parfais la cuisson en le grillant dans la poêle. Un délice, mais il faudra améliorer le système...

Nouvelle vérification générale sur le pont avant l'arrivée de la dépression que j'ai cernée sur les cartes. Le baromètre est déjà bien descendu, il pleut. Je serre le vent bâbord amure afin de rester au nord de la dépression quand elle balaiera la zone. Je commence à comprendre un peu mieux la climatologie locale (la circulation des grosses dépressions plus au sud et celle, plus rapide, des dépressions secondaires aux latitudes où je navigue actuellement) et j'ai moins de mal à raisonner "la tête en bas" que je ne l'imaginais. A vrai dire, cela me rassure.

Ce soir, a lieu le fameux dîner annuel de l'U.N.C.L. (l'Union Nationale de la Course au Large). Anne me transmet leur demande de liaison radio. Sachant que les communications ne passent pas très bien en ce moment, j'adresse un message écrit à Anne, avec ordre de le transmettre au président, Pascal Herold.

Quand j'appelle, la liaison est effectivement très mauvaise pour eux, bien qu'excellente pour moi. Je ne sais trop que leur dire. Je suis émue. Je sais qu'ils sont nombreux, cinq cents peut-être, mais je ne sais plus très bien à quoi ça ressemble, cinq cents personnes ; de plus, je les connais pratiquement tous, c'est un peu la famille ; ils pourraient n'être qu'un et je m'adresse à eux avec l'envie de leur faire une confidence, de leur envoyer un peu de mon bonheur... Mais que vont-ils en saisir ? « Catherine, nous t'entendons, mais la liaison est vraiment très mauvaise. Je vais lire le mot que tu m'as envoyé. Nous pensons tous à toi et t'embrassons très fort. » Il y a de l'émotion dans la voix de Pascal et derrière lui j'entends comme le bruit des vagues sur une plage : je comprends qu'il s'agit d'applaudissements. La communication est coupée, j'éteins la radio et sors dans le cockpit, retrouver la mer, les nuages, le ciel noir ce soir, retrouver ma solitude tout en imaginant Pascal derrière le micro qui, à l'instant même, leur lit mon message...

« Bien cher président, bien chers tous,

Mon président, j'espère que tu as reçu mon mot d'excuse signé du Grand Albatros du Grand Sud. C'est la première fois que je sèche la soirée de l'U.N.C.L. depuis longtemps. Mais tu comprends, je suis retenue à dîner ce soir par un bel albatros rencontré hier, pas celui aux pieds noirs, celui à la tête grise avec des taches blanches sur le dessus des ailes. L'affaire a l'air pas mal engagée, alors j'espère que tu ne m'en voudras pas.

Au risque de me répéter, je voudrais redire à quel point je suis heureuse de courir ce Vendée Globe. Tous les jours, j'y trouve un bonheur nouveau. Remarque, je ne suis pas très difficile, un coucher de soleil ou le vol d'un oiseau suffisent à me donner de l'énergie pour 24 heures.

Ce que je dis moins, c'est le plaisir que j'ai à naviguer sur ce bateau. Finalement, les solutions éprouvées du Grand Barbu ont du bon. C'est le bateau idéal pour l'aventure de quatre mois autour du monde d'une novice.

Et puisque c'est la soirée de remise des prix, je voudrais que tu en remettes un de ma part à toute l'équipe *Mission Impossible* qui m'a aidée à préparer le bateau en un mois. Après quarante jours de mer, je n'ai eu encore aucune avarie importante à bord, c'est assez rare pour être salué.

Merci aussi de remettre un prix spécial à ma chère Combier. Puisque vous fêtez la voile ce soir, je souhaite à tous ceux qui courent de trouver leur Combier et d'avoir avec eux autant de professionnalisme, de générosité et d'amitié.

Je vais boire un coup à votre santé. Salue bien ce joli monde de la voile pour moi et mes sponsors et mes fournisseurs préférés s'ils sont là. Avec toute mon amitié, Catherine. »

Je pense alors à Bernard Moitessier. J'ai ressorti *La Longue route* pour mon entrée dans le Sud. Je l'ai déjà lu, il n'y a pas très longtemps d'ailleurs, mais l'ai embarqué au même titre que les écrits des pionniers du premier Vendée Globe, comme référence. Intuitivement, je me sens plus proche de Moitessier, peut-être à cause de ce voyage initiatique. A cet instant, je pense à lui et aux 300 jours qu'il a connus sans communication avec la terre. Une fois encore, je suis émue de ce don d'ubiquité que me donnent le fax et la radio. Et je regarde au fond de moi : cette communication avec la terre m'a-t-elle procuré du plaisir ? Etais-je en manque ? Je décèle qu'elle ne m'était pas nécessaire, que la solitude ne me pèse décidément pas, pourtant leur parler m'a fait plaisir, comme si j'avais offert un cadeau à ces gens que j'aime. C'est sans doute l'une des différences essentielles avec le grand homme (à côté duquel je me sens si petite) : je ne renie pas la société des hommes ; l'autre m'intéresse ; je ne suis pas partie pour fuir mes semblables, mais sans doute pour mieux les retrouver, malgré leurs défauts, malgré les miens. En somme, je n'avais pas besoin de cette liaison pour combler une absence, mais cette magie contenue dans le crachouillis de ma voix provenant des Quarantièmes et peut-être ce sourire qu'ils ont perçu dans mon message, de cela je suis heureuse.

Et puis, ce dîner de l'U.N.C.L. m'en rappelle encore un autre...

... Il y a quatre ans, nous nous étions retrouvées à la fin du repas ; autour de la table, il y avait Christine Briand, Anne Combier, Christine Guillou et moi-même. Toutes navigatrices, des expériences diverses, des compétences complémentaires... C'est Anne qui proposa : « Puisque nous avons toutes envie de courir la Whitbread, pourquoi ne pas monter un projet en commun ? » Anne possède cette qualité qui me fait défaut d'anticiper mieux que quiconque, de construire sur du long terme, de semer aujourd'hui pour récolter un jour. Cela me paraissait un peu fou de démarrer alors un projet pour une course qui partirait quatre ans plus tard, en septembre 1997. Mais Anne avait raison, son expérience plaidait pour elle : après plusieurs années de navigation hauturière et de préparation olympique, elle avait choisi de créer son propre métier ; elle était ainsi devenue “manager” du médaillé olympique Thierry Péponnet. Nous prîmes donc rendez-vous pour le mois de janvier, à La Rochelle, chez Christine Briand.

Dans les mois qui suivirent, nous donnions naissance à une association, Challenge Océanes, que Christine Ockrent accepta de présider.

Un an après ce dîner fédérateur, nous hantions à nouveau les allées du Salon Nautique, armées d'un joli clip de présentation de notre projet et de résultats honorables sur l'eau. La projection du film donna lieu à une interview sur *France Info*. Ce jour-là, un jeune agriculteur qui avait enfourché la branche de la communication, et était accessoirement passionné de bateau, se dirigeait vers la Porte de Versailles, tuant le temps dans les embouteillages en écoutant la radio. Quand il entendit la voix d'Anne et de Christine interrogées par Jacques Plana, il se dit que cette histoire était susceptible d'intéresser le groupe pour lequel il travaillait – Schering Agriculture – et qui était alors en pleine restructuration mondiale. Parvenu devant le hall d'entrée du Salon Nautique, il se gara en double file, alluma ses warnings et courut jusqu'au stand où l'interview venait d'être réalisée. Point de filles, mais il retrouva notre trace sur le stand de l'U.N.C.L. C'est ainsi que nous fîmes la connaissance de Frédéric Léonard.

Dans les mois qui suivirent, Frédéric intégra l'agence conseil en communication de Schering, Hickory, pour suivre, entre autres, notre dossier. Grâce à lui et à son assistante, Anne Raoult, nous avons pu présenter un projet cohérent et professionnel à de nombreuses entreprises. Pendant trois ans, nous avons cherché des partenaires prêts à investir sur la Whitbread. Mais la grande course en équipage qui nous faisait tous rêver est anglosaxonne et ne suscite pas en France l'intérêt qu'elle mérite. Un jour, peut-être...

Ces années de travail commun autour de projets en équipage ou en solitaire ont facilité la constitution d'une équipe professionnelle qui m'a notamment permis de courir sereinement l'Europe 1 Star en juin 1996 et le présent Vendée Globe.

J'ai découvert de l'eau dans les caisses de mes vêtements polaires entreposées sous le cockpit. Heureusement, chaque caleçon, chaque polo est enveloppé dans un plastique sous vide. Il y a également une fuite d'essence au même endroit : il faudra que je nettoie tout cela demain, car c'est une véritable patinoire ; et puis, d'où vient cette eau que j'écope régulièrement ? Avant de me coucher, j'écoute la *Symphonie du Nouveau Monde* de Dvorak et un *Concerto brandebourgeois* de Bach. C'est bon Bach, ce soir !

Dimanche 8 décembre

J'ai passé une nuit épouvantable. Peu après mon appel aux terriens, le vent est progressivement monté, jusqu'à 40 nœuds d'est-sud-est, autrement dit, dans le nez ! Je n'ai pas suffisamment anticipé l'arrivée de la dépression et me situe sur sa frange sud. Je navigue au près, trois ris dans la grand-voile, trinquette et tapecul affalés. Mon cap est déplorable, j'ai bien tenté de tirer un bord vers le sud, mais c'était pire. Plusieurs caisses mal arrimées sont tombées. Sans compter que j'ai évité de justesse un chalutier argentin dont je n'ai aperçu les feux qu'au dernier moment ; un comble sur ces mers réputées désertiques ! J'ai dû pousser la barre en grand et lui ai rasé le cul... Ceux ou celles qui me protègent s'occupent bien de moi !

Ce matin, je n'ai pas le moral. Pour tout arranger, Raphaël et Patrick, qui ont choisi une route plus nord, se sont envolés dans des conditions bien plus favorables. Je n'arrive pas à joindre Pete pour savoir ce qu'il en est pour lui, plus sud. La route est longue, je tire un nouveau bord vers le nord...

... Je viens de passer quatre heures sur le pont à effectuer une réparation sur la têtière (le sommet) de la grand-voile, qu'il a donc fallu affaler complètement. Je suis assez fière du joli travail réalisé, mais rompue, d'autant que, sous-toilé, le bateau est affreusement ballotté par les vagues. Heureusement, j'ai retouché un vent de nord.

Je ne me suis pas réveillée pour la vacation, trop fatiguée sans doute.

Le froid est plus perçant, avec l'humidité en plus. Je dors avec mes vêtements polaires dans mon sac de couchage, pour les faire sécher. Je range le bateau et m'accorde une bonne toilette avant l'arrivée de la prochaine dépression.

Lundi 9 décembre

Les choses sérieuses ont l'air de commencer. Le vent est monté progressivement jusqu'à 50 nœuds. Dans l'après-midi, j'ai barré un long moment, prenant du plaisir à diriger ce bateau que je sens sain ; j'ai même battu mon record, tapant les 20,50 nœuds.

Ce soir, je navigue sous trinquette seule et vais pouvoir régler le problème de cette poche d'eau qui s'est formée dans les plis de la grand-voile arisée. Toujours cette obsession de préserver le matériel qui va me permettre de boucler le tour du monde. Je ressens chaque douleur du bateau dans mes tripes. Une grand-voile qui frotte régulièrement sur l'eau dans les embardées du bateau peut finir par se déchirer. Cela suppose de longues heures de couture, pour un bricolage qui ne tiendra peut-être pas. Donc anticiper, ne pas laisser la toile souffrir. Trouver une solution tout de suite. A terre, volontiers je remettrais au lendemain la réparation nécessaire, l'appel au spécialiste seul capable de régler le problème du moment, qu'il s'agisse d'un mal de dents ou du branchement d'une machine à laver. Ici, je n'ai pas le choix ; le bateau réclame une intervention immédiate dès lors que le mal est repéré : il en va, à terme, de ma propre sécurité. A bord, je vois les “choses” car elles sont évidentes. Je réalise qu'il existe parfois la même urgence à terre, mais qu'elle est moins visible.

Je ressens l'impression étrange d'avoir été programmée pour ce tour. Pour l'instant, cela n'est qu'une intuition, mais elle s'est exprimée dans ma tête aujourd'hui même. Comme si cette route opérait la synthèse de tout ce qui a précédé. Comme si les pas effectués jusque-là étaient les étapes d'une initiation lente et progressive, qui devait me conduire à ce grand voyage solitaire à la voile : l'initiation à mes passions de la mer, de la voile, du journalisme, la rencontre avec les marins, toutes ces années où j'ai esquissé des dizaines de projets, où je suis parvenue à en concrétiser certains, sans aucun plan de carrière, aucun objectif financier, mue par ma seule passion. Il m'est arrivé parfois de m'interroger : « Pourquoi la voile, la compétition ? Pourquoi toute cette énergie dépensée à des objectifs finalement si futiles ? Pour le plaisir uniquement ? » Mais je n'avais pas forcément envie d'avancer des réponses. J'étais heureuse, cela me suffisait. Aujourd'hui, j'ai conscience d'avoir réuni les outils, techniques ou psychologiques, nécessaires pour m'élancer, comme un peintre qui, après avoir ébauché plusieurs toiles, taillé ses crayons, choisi ses couleurs, ses pinceaux, son modèle, serait passé à l'exécution d'une œuvre majeure.

Le pilote semble bien tenir le bateau. Dehors, le vent hurle dans le gréement, les vagues déferlent de tous les côtés, la houle est déjà plus longue, peut-être moins cependant que je l'imaginais.

Pete est sous la neige et navigue dans des eaux à zéro degré. Plus au nord, où je me trouve – par 42°10 sud et 07°08 est –, l'eau est à 8 degrés et la température extérieure est de 14 degrés.

Je vais m'allonger tôt sans traîner sur le pont car je pressens une nuit agitée.

Mardi 10 décembre

Je n'ai dormi que deux heures cette nuit : il y a eu de l'embauche sur le pont. Le vent a molli de 50 à 20 nœuds. Il a donc fallu renvoyer la toile progressivement, avec beaucoup de difficultés à cause de cette poche d'eau à résorber, de la drisse qui s'est prise dans les barres de flèche, de la houle qui ballottait le bateau sous-toilé dans la manœuvre. A plusieurs reprises, j'ai interrompu la manœuvre pour retirer une épaisseur de polaires, remettre le ciré, le harnais, boire, beaucoup boire, des boissons énergétiques entre autres. La dépense physique est à la mesure des conditions météo instables et des couacs imprévus dans la manœuvre. Etonnamment, je reste calme, je ne m'impatiente pas, j'enchaîne les gestes sans précipitation. J'ai l'impression d'apprendre la patience dans ce cérémonial de la manœuvre : mon esprit me souffle de ne pas dépenser inutilement mon énergie à m'énerver contre cette drisse accrochée dans le gréement, contre cette grand-voile prise régulièrement dans les lazy-jacks (ces palans qui l'encadrent et la soutiennent quand on l'affale) quand je la hisse, ce qui m'oblige à de nombreux allers-retours sur le pont. A petits pas, la machine repart, vite. Il semble que, cette fois-ci, je sois véritablement entrée sur l'autoroute du Sud !

Les nuits sont de plus en plus courtes, et surtout l'heure locale se décale très vite. Je dors dès que je le peux car le bateau réclame une attention plus soutenue et les manœuvres sont plus éprouvantes.

Les vacations de notre groupe des quatre sont moins audibles, il n'y a que Pete que j'entends correctement. Raphaël semble sorti de ses problèmes et prend enfin du plaisir à pousser son bateau. Même plaisir apparemment pour Patrick qui paraît ravi de faire jeu égal avec Raphaël. Je me pose à nouveau des questions. Ils sont tous les trois plus rapides que moi et commencent doucement à me larguer. Est-ce à dire que je ne pousse pas assez mon bateau ? Le doute revient, comme un leitmotiv. Deux voix s'affrontent en moi, celle qui pousse pour accélérer la marche (je fais déjà des pointes à 18-20 nœuds, mais des moyennes à 11-12 nœuds maximum), et celle qui préconise la prudence et la préservation du matériel comme du skipper. Oh ! Que je me sens nulle dans ces moments-là ! Je conclus toujours en me disant de faire confiance à mon instinct, or lui m'encourage à la prudence.

Mercredi 11 décembre

Les faits n'ont pas tardé à apporter une réponse à mes interrogations. Ces dernières heures, mes trois compères ont multiplié les "vracs" et dressent le bilan de la casse : le bout-dehors pour Pat, les bosses de ris pour Raphaël et des lattes de grand-voile pour Pete...

Je n'ai pas rêvé : il est revenu mon albatros avec ses ailes brunes et ses taches blanches ! Je suis émue de savoir qu'il m'a retrouvée. Dans le fond, pendant ces quatre jours d'absence, il n'était sans doute pas très loin, de l'autre côté de l'horizon. A nouveau, je l'observe, pour m'assurer que mes yeux n'inventent pas ces auréoles laiteuses qu'ils désirent tant reconnaître. Mais non, c'est bien lui. Dans le fond, c'est la première fois qu'un animal sauvage revient vers moi. Peut-être des dauphins sont-ils déjà venus et revenus autour de ma coque, mais ce n'est pas facile de reconnaître un dauphin. Je lui ai demandé de qui il était la réincarnation, mais il ne m'a pas répondu. Peut-être lui donnerai-je un nom, à mon albatros.

Jeudi 12 décembre

Je quitte l'Atlantique pour l'océan Indien ! La limite officielle est la longitude du cap de Bonne Espérance (par 18°20 est). J'ai décidé que ma frontière serait au cap des Aiguilles (par 20° est), plus au sud que le célèbre cap découvert par Bartolomeu Dias en 1487 et doublé par Vasco de Gama en 1497, il y a exactement 500 ans. Les grands caps ramènent toujours les marins à leur histoire. Mon regard se tourne vers le nord, au-delà de l'horizon, et mon esprit s'envole jusqu'à ce mois de novembre 1985 où, du cap des Aiguilles, je regardais la mer, vers le Sud...

... Je me trouvais en Afrique du Sud pour la première escale de la Whitbread. J'avais 23 ans. Jeune journaliste pigiste et déjà passionnée de voile, j'avais eu la chance d'être invitée par Bull et Côte d'Or, partenaires respectifs des bateaux de Lionel Péan (*L'Esprit d'équipe*) et d'Eric Tabarly. Secrètement – et naïvement –, j'espérais trouver un embarquement à une étape et, à défaut, m'étais jurée de boucler ce tour du monde par la terre – ce que je fis d'ailleurs – en joignant les escales. A cette époque, l'état d'urgence était instauré en Afrique du Sud et la fin de l'apartheid relevait autant de l'utopie que la destruction du mur de Berlin. Nos visas comportaient tous la mention « *to report on Whitbread only* » : tout reportage sans liaison avec la course autour du monde en équipage était prohibé. Bien évidemment, mes confrères qui avaient déjà de la bouteille s'éloignèrent plusieurs fois des quais de Cape Town pour s'aventurer dans les townships environnants. Pour la première fois, je me retrouvais à l'étranger pour des “raisons professionnelles” et j'avais la ferme intention de jouer moi aussi les Tintin reporter.

Le voyage de presse durait une petite semaine, mais j'avais décidé de rester jusqu'au départ de la deuxième étape, puisque mon visa était valable un mois. Je quittai donc l'hôtel cinq étoiles du centre-ville pour être hébergée, dans un premier temps, par la directrice de l'Alliance Française, puis par une Sud-Africaine rencontrée à la marina. Je multipliais les contacts, les interviews, les photos, je furetais tous azimuts avec l'idée de rencontrer aussi bien des Afrikaners que des anglophones, des habitants des townships que des métis ou des Indiens, avec le réel désir de mieux comprendre une situation beaucoup plus complexe que celle décrite dans l'hexagone résumant le conflit à une opposition entre Noirs et Blancs. Prenais-je des risques ? Je n'en avais toutefois pas conscience.

A quatre jours de mon départ, je rentrai un soir chez Jane, épuisée par une journée où j'avais enchaîné plusieurs interviews. Je fermai la voiture garée devant chez elle et entrai me rafraîchir, avec l'intention de ressortir pour vider le véhicule. M'allongeant pour me reposer cinq minutes, je m'endormis aussitôt et ne me réveillai que bien plus tard. Quand je sortis, le carreau de la portière avant était brisé, la porte mal refermée, il n'y avait plus ni cassettes, ni magnétophone, ni appareil photo, ni pellicules... Des gamins ? Peut-être la police ? me suggéra Jane. Je ne subissais pas mon premier vol et j'en ai connu d'autres depuis. Plus que pour mon travail, je m'inquiétais des conséquences pour toutes les personnes que j'avais interrogées. Dépitée, je retournai le lendemain au siège du *Cape Times*, tenu pour ne pas être très proche du pouvoir. Le journaliste que j'avais interviewé n'était pas là. Je confiai ma mésaventure à un de ses collègues, demandant s'il était possible de publier un entrefilet en précisant que j'offrais une récompense pour le matériel, mais surtout en parlant uniquement des interviews réalisées dans le cadre de la Whitbread. L'article fut publié dès le jour suivant : il ne mentionnait pas de récompense et soulignait que, parmi les interviews réalisées, certaines avaient « un caractère politique ». J'étais verte. Je mettais en danger la vie des personnes qui m'avaient accordé leur confiance. Jamais on ne me laisserait sortir du pays. Je quittai Le Cap en compagnie d'un confrère suisse, Jacques-Henri Addor, avec qui je passai deux jours à Johannesburg. Nous fîmes un tour à Pretoria et à Soweto. Puis vint l'heure de regagner l'aéroport. Nous étions très en retard : personne ne nous demanda nos passeports... Je n'ai jamais passé une frontière avec autant de facilité !

Quelques mois plus tard, Jane reçut des appels anonymes : on proposait de me vendre les cassettes. Mais il n'y eut pas de suite. Le larcin avait sans doute été commis par des gamins. Ça m'a servi de leçon...

Pendant ce séjour, j'ai effectué une virée solitaire en voiture à travers ce pays magnifique. Je me suis rendue au cap de Bonne Espérance et au cap des Aiguilles. Ce jour-là, la tempête faisait rage et les vagues de l'Indien déferlaient dans les rochers tapissés d'algues brunes. Le baladeur sur les oreilles, j'écoutais la *Symphonie n°25* de Mozart et regardais vers le Sud, loin vers le Sud. Et je pensais : « Un jour, je passerai là-bas, au large de ce cap. » Il y avait la pluie, le vent et Mozart. Je pleurais et j'étais heureuse. Il y a douze ans déjà...

... Cette symphonie, je ne l'ai pas à bord, mais ce soir, je l'entends.

J'ai du bricolage sur le pont : un sac à recoudre, un bout à changer... J'interroge Lionel via le Politburo concernant une usure que je viens de repérer sur l'étai creux de mon enrouleur : un jeu anormal entre les deux éléments du bas ; cela semble cisailler la voile noircie par le frottement de l'aluminium. Dans l'immédiat, ce n'est pas grave mais, à plus long terme, les deux pièces peuvent se séparer totalement et la voile se déchirer.

J'ai reçu un bien joli message de Jean-Yves Chauve, à qui le bonheur que j'exprime évoque une phrase de Moitessier, au début de la *Longue route* : « Vent, mer, bateau et voiles, un tout compact et diffus, sans commencement ni fin, partie et tout de l'univers, mon univers à moi, bien à moi. »

Jean-Yves est aussi un amoureux du grand large, et de l'écriture. Depuis de nombreuses années, il anime les nuits des solitaires de la course du Figaro luttant contre le sommeil. Il alterne les « incroyables aventures des Figaro Tonneaux » dans un Radio Cocotier à la Signé Furax, et la lecture de pages choisies dans les récits d'aventure de marins au long cours. Moitessier est souvent au programme.

« Et dire que j'ai failli t'empêcher de partir ! », regrette-t-il aujourd'hui, dans un message truffé de cœurs : tous les "é" qu'il tape sur son clavier sont transformés en cœurs quand ils parviennent sur mon écran ! Vive le satellite ! Je m'empresse de le rassurer : bien au contraire, ce petit drame d'avant course m'a permis de partir confiante en mon épaule. Bien sûr, j'y pense tous les jours et redouble de prudence en manœuvrant – curieusement, c'est à l'arrêt qu'elle est plus douloureuse –, mais j'aurais été autrement plus inquiète si je n'avais su précisément l'origine de ma douleur. Je lui donne des nouvelles de Pete, qui semble minimiser l'infection de son coude.

J'ai écouté la *Radioscopie* de Joseph Kessel ce matin, à la barre. Un peu déçue, car je m'attendais à ce qu'il évoque ses grandes rencontres, Chancel tentait d'ailleurs de l'orienter dans cette direction. Rien à faire, Kessel revenait toujours aux nuits qu'il passa dans les cabarets russes parisiens...

J'ai étrenné mon sac de couchage pour zones froides en duvet d'oie, tellement chaud que j'ai fini à poil !

Vendredi 13 décembre

Raphaël et Patrick s'envolent devant, Pete semble tirer le bénéfice de son option sud... Mon moral est en récession. Si l'écart se creuse encore, finie notre course interne, bientôt nous ne serons plus dans le même système météo et c'est rarement favorable pour celui qui reste derrière. Les rattraper sera difficile. Ce n'est pas très glorieux de jouer la voiture-balai. De plus, les vents faibles et la houle que je connais font souffrir mon gréement. Pendant notre vacation quotidienne, j'ai du mal à cacher mon désappointement. Hier, Pete n'avait guère le moral car son option est risquée ; aujourd'hui, c'est lui qui me le remonte : « The elastic, Catherine, don't forget it ! I'm sure, it's still working ! » Bon, d'accord, l'élastique est sans doute toujours là entre nos deux bateaux, mais je le trouve bien distendu !

Sans le savoir, c'est Philippe Poupon qui me remet du soleil au cœur ! Depuis sa retraite hivernale, il me parle de son quotidien sur son île déserte et s'inquiète de savoir si j'ai tout ce qu'il me faut, « sinon je mets les voiles et je t'apporte tout... Ah oui ! le bouquin, ce n'est pas un prêt, c'est un cadeau. » Il tombe bien ton message, Philou, car aujourd'hui, je n'ai pas la frite ! Tu m'as bien dit de « prendre mon temps sur cette Longue route » ? Je le prends si bien que je suis à la traîne... Je ne suis pas sûre que tu serais très fier de moi !

Refermant l'ordinateur sur lequel je lis les messages qui me parviennent par standard C, je pense aux marins qui constituent aujourd'hui ma famille. Quand je fis leur connaissance, dans les années 80, j'appartenais depuis peu à un autre milieu, celui de la presse. Je ne connaissais que des marins amateurs, aucun professionnel. Je sentais au fond de moi l'envie de courir au large, mais je n'avais pas d'attirance particulière pour les coureurs. J'étais curieuse de cette passion qu'ils vivaient et que je partageais, mais je les croyais sclérosés dans leur monde, fermés aux autres et j'imaginais qu'en dehors de la voile, rien n'avait d'attrait pour eux. Cependant, j'aimais les interroger sur leur itinéraire, comprendre le cheminement de leur passion, découvrir qui ils étaient réellement. Lentement, j'appris à les connaître.

La rencontre s'accéléra le jour où je lançai mon propre projet. Ceux qui découvrirent mon existence à l'occasion du baptême de mon premier bateau, virent arriver la "Parisienne" argentée, car j'avais un sponsor quand d'autres partaient sans un sou. Ils ignoraient les années de galère à frapper aux coques des bateaux pour trouver un embarquement, à monter des dossiers à la recherche d'un financement, les projets avortés. J'étais une femme – donc je bénéficiais de l'intérêt des médias – et en plus je communiquais, et j'aimais ça !

Mais je n'ai eu que de rares échos de ces critiques, et bien plus tard seulement. Je m'en moquais aussi, car la plupart des marins m'accueillirent avec bienveillance et même générosité parfois. Ceux-là m'intéressaient. A mesure que je le pénétrais, je découvrais un monde d'une extraordinaire richesse. La course au large nécessitant la conception de machines performantes et l'apprentissage de multiples métiers, les navigateurs devaient être créatifs, ingénieux et pas uniquement sportifs. Peu d'entre eux avaient poussé loin leurs études, beaucoup étaient en partie autodidactes. En plus, ils étaient ouverts au monde !

Aujourd'hui où j'ai la chance de côtoyer les meilleurs – et pas toujours les plus connus –, j'éprouve une affection bien plus grande pour ces hommes et ces femmes qui ont choisi la mer et les bateaux et suis heureuse de vivre avec ou parmi eux.

Mon albatros est revenu, mais il n'est pas seul aujourd'hui : un autre hurleur aux taches blanches plus clairsemées l'accompagne. C'est toujours comme ça : vous les croyez libres, et puis vous découvrez qu'il y a déjà quelqu'un dans leur vie ! Soit ! Après tout, c'est peut-être sa sœur, ou son frère, je ne reconnais pas encore le sexe des albatros. Je repense au Petit Prince et à sa déconvenue quand il découvrit le jardin des roses chez les hommes ; c'est le renard qui le rassura : sa fleur était bien unique au monde. Mon albatros aussi.

Samedi 14 décembre

Silence sur zone ce matin. Seule claque ma grand-voile, bridée dans l'axe du bateau, au roulis sur la houle. A chaque secousse, le gréement, la coque, mon corps subissent une onde de choc. Mon compagnon souffre et j'ai mal pour lui. Les rares bouffes que j'essaie d'attraper ne parviennent pas à maintenir mon gennaker gonflé, et la voile s'effondre sur les barres de flèche menaçantes.

Ma vitesse n'excède pas un nœud. Si mes trois compères ne sont pas ralentis devant, je vais enregistrer mon quatrième passage à niveau. J'ai beau me dire que j'ai bien de la chance de ne pas avoir connu d'avarie majeure m'obligeant à faire escale – donc à abandonner –, que la course est encore longue, je mesure ce que sera la suite de cette très longue route : un convoyage autour du monde ! Certes, je suis heureuse d'être là, mais je n'oublie pas que je suis en compétition ! Quelle ironie : empétolée dans les Quarantièmes ! Les cartes me disent pourtant qu'ils ne devraient pas tarder à rugir...

Pete non plus n'a pas le moral aujourd'hui : il n'avance pas, et de plus il navigue dans la brume sur une eau à 0 degré. Il se situe par 53° sud, soit près de 10 degrés plus sud que moi, qui manœuvre en polaire sur le pont.

Je profite de ces conditions paisibles pour me laver la tête et le corps, à l'eau glacée... mais que je fais un peu chauffer : je trempe mon gant, frotte et n'utilise de l'eau chaude déssalinisée que pour me débarrasser du sel après le rinçage à l'eau de mer.

Depuis qu'Isabelle a quitté Cape Town, notre correspondance a repris. C'est amusant : finalement, nous nous connaissions peu avant le départ mais maintenant, j'ai le sentiment d'une vraie rencontre, comme avec Pete. Cela fait partie de ce que m'offre ce tour et que j'ignorais.

J'ai connu le plus beau des couchers de soleil. Le vent est revenu et m'a ramené mon albatros, seul... Son vol ondulait dans le couchant, j'écoutais *Madredeus.* J'ai soupiré profondément... Les nuits sont courtes ces jours-ci. Il y a toujours une lueur à l'horizon, vers le sud. Ce soir, je danse dans le carré en écoutant Peter Gabriel et la cassette *Europe 2* !

Dimanche 15 décembre

Pas un nuage dans le ciel. La température extérieure est bien descendue car j'ai suivi un cap très sud ces dernières heures, mais le soleil chauffe bien le carré au travers du hublot. Depuis plusieurs jours, je n'ai pas enfilé de ciré, la veste polaire "3 épaisseurs" (dont une membrane coupe-vent mais respirante) de Fastnet est vraiment très efficace.

Dans un message à mon équipe, je fais le point sur mes baisses de moral, comme pour m'excuser de mes écrits plaintifs de la veille, ou tout simplement pour les rassurer. Si je compte bien, je n'ai connu que deux grosses déprimes depuis le départ, n'ai jamais été tentée d'arrêter, ne compte pas les jours et suis étonnée de voir Noël se rapprocher... Je suis la vie à terre comme un film où les saisons défileraient en accéléré.

Quelques nuages effilochés à l'horizon, dans l'ouest, un petit croissant de lune, un ciel si bleu et bientôt, un océan d'étoiles comme je n'en ai jamais vu. Je poursuis ma descente vers les Cinquantièmes et commence à observer le radar. J'aimerais bien voir un iceberg – Pete en a vu un ce matin –, mais en même temps, je le redoute.

Lundi 16 décembre

« Bon anniversaire, ma Do ! » Ce sont les premiers mots que j'inscris sur mon journal de bord ce matin. Ma sœurette fête ses 33 ans. Alors, à la barre, je lui chante *Le Chameau,* une comptine de notre enfance que j'ai adaptée depuis longtemps : « Perdue dans le désert immense, l'infortunée Chabaud n'irait pas loin, sans le bateau... » Dire que je retourne en enfance est un euphémisme : je bêtifie ! Mais il est bon de chanter à tue-tête sans se soucier des oreilles alentour. Et cette comptine a de l'entrain. S'ensuit généralement tout un répertoire de chansons à boire ou à pleurer, allant de *Chevaliers de la Table Ronde* à *La claire fontaine,* en passant par du classique, du blues, du reggae, des mélodies rarement achevées qui en suggèrent toujours une autre. Je chante plus souvent, parfois même dans les manœuvres : depuis la course de l'Europe que nous avons disputée avec Challenge Océanes sur le grand catamaran rouge de Pascal Herold, je hisse toujours la grand-voile en chantant *La Java bleue* ; la manœuvre est longue, et en marquant le tempo des tours de manivelle, la java me donne, comme alors, du cœur à l'effort. Quand j'essuie mon bol après ma ration de lyophilisé ou ma barquette réchauffée, c'est Piaf qui surgit : « Moi j'essuie les verres, au fond du café. J'ai bien trop à faire pour pouvoir pleurer »...

Les conditions changent vite. Désormais le vent est plus intense et plus favorable. Qui aurait dit que j'allais hisser mon plus grand spi dans ces régions australes ? Je croise dans l'archipel des îles du Prince Edward, où se situe l'île Marion. L'anticyclone est remonté. Je subis sans doute l'arrivée d'une petite dépression, suivie d'une grosse sur les cartes.

Je viens de terminer ma toilette matinale : c'est devenu un rituel à bord. J'attache un soin particulier à me laver des pieds à la tête, toujours en deux temps : le haut (enfin... jusqu'à la limite supérieure des bottes), puis le bas (sous le genou). Je commence par me passer une lingette humide et parfumée sur le haut du corps, ou du Sopalin imbibé d'un produit désinfectant utilisé en milieu hospitalier. J'applique de la Bétadine sur les zones sensibles, du talc et de la crème hydratante sur le visage et sur les mains (très sollicitées), et me donne un bon coup de peigne pour masser le cuir chevelu (ça réveille). Je renfile ma polaire et renouvelle l'exercice sur le bas du corps, jusqu'entre les doigts de pieds.

Cette toilette quotidienne est aussi importante pour

moi que l'absorption de mes vitamines, ma *Petite Voix*, les repas, la météo, les vacations… Cela me donne un coup de fouet pour démarrer la journée et m'aide à garder le tempo dans la course. C'est même essentiel dans cette vie où le temps n'existe plus, où il n'est que ce que je décide qu'il soit. Sans parler du plaisir de me sentir propre.

« Anne, je suis furieuse ! Je viens de subir ma première grosse poussée d'adrénaline, à en chialer ! On nous prend vraiment pour des idiots ! Impossible de joindre la terre ! Les opérateurs ne semblent faire aucun effort pour tenter d'assurer la liaison ! Quant à la vacation, elle s'interrompt sans que l'on en soit averti ! Personne ne répond à mes fax au PC… Tu n'imagines pas à quel point c'est exaspérant, surtout quand le P.D.G. de Whirlpool, que je ne connais pas et qui vient pour la première fois assister à la vacation, est là à attendre ! Ça fait deux heures que je patiente pour rien et personne pour me prévenir !

Ne me demande pas de me calmer, je n'en ai aucune intention ! La prochaine fois, je pète un plomb. Je viens d'ailleurs d'en péter un. Je crois que je vais laisser tomber la vacation : je suis mieux, loin de tous ces abrutis à terre ! Il n'y a que la beauté du paysage et *Madredeus* qui peuvent me calmer ce soir. J'ai la colère la plus grosse depuis mon départ et c'est la terre qui me la procure : ce n'est pas normal ! Désolée, c'est toi qui la subis, même si ce n'est pas à toi que j'en veux. Je vais respirer dehors, en regardant voler les albatros… »

Je ne parviens pas à me calmer. Comme toujours dans mes colères violentes, je recense tout ce qui ne va pas. Et là, j'empile les heures perdues à essayer d'entrer en contact avec la terre, inaudible les jours où la liaison est importante. Aujourd'hui, j'ai consommé le double de mon quota d'essence quotidien, seulement pour la veille et mes tentatives d'appel, donc pour rien. Sans compter les deux heures trente pendant lesquelles je n'ai rien pu faire d'autre que tenter de battre le record d'Anne au Tetris ! Pour m'occuper, pour me calmer ! Je voudrais rompre avec la terre...

Je m'attendais à ce qu'elle justifie l'absence d'informations, qu'elle me demande malgré tout de me calmer, au lieu de cela, Anne m'écrit qu'elle comprend ma colère. Elle m'assure que Christian Brabant est heureux d'être venu au P.C. Course, il comprend que les liaisons ne sont pas faciles, il reviendra pour Noël. Ses mots m'apaisent. Maintenant, j'ai honte de ma colère. Ce drame, je l'ai construit toute seule, même si la terre y a mis du sien pour provoquer mon emportement, c'est moi qui ai attisé la braise. Quelle énergie dépensée ! pour quoi au juste ? Ce soir, c'est ma colère elle-même qui m'irrite. Il faut que ça cesse, ces réactions incontrôlées ! C'en est risible : alors que je réalise le rêve de ma vie, je gaspille mes forces à ces accrocs futiles ? Chabaud, tu as encore beaucoup à apprendre !

Mardi 17 décembre

Le baromètre descend, la température aussi. Mais la cuisson de mon pain – interrompue car il a fallu changer la bouteille de gaz, heureusement j'ai de bonnes réserves – suffit à réchauffer le carré. Cette odeur est décidément délicieuse !

Je suis toujours inaudible à la vacation, mais je ne m'énerverai pas. Dommage, Christine Ockrent est venue me dire un petit bonjour. Cela m'a fait plaisir. Christine continue de nous être fidèle. Dans notre projet de Challenge Océanes, elle nous a apporté un réel soutien. Nous avons longtemps ignoré les démarches qu'elle avait engagées pour nous aider à dénicher un partenaire pour notre entreprise. En coupant la radio, je repense à ce temps où je suivais les cours de l'Institut Pratique de Journalisme. C'était la grande époque de la "Reine Christine". Comme nombre de mes petits camarades, j'admirais son professionnalisme et notamment sa capacité à synthétiser de manière claire les situations complexes, sa qualité d'écoute, si rare. Elles sont nombreuses à l'avoir plagiée, le ton, la voix, le phrasé, jusqu'à la coupe de cheveux ! Alors que je me trouvais sur les bancs de l'école, elle comptait parmi ces personnalités que je rêvais de rencontrer, un jour. Je n'ai jamais eu d'idole, seulement des références. Christine en est une. Mon parcours dans le monde de la voile m'a donné l'occasion de la connaître un peu. Avec bonheur.

Je suis surprise car Patrick évoque l'arrivée d'une grosse dépression : si lui doit la toucher demain, je devrais déjà en ressentir les effets, mais je ne rencontre aucun signe alarmant (la chute du baromètre est assez modeste et la prochaine dépression sur les cartes météo est encore loin).

Mercredi 18 décembre

J'ai coupé le 50e sud la nuit dernière. Une étape importante pour moi, marquée par un changement radical du décor : ça hurle dans les haubans depuis ce matin. Le vent est progressivement monté durant la nuit. A 2 heures, j'enroulais le solent pour envoyer la trinquette et prenais le deuxième ris dans la grand-voile. J'ai réduit au troisième il y a une heure. Le vent souffle du nord-nord-ouest à 45 nœuds. Je surveille régulièrement le radar à cause des icebergs, même si les risques d'en rencontrer par ici sont négligeables. J'ai vu une tache sur l'écran tout à l'heure, mais j'ai vite remarqué qu'elle se déplaçait vers moi : c'était seulement un grain.

A l'intérieur, j'ai sorti l'arme anti-froid : deux rideaux en plastique transparent qui isolent le carré de la sortie. Très efficace. Je ne sais pas si j'utiliserai un jour le chauffage installé avant le départ. En revanche, je n'arrive pas à remettre la main sur ma cargaison de chaussettes polaires. A plusieurs reprises, j'ai consulté l'inventaire préparé par les deux Anne indiquant les lieux de rangement de chaque objet dans le bateau : pour la troisième fois, je fouille les caisses entreposées sous le cockpit, en vain. J'ouvre toutes les boîtes alignées sur les étagères du carré, compare les contenus aux étiquettes apposées... toujours rien. Si je ne les retrouve pas, je vais devoir me contenter des trois paires déjà usagées et lavées à l'eau de mer sous les tropiques, plus celle que je porte aujourd'hui et qui mériterait bien d'être relayée... au bout de dix jours; autant que la sueur, c'est le talc qui les raidit... Sans compter que je ne parviens plus à les faire sécher, même en les glissant sous mon sac de couchage... qui hérite au passage des odeurs. Bref, je veux des chaussettes propres et vais devoir me contenter de l'une des paires salées.

13 heures 50 – Message à l'équipe. « Le vent souffle à 45-50 nœuds. Je ne vais sans doute pas tarder à affaler totalement la grand-voile. »

C'est le dernier message écrit que j'adresserai à la terre au cours de mon tour du monde, mais je ne le sais pas encore...

Le vent a forci tellement vite ! La mer est énorme ! Je ne l'ai encore jamais vue autant déferler. Partout les vagues montent, gonflent et se déroulent en explosant. La mer est blanche d'écume et turquoise aux abords de la mousse. Avec la houle et les creux, on se croirait sur des collines enneigées. C'est terriblement impressionnant, mais que c'est beau ! Que la nature est puissante ! Faut-il donc venir en ces lieux du bout du monde pour assister à ses manifestations ?

Le vent a tourné à l'ouest-sud-ouest, la houle principale se déroule encore de l'ouest, mais la mer se croise avec le vent qui tourne à mesure que la dépression progresse vers l'est. Je devrais empanner, passer de l'autre bord, mon bateau resterait alors perpendiculaire à cet axe principal des vagues. Mais j'aimerais remonter un peu vers le nord, je crains déjà l'arrivée de la dépression suivante et je poursuis donc ma route.

55 nœuds, 60 dans les rafales. Le pilote contrôle mal le bateau qui zigzague et va vite, trop vite peut-être. Je veux affaler complètement la grand-voile : je préfère anticiper, si cela doit encore monter. J'enfile mon ciré, attache ma longe de harnais dans le cockpit avant même de sortir, largue la drisse de grand-voile, fixe la deuxième

longe sur la sangle de vie qui court sur le pont, défais la première longe, arrive au pied de mât, m'y attache, parviens à ramener la toile vers le bas… Quand j'entends un grondement derrière moi… En me retournant, je la vois débouler : elle est si haute ! et commence à déferler. Dans le même temps, le bateau dérape, présentant son flanc avant gauche à la vague. J'ai déjà compris qu'elle va coucher le bateau. Jusqu'où ? Je verrai bien, ou je ne verrai peut-être plus… J'agrippe le mât que j'enserre de mes bras quand la déferlante couche le bateau. Là, tout de suite, je n'ai pas peur. Juste le temps de penser : « Je vais peut-être me retrouver à l'eau ; j'y reste ou j'y reste pas ; c'est dommage d'en finir à 34 ans. » Je suis projetée sous le vent, mais le mât est toujours entre mes bras. J'entends l'eau dégringoler autour de moi. Le mât a plongé dans l'eau, je ne sais pas jusqu'où. Cela dure quelques secondes, mais déjà le bateau se redresse. Je suis toujours là. Je suis entière, pétrifiée. Les deux mâts sont encore droits.

C'est alors que mes jambes se mettent à trembler. Du pied de mât, je les vois toutes qui me poursuivent, comme une meute derrière son gibier. A quatre pattes, je regagne le cockpit et constate les dégâts : sous la pression de la mer, tous les bloqueurs se sont ouverts et les bouts traînent dans l'eau ; ceux qui étaient lovés dans les coffres, sous les bancs, se sont emmêlés et forment un enchevêtrement inextricable ; la fixation de la bôme du tapecul (mon petit mât arrière) est arrachée, l'espar et la voile gisent à moitié par-dessus bord… Il y a ce que je vois, et ce que je découvrirai plus tard…

Je rentre dans l'habitacle pour préparer un thé qui m'aidera à me remettre de mes émotions. Mais je m'arrête à la première marche, consternée : je ne peux pas faire un pas, tous les coffres des banquettes sous les coussins sont béants, les caisses entreposées à bâbord ont été projetées à tribord et sont ouvertes ; ma trousse à outils a atterri dans ce même coffre sous le vent et gît ouverte, vide, les outils sont au fond ; les boîtes qui contenaient les boulons, rondelles ou écrous sont cassées, toute la visserie s'est répandue partout, jusqu'au plafond où j'aperçois quelques rondelles collées – j'en découvrirai encore longtemps…

J'enjambe les caisses et les sacs de nourriture hebdomadaires pour me rapprocher du coin cuisine et de la table à carte : la boîte des fruits secs est renversée, son contenu répandu, la cuisine est tapissée d'amandes, de noisettes et de raisins secs, dessus et dessous la planche, parmi les deux batteries bâbord ; les deux bacs en plastique qui faisaient office d'évier et dont l'un contenait la bouteille d'huile d'olive, le pot de confiture en cours, un pot de miel, une petite brique de crème fraîche ouverte hier soir pour assaisonner mes pâtes – et bien d'autres choses encore –, ont disparu. Je lève les yeux et aperçois le pot de confiture au-dessus de ma tête ; je les tourne sur la droite et découvre la bouteille d'huile d'olive dans un coin de la table à cartes, vide… ; l'ordinateur qui était retenu par un élastique à une tablette coulissante sous la table à carte, est allé exploser contre la paroi du ballast ; le pot de miel et quelques couverts ont atterri au-dessus de mon récepteur de cartes météo. Je ne m'explique pas comment tous ces objets ont pu franchir le puits de la quille qui sépare les coins cuisine et table à cartes !

Ce n'est pas de thé dont j'ai besoin, mais d'un berlingot de boisson énergétique et d'un carré de chocolat, pour le moral. Je voulais voir le Sud ? Je commence à comprendre seulement ce qu'il va signifier : les déferlantes, le stress, la casse… Et je viens à peine de rentrer dans l'Indien…

2e Partie

L'ÂME À NU

Mercredi 25 décembre

Besoin d'écrire. Depuis une semaine, je n'aligne que des chiffres dans mon journal de bord, peu de mots : les communications par fax avec la terre seront impossibles tant que je n'aurai pas réparé mon standard C. Jusqu'à ce retournement, tout ce que je vivais de bon ou de douloureux, je le relatais par écrit à mes amis, mes proches. Ils étaient mon journal de bord. Je me délestais de ce vécu qu'ils partageaient. Notre correspondance trompait ma solitude. Reste la radio, mais la terre ne m'entend pas toujours, Pete est en panne, Patrick est à peine audible ; heureusement, hier soir j'ai pu converser avec Raphaël et j'espère que la liaison sera de nouveau correcte ce matin.

Alors j'étrenne un cahier et reprends la plume, afin de m'épancher. La semaine que je viens de vivre est sans doute la plus noire que j'aie jamais connue en mer...

... Dans les heures qui suivent mon départ au tapis, j'exécute les tâches prioritaires, l'une après l'autre : j'affale la trinquette et navigue d'abord à sec de toile afin d'éviter un nouveau dérapage. Je remets de l'ordre sur le pont et dans le cockpit, déblaie le passage à l'intérieur du carré, essuie la graisse répandue sur la table à cartes et alentour... A mesure que je progresse dans le rangement, je découvre l'ampleur des dégâts : les deux perceuses en pièces, les caisses de nourriture renversées sous le cockpit, des berlingots de boisson énergétique explosés dans les fonds...

Je ne craque pas. Je tente d'envoyer un message par fax, en vain. A l'heure de la vacation du groupe des quatre, je relate ma mésaventure à Pete et à Raphaël et leur demande d'avertir la terre, sans inquiéter. Je fonds alors en larmes. J'ai eu tellement peur. Leur parler me rassérène. Tous deux trouvent les mots qui soulagent et donnent l'énergie de sourire, et Pete de me conseiller : « Put six sugars in your tea ! » (« Mets six morceaux de sucre dans ton thé ! ») Je n'en ai pas à bord, mais après notre conversation, je me prépare un bon thé à la vanille et j'y dilue deux grosses cuillerées de miel...

Le 19 décembre, le vent mollit et le moral remonte. Je renvoie de la toile et mets un peu de nord dans mon est ; peut-être la mer sera-t-elle moins agitée. Raphaël transmet à terre mes messages et me prodigue des conseils pour mon standard C. J'enchaîne réparations, nettoyage et rangement et ne m'interromps que pour reposer ou alimenter mon organisme.

Le lendemain, le vent forcit de nouveau : deuxième départ au tapis, heureusement moins violent que le premier, et je suis cette fois-ci à l'abri dans le carré. Quelques heures plus tard, après un empannage incontrôlé – heureusement sans gravité –, je me précipite pour rétablir la bôme du bon côté. Trop vite : au second passage, une sangle de l'espar accroche une pale de l'éolienne et arrache le câble électrique. Je m'insulte comme rarement. Deux jours plus tard, la deuxième éolienne tombe en panne, grippée par l'oxydation. Je n'ai donc plus d'éoliennes, mais mon groupe électrogène fonctionne.

Ma calculatrice astronomique est également hors d'usage, elle aussi du fait de l'humidité. Depuis le début, j'utilise le programme "route orthodromique" pour connaître mon cap sur le fond que le GPS refuse d'afficher. Je ne suis pas sûre non plus de l'exactitude de mon compas de route "hémisphère Sud". Désormais, je dois reporter mes positions successives sur une carte muette (celle des Kerguelen pour ces latitudes avoisinant le 50e sud) et déduire le cap au moyen du rapporteur breton.

Le 21, la mer s'est un peu calmée, je décide d'inspecter la soute à voile dans laquelle je n'ai pas mis les pieds depuis le retournement. En ouvrant le capot, je reçois des émanations d'hydrocarbures en plein visage. J'attends qu'elles se dissipent avant de plonger dans la soute. Je suis atterrée, tous les bidons ont été projetés, plusieurs bouchons ont sauté : un mélange d'essence, de gasoil, d'eau douce de réserve et d'eau de mer infiltrée par le capot qui n'est plus étanche, a tapissé les lieux; certaines caisses de matériel de réparation sont couchées et laissent pénétrer le liquide graisseux et nauséabond; les jerricans ont atterri dans les bacs latéraux où sont entreposées les voiles qui baignent... J'écope et dégraisse le plus gros, car il est impossible de sortir les sacs ou les caisses sur le pont balayé par les vagues. Je devrai sans doute attendre le retour en Atlantique pour retrouver des conditions permettant un nettoyage complet. Je m'absorbe dans cette tâche pour couper court à toute réflexion et ne pas m'effondrer.

Durant ces quelques jours, mon moral monte et descend, comme la houle, comme le soleil, comme les albatros, seuls à pouvoir atténuer mon spleen. Régulièrement, je trouve refuge dans *La Longue route* de Moitessier, comme on consulte un livre de référence à la recherche des mots qui pansent l'âme. Bernard a vécu des moments difficiles lui aussi. C'est étrange comme je me sens proche de cet homme que je n'ai pas connu, aperçu seulement une fois, et dont les écrits ont incité tant d'amoureux de la mer à pousser plus loin leur voyage. Je ne dois pas ma passion à Moitessier, j'ai peu lu les aventures des plaisanciers au long cours. Mais en ces jours où mon sillage se rapproche du sien, je perçois une filiation, dans l'expérience et les émotions ressenties. J'aurais aimé le rencontrer, après. Je pense à lui en observant les évolutions de mon albatros. Et si Moitessier s'était réincarné en albatros, hurleur bien sûr ! ? J'aime cette idée. Quelle belle reconversion pour un marin ! J'en suis sûre : mon albatros s'appelle Bernard. Désormais, quand il revient, je pousse un grand cri, toujours le même, « Yahou ! Yahou ! » à gorge déployée. Cela délie les nœuds que j'ai dans le ventre et j'espère qu'il s'habituera et reconnaîtra ma voix. Lors de la vacation, ils m'ont demandé si je lui avais donné à manger. Quelle idée ! Je n'y ai même pas pensé. Bernard ne m'a pas attendu pour se nourrir et je n'ai jamais rien jeté à un dauphin, pourquoi le ferais-je pour un albatros ? Et puis, je ne veux pas de ces rapports intéressés. Je veux qu'il revienne pour moi, uniquement. Peut-être en est-il de même avec les hommes...

Plus que jamais, j'en appelle aux rituels du bord : mes pilules, ma *Petite Voix*, les heures des repas, les informations que j'écoute à nouveau plus souvent à la radio, sur un poste récepteur à piles. Je ne m'accorde plus de musique, par économie d'énergie, sauf quand l'intensité lumineuse inonde mes panneaux solaires. Je relis les lettres transmises avant le départ. Notamment celle de Gérard Seibel, qui évoque les moments vécus ensemble au départ du précédent Vendée Globe, lorsque je lui confiais : « Dans quatre ans, je serai au départ... » Il cite Goethe : « J'aime celui qui rêve l'impossible. » Et me conte l'histoire étonnante de son trèfle à quatre feuilles...

« ... Je l'ai cueilli voici plus de trente ans. Le temps est passé. Je savais qu'il existait, mais je l'avais oublié.

Quand j'ai su que ton départ était confirmé, je me suis interrogé : comment t'exprimer mon amitié, t'accompagner dans ton périple ? J'ai tout de suite pensé à un trèfle à quatre feuilles. Trouver en cette saison et à Paris un trèfle à quatre feuilles, quelle idée ! Je me suis donc rabattu sur du classique : compact disque, gourmandises, champagne, foulard, livre... tout y est passé. Quand, ce soir même, ma fille numéro 2, Charlotte, toute nouvelle en première année de fac d'histoire, me parle de livres. Je lui dis que nous avons une très intéressante et belle édition ancienne de l'*Histoire de France* en deux tomes de Victor Duruy. Joignant le geste à la parole, je prends un tome, le feuillette et y trouve le trèfle qui n'avait plus vu le jour depuis des années...

Je suis resté bouche bée. Quelle coïncidence extraordinaire ! Et maintenant, le trèfle à quatre feuilles fait le tour du monde… Ça ne s'invente pas. »

Dans la nuit du 21 au 22, je croise des pêcheurs mauriciens. Moi qui croyais ces eaux désertes ! Au matin, je découvre les Kerguelen. J'ai calé ma route afin de passer au sud, ni trop près pour éviter le dévent de l'île qui culmine à 1 850 mètres, ni trop loin, car je suis curieuse de voir cette terre française de l'Indien qui fascine tant les marins.

Je pense à Raymond Rallier du Baty qui parcourut ces îles au début du siècle et dont j'ai le livre à bord, et à Jean-Paul Kaufmann. J'ai voyagé dans l'archipel au travers de *L'Arche des Kerguelen*. Je savais qu'un jour, je serais le marin évoqué par le journaliste, croisant au large de ces îles grises et tourmentées. Mais l'atmosphère de cette matinée ensoleillée et calme contraste avec celles que l'imaginaire des navigateurs et les récits des voyageurs ont entretenues sur l'archipel.

Sur la carte, les noms rappellent des lieux familiers : la baie d'Audierne, la pointe de Penmarc'h, le golfe du Morbihan… Ils évoquent aussi les découvreurs de ces terres australes : la calotte Cook, la péninsule Rallier du Baty, le dôme Ross dont j'aperçois la coupole blanche, le glacier Dumont d'Urville, le chenal Jean-Baptiste Charcot…

Toutes les îles qui ceinturent l'Antarctique aux abords des Cinquantièmes sont également des terres de nidification. Jamais le bateau n'a été environné d'autant d'espèces de pétrels, de puffins, d'albatros… Les roches affleurantes sont proches et égrènent au gré des courants et des vents des bancs d'algues brunes qui me rappellent les laminaires familières de mon enfance. Ces entrelacs de longs filaments visqueux et ondulants qui jalonnent mes sillages depuis que je navigue, me ramènent toujours aux journées d'été, à Roscoff, où nous nous mettions à l'eau à marée basse, sur les plages de Perach'idy, de Santec ou de l'île de Batz...

... J'avais deux ans quand mes parents tombèrent sous le charme de Roscoff. Jusque-là, mon père avait chassé ou plongé dans les calanques marseillaises de son enfance, mais le poisson se faisait plus rare et le touriste plus embarrassant. De bons amis, Hélène et Bernard, leur suggérèrent les côtes plus sauvages et poissonneuses de Roscoff. Elle, était la petite fille de Louis Bagot : médecin de marine au début du siècle, il soignait ses patientes atteintes de rhumatismes à l'aide de bains d'algues et d'eau de mer, inventant ainsi la thalassothérapie.

Nous passions donc un mois tous les étés, à trois familles et onze enfants, dans une vieille maison de pêcheur, celle du père d'Hélène, Papa-Jean, qui fut un peu notre grand-père à tous. C'est là que se nourrit ma passion de la mer, presque à mon insu.

Il y eut d'abord les années épuisettes à crevettes, paniers de crabes, colliers de coquillages multicolores, godille dans le vieux port à bord de la "prame" ou du "canot", pêche à la traîne à bord du *Rockroum*, le pêche-promenade de Papa-Jean, et chasses miraculeuses de Papa, que ma mère mettait à l'eau pour ne le récupérer que plusieurs heures plus tard, sur une autre plage ou un autre rocher, parfois tard dans la nuit. Nous ne mangions que du bar et du mulet cuits au feu de bois, ou les maquereaux de la traîne. Je me souviens encore de mon étonnement le jour où l'on acheta du poulet : je pensais que la viande n'existait pas dans la région.

Puis vinrent les années où mon père nous équipa, mes frères d'abord, puis ma sœur et moi, de combinaisons lestées de ceintures de plomb, de masques, tubas, palmes et fusils de chasse. Nous nous immergions dans cinquante centimètres d'eau, juste de quoi flotter et nous déhalions sur les rochers, le long des laminaires émergées, pour rejoindre des eaux plus profondes. J'aimais ces évolutions silencieuses dans les courants plus ou moins froids, entre rochers et algues, ces plongées en apnée à jouer les poissons – de trop brefs instants, car je manquais de souffle –, ces traques palpitantes d'où je revenais toujours bredouille. Deux fois seulement, je touchai au but, avec un carrelet et un congre, mais peu m'importait, l'essentiel était la découverte du milieu, et mon adaptabilité, ce que je ne percevais pas alors. Je le comprends aujourd'hui : j'aimais l'immersion dans cet environnement si riche et si vivant, le petit goût d'aventure dans un autre monde, cette excitation que je ressens toujours à l'approche de terres inconnues.

C'est avec la plongée sous-marine que ce sentiment décupla : pour la première fois, je découvrais la mer en trois dimensions. Ces algues qui m'avaient longtemps frôlé le corps en surface, j'en démasquais les racines et leur trouvais des allures de peupliers aquatiques ; le fond de la mer n'était pas plat mais possédait des collines et des vallées ; et surtout, je me sentais voler avec un tel sentiment de liberté ! Plus que poisson, j'étais oiseau, une légère poussée de la main sur le sol suffisait pour reprendre mon envol. Oh ! quel plaisir ! Pour notre première plongée, Papa nous emmena, ma sœur et moi, chatouiller les coquilles Saint-Jacques, sur le plateau des Duhons, au large de la baie de Morlaix. Par sécurité, il nous avait reliées à lui avec un bout que nous ne devions pas lâcher. Très vite, le mouvement des palmes troubla le fond au point que je le perdis de vue. J'étais tellement émue par ces nouvelles sensations et fascinée par les évolutions des crustacés qui jouaient de leurs coquilles pour s'ensabler, que j'oubliai le fil quelques instants, avant de me faire rappeler à l'ordre.

Je tirai mes premiers bords à la voile en rejoignant les sites de chasse ou de plongée à bord de pneumatiques ou de pêche-promenades.

De ces vacances, je garde bien des images, et le souvenir de l'iode, des marches dans les algues, des grandes tablées, des bars grillés, des "Saint-Pol" de Papa-Jean (pommes de terre rissolées dans la végétaline), des soirées où il nous déclamait Victor Hugo ou Edmond Rostand, et du disque de Guy Béart que nos parents écoutaient souvent : *Oh gué ! Vive la Rose !...*

J'en ai trouvé la cassette à bord, une surprise d'Hélène et Bernard, qui y ont ajouté Brassens et des festnoz. Alors que je m'éloignais des Kerguelen, les algues brunes dans mon sillage, mes souvenirs n'arrivaient pas à me réconforter des épreuves endurées pendant les rudes journées que je venais de traverser. Alors j'ai mis la cassette, me suis installée à la barre et j'ai chanté à tue-tête : « Mon amant me délaisse... »

Le 23, la drisse de trinquette casse. Entendant un bruit de voile faseyante, je sors sur le pont. A l'instant même où je décèle l'avarie, j'aperçois à une longueur du bateau un dauphin noir et blanc qui bondit un bon mètre au-dessus de l'eau, le corps en virgule. J'ai le sentiment qu'il rigole et me crie goguenard : « Et une drisse ! Une ! Le spectacle n'est pas terminé ! La liste s'allonge encore ! » Moqueur, il rend l'incident moins dramatique. Dans l'immédiat, je passe une drisse solide par le chemin de la balancine de tangon, mais dès que la mer le permettra, je devrai monter dans le mât en installer une deuxième.

Hier, mardi 24 décembre, j'ai pu converser avec le président de Whirlpool venu à la vacation. Je ne le connais pas encore, mais sa voix chaleureuse m'a plu. Il me parle d'une surprise pour mon retour... Le retour... Cela semble si abstrait, mais il m'assure que les heures sombres ne vont pas durer... J'ai aussi appelé Anne sur son portable : « Ne quittez pas, j'enlève mon casque », répond-elle avant de savoir de qui il s'agit. J'entends des bruits de circulation.

– C'est Catherine, me reçois-tu ?

– C'est incroyable ! Imagine que je suis à moto, rue de Rivoli, je t'entends comme si tu étais à côté et tu me plonges dans l'océan Indien. C'est magique !

Anne a du mal à contenir son émotion, moi aussi. C'est beau, les télécommunications !

Il est bon d'écrire. Ce mercredi 25 décembre au matin, le baromètre est remonté et le soleil reparaît ! Je commence par ouvrir mes cadeaux. C'est Noël après tout... Je découvre un bracelet en argent offert par mes tantes, une caisse de mets fins (foie gras, cuisses de canard confites, bocal de girolles...) qui égaieront sans doute mon assiette à midi ou ce soir, un livre, une boîte à outils pour enfants (un cadeau de mes charmants préparateurs qui ne manquent pas d'humour) et un petit sapin de Noël en plastique, que je cale dans un coin de la cuisine.

8 heures 30 TU, c'est l'heure de notre vacation entre coureurs. Je tente de joindre Raphaël. En vain. Je teste toutes les fréquences sur lesquelles nous trafiquions ces derniers jours, mais *Algimouss* ne répond pas. J'imagine tout : Raphaël ne s'est pas réveillé, il connaît des problèmes d'énergie et préfère économiser ses batteries, il n'a pas envie de parler..., mais j'évacue le pire. Pourtant je m'inquiète. Réflexion faite, ce silence n'est pas normal. J'attends la vacation avec le PC dans l'anxiété...

Pour patienter, et puisque les conditions de mer le permettent, je m'attelle à une réparation délicate : la fixation qui relie l'un des chariots du mât à la grand-voile est cassée. Je dois changer la pièce (opération bien difficile, car elle est grippée) et surtout la remettre en place. En équipage, nous ne serions pas trop de trois pour effectuer la manœuvre : orienter la latte au bout de laquelle est fixée la pièce, présenter l'œil, placer les rondelles en teflon, indispensables pour éviter les frottements, et passer l'axe dans tous les trous. Au premier essai, la manipulation me paraît irréalisable seule. Mais je n'ai pas le choix : je ne pourrai jamais boucler mon tour du monde avec une voile réduite à trois ris ! Alors je tends des bouts, pour orienter la toile et la latte, debout sur la bôme, je cale mes pieds dans les plis de la voile affalée, car le bateau sous-toilé roule. Je tente le coup, une fois, deux fois, dix fois peut-être ! Impossible... A plusieurs reprises, je m'interromps, prends du recul en imaginant d'autres méthodes, ingurgite une boisson énergétique car c'est de force dont j'ai besoin, et de précision. Je dois me concentrer sur cette pièce et me convaincre que je vais parvenir à la remettre en place. Bon sang, que c'est dur ! Vas-y Chabaud ! Encore ! Tu y es presque ! Te relâche pas ! L'axe passe dans la première rondelle et le premier trou... C'est possible ! Surtout ne t'arrête pas, force encore, bien concentrée ! Tant pis, j'oublie la deuxième rondelle, je la fendrai plus tard et tenterai de la glisser comme je pourrai. Ça y est ! L'axe est passé ! Je n'en crois pas mes yeux. Je suis épuisée et tellement heureuse d'avoir réussi que j'en pleure et j'en rigole à la fois. Je redescends aussi cassée que si j'avais passé trois heures dans le mât, mais tellement fière. Autant je me sens minable parfois, autant à cet instant je me trouve bestiale, championne du monde. Je fête cette victoire personnelle avec un bon thé à la vanille et un carré de chocolat ! Je vais pouvoir remettre du charbon et galoper dans le sillage de mes petits copains, en espérant qu'ils ne cassent pas dans le baston qu'ils affrontent aujourd'hui...

« A tous les concurrents du Vendée Globe, Raphaël Dinelli a déclenché ses trois balises à 12 heures TU. Catherine, je te demande comme à Pete de te détourner vers la position d'*Algimouss,* par 49°15 sud et 100°09 est. Transmets l'information à Patrick si tu entres en contact avec lui... »

Jeudi 26 décembre

Depuis hier, je ne pense qu'à ça : comment vais-je m'approcher d'*Algimouss* ? J'ai bien en tête la manœuvre pour hisser Raphaël à bord : j'ai préparé une drisse, passée dans une poulie ouvrante fixée sur le pont, à l'arrière, là où le franc-bord est moins élevé, et prolongée d'un bout plus fin et plus léger à envoyer ; entre les deux, j'ai amarré la bouée fer à cheval sur laquelle j'ai arrimé un petit sac contenant un tube de vitamines et un berlingot de boisson énergétique ; et je pourrai hisser Raphaël au moyen de la drisse du tapecul.

Ce que je ne parviens pas à imaginer, c'est l'approche. Dans cette mer qui déferle de tous côtés, comment éviter la collision ? Je suppose qu'*Algimouss* est en travers des vagues et j'étudie tous les scénarios possibles : arriver vent arrière sous trinquette seule (trop rapide et trop dangereux), par le travers, au vent ou sous le vent du sloop (et si une déferlante projette les deux bateaux l'un contre l'autre ?)...

J'ai beau chercher, je n'entrevois aucune solution ; peut-être s'imposera-t-elle lorsque je parviendrai sur zone. Mais comment concevoir que Raphaël puisse être à cet instant sur sa coque retournée, avec cette mer que j'ose à peine regarder, moi qui suis déjà anxieuse dans mon carré sur mon bateau à l'endroit ? « Oh ! Raphaël, tiens bon ! » J'entends encore sa voix, hier soir, me souhaitant un joyeux Noël, ravi à l'idée qu'il allait ouvrir ses cadeaux et déguster un repas de fête, confiant dans l'avenir car ses problèmes techniques semblaient résolus, heureux d'avoir parlé à sa fille. Je pense à elle, Philippine, et à Virginie, son amie.

Quelle souffrance pour ceux qui restent à terre ! « Ne t'inquiète pas Philippine ! Pete ou moi, nous allons le ramener ton papa ! » Et Pete qui doit lutter en ce moment même contre le vent, contre les déferlantes. Oh ! Pourvu qu'il ait la force de résister !

A la vacation, j'apprends qu'*Algimouss* a été repéré par un avion : Raphaël a été aperçu, debout sur sa coque en partie immergée, adressant des signes. Il est vivant ! Pete n'est plus qu'à 60 milles, mais il a chaviré plusieurs fois et cassé du matériel. Ce qu'il est en train d'accomplir est incroyable !

Dans l'après-midi, alors que le groupe électrogène est en cours de charge, il semble soudain caler. Il tousse et doit avoir été secoué par une vague venue submerger le pont. Je l'arrête et le redémarre, mais le régime est encore faible et je constate qu'il ne recharge plus les batteries. Je sors le second groupe, qui a tourné sur une partie de l'Atlantique avant que sa patte de fixation ne casse. Je tente de le remettre en marche. En vain, il est oxydé. La situation est préoccupante : les deux groupes sont en panne, les deux éoliennes sont cassées, restent les panneaux solaires, mais de toute évidence, je ne pourrai pas boucler ce tour en comptant sur leur seul rendement. Je ne suis déjà pas sûre de maîtriser la panne des groupes... Il est donc impératif que je répare au moins une éolienne.

Vendredi 27 décembre

Depuis qu'elles sont tombées en panne, les deux éoliennes encombrent l'une des deux banquettes du carré. A chaque changement de bord, je les déplace d'un côté à l'autre, les arrime, les protège. Ce matin, je tente d'en démonter une. A la lueur des conseils prodigués par Philippe Jeantot lors de la vacation de la veille, je supprime une partie non indispensable et rattache directement le câble aux deux fils reliés à la bobine. Ils sont si courts que je ne peux connecter un domino à la liaison. Je les tortionne donc et applique au pinceau sur le fil un enduit qui, en séchant, va constituer une gaine de protection. Michèle Paret m'avait équipée de ce produit pour l'Europe 1 Star, en juin dernier. Je n'en avais pas eu l'utilité. Aujourd'hui, c'est peut-être lui qui va sauver mes éoliennes. L'opération est délicate et doit réussir du premier coup. Aussi, quand la gaine est sèche, je protège l'ensemble avec du scotch, installe le pied de l'éolienne dans le chandelier support, et décide de tester aussitôt l'engin : ça marche ! Je bondis dans le carré et je danse et je rigole. Cette réparation réussie me sauve d'une escale forcée et me comble de joie. Cela paraîtra sans doute futile aux terriens : comment leur faire comprendre que cette nouvelle victoire personnelle est peut-être aussi importante pour moi que de boucler ce tour, si j'y arrive ?

Je vais connaître une joie plus grande encore ce vendredi : lors de la vacation, Philippe Jeantot nous informe que Pete a récupéré Raphaël. Un avion a parachuté un canot de survie au naufragé et *Aqua Quorum* a pu s'approcher. En raccrochant le combiné à la fin de la conversation, je m'effondre, les nerfs lâchent après la tension des derniers jours et, en sanglots, je crie : « C'est super ! C'est super ! » J'essaie de les imaginer, tous les deux, dans le petit carré du 50 pieds jaune, épuisés, traumatisés, sans doute étonnés l'un comme l'autre de retrouver un visage humain, mais tellement heureux !

Ce soir, je déguste le repas de Noël que je me sentais incapable d'ingurgiter auparavant : les girolles et la confiture de myrtilles réveillent mes gènes lozériens ; je ferme les yeux et j'entends les rivières qui courent à Saint-Léger-de-Peyre et le vent dans les pins du "bois aux myrtilles" sur les plateaux... J'ouvre une bouteille de Margaux à la santé de Pete et de Raphaël, et j'écoute la cassette de mes parents. Programme du jour : *O ! Tannenbaum !* Ils sont bien loin, les sapins et leur verdure, mais la nuit peut être douce...

Lundi 30 décembre

Encore un abandon, il y a deux jours. Patrick n'en peut plus de barrer sans relâche. Malgré tous ses efforts, son groupe électrogène est irréparable. Il ne manque pourtant pas de ressources, le Belge, j'aurais sans doute craqué cent fois avant que lui ne baisse les bras. Il met le cap sur la côte occidentale australienne et, faute de carte de détail, tentera de gagner Fremantle en joignant une série de points communiqués par Jeantot par mon intermédiaire.

Sur *Whirlpool - Europe 2*, je rehisse un peu de toile après avoir navigué à sec depuis samedi. Le vent hurlait à plus de 60 nœuds, soulevant une mer plus énorme encore que le jour de mon retournement, mais plus ordonnée, donc moins dangereuse. Et toujours cet étau qui serre les tripes quand les déferlantes s'amusent de ma petite coque rouge, mais quel ravissement pour les yeux !

Depuis que ma bande des quatre s'est disloquée, je me sens bien seule, mais Yves reprend le large aujourd'hui, la mer s'est apaisée autour de mon sillage, j'ai réparé ma deuxième éolienne et je réceptionne des cartes météo de bonne qualité en provenance d'Australie. Le dessalinisateur dont la pompe semble forcer, m'inquiète toutefois : il semblerait que l'eau froide soit à l'origine de cette surpression ; je change le filtre, par sécurité.

Je ne suis plus tout à fait seule : Bernard est revenu ! Cet oiseau si grand, si puissant qui revient après de longues absences, c'est magique, un bonheur rare ! J'ignorais qu'au cours de ce tour du monde, je toucherais de l'âme autant de peur et autant de grâce à la fois. Pour la mer qui me terrorise et me fascine, pour cet oiseau qui m'enchante et m'émeut, j'ai raison d'être là.

Mercredi 1er janvier 1997

J'entame mon deuxième journal de bord. Depuis hier, je rejoins des latitudes encore plus septentrionales (entre 47° et 48° sud) où je retrouve des conditions plus clémentes. Je n'ai pas encore achevé les diverses réparations du bord et je sens la nécessité de me reconstruire dans un environnement moins tourmenté. En outre, j'aborde la zone proche du pôle Sud magnétique où les compas des pilotes s'affolent parfois. J'ignore à quelle distance le phénomène se ressent, mais je préfère m'en écarter largement. Enfin, les cartes australiennes signalent l'arrivée d'une succession de dépressions principales et secondaires qui me paraissent bien creuses. Tant pis pour le détour que cette route très nord implique. Ma consolation est que Pete se situe encore plus nord ; si je ne vais pas trop vite, l'écart entre nos deux bateaux ne sera peut-être pas trop grand quand j'aborderai le grand saut du Pacifique... Invoquant des raisons de sécurité, je demande innocemment à Jeantot si Pete peut récupérer une radio à son escale en Tasmanie... Mais le directeur de course n'est pas dupe et je perçois un léger sourire dans son refus. Dommage...

Je profite de cette accalmie passagère (20 à 30 nœuds de vent dans ces régions, c'est vraiment du petit temps !) pour me laver "à grande eau", les pieds dans la cuvette, à coups de tasses d'eau de mer puis d'eau douce tiédies. J'ai sorti des vêtements propres et me sens comme neuve pour aborder la nouvelle année.

Comme toujours à cette échéance, je repasse le film des derniers mois, les plus denses peut-être que j'aie vécus. Mais aujourd'hui, en plein cœur de l'océan Indien, ce ne sont plus les mois, mais les années que j'analyse. Sans doute aussi pour tromper le stress, je laisse mon esprit s'évader. Puisque je ne peux plus voyager dans mes correspondances, je largue les amarres dans ma tête. Je repense aux coïncidences qui ont jalonné ma vie et m'ont conduite ici, dans la tourmente des plus belles mers du globe, à tous les projets qui ont avorté, mais aussi à ceux qui ont abouti. Avant celle du Vendée Globe, ma plus belle histoire de rêve réalisé est sans conteste l'incroyable aventure de la Mini-Transat...

... J'ai entendu parler de la Transat en solitaire des 6,50 mètres pour la première fois en 1983. En stage chez *Ouest France* à Quimper pendant le mois d'août, j'avais couvert le baptême du "mini-transat" de Roland Jourdain. Moi aussi, je nourrissais des rêves de grand large, mais ce bateau était vraiment petit : 6,50 mètres, tout de même ! Ce n'était pas pour moi.

Deux ans plus tard, à l'occasion de l'escale de la Whitbread en Afrique du Sud, j'interrogeai les équipiers de Lionel Péan (ancien vainqueur de la Mini lui-même) et d'Eric Tabarly à propos de leur itinéraire. Plusieurs d'entre eux avaient disputé la Mini et l'un me conseilla : « Si tu as envie de courir au large en solitaire, commence par la Mini. » A l'époque, j'avais échoué par deux fois (au moins) dans mes velléités de disputer la Solitaire du Figaro.

Début 1986, je décidai donc de me lancer dans un projet "mini", moins onéreux. Je rencontrai Thierry Arnaud, un jeune chef d'entreprise qui avait couru la Mini et qui partageait mon désir d'organiser une exposition à Paris pour faire construire son prochain bateau en public. Nous décidâmes de monter un projet commun, pour réduire les coûts et faciliter la recherche de financement. J'effectuai un convoyage sur son *Protopicha*, afin de découvrir ces coquilles de noix, vivables tout compte fait. Les mois s'écoulèrent, pas de budget, pas de local pour construire, chacun reprit sa route. J'insistai pourtant dans la voie de l'exposition parisienne, visitai des entrepôts désaffectés en bordure du canal de l'Ourcq, frappai aux portes de la Cité des Sciences et de l'Industrie de La Villette qui venait d'ouvrir et où j'étais introduite, à celles de la R.A.T.P. également, avec l'idée d'installer mon chantier à la station de métro Auber. Partout les réponses furent négatives, le projet séduisait, mais ne rentrait pas dans la politique de communication, me répondait-on, et je rencontrai la même déconvenue auprès des entreprises que je démarchai.

A cette même époque, j'eus l'opportunité d'entrer à la revue *Thalassa*, pour assurer l'intérim d'une amie qui partait en Australie. Je prévins Georges Pernoud que je ne pouvais m'engager pour longtemps et que je partirais quand j'aurais trouvé un sponsor. A l'automne, j'abandonnai l'idée de construire mon bateau à Paris et contactai un chantier à Fouras. Côté financement, je n'avais que de faux espoirs... Jusqu'à ce mercredi 12 novembre où, excédée de ne pouvoir joindre une entreprise de cosmétiques dont j'avais porté les couleurs dans la course de l'Edhec et qui m'avait paru intéressée, je décidai de me rendre, mon dossier sous le bras, au 20 avenue Kléber, siège de la société Amor...

« ... Amor ? répète l'homme qui vient d'ouvrir la porte. La société Amor a déposé son bilan depuis deux mois. J'en ai assez d'être dérangé. »

Tout est gris dans ce petit individu sec : son costume, son gilet, sa chemise, son crâne dégarni, sa moustache, ses lèvres qui retiennent à peine une cigarette mal roulée, son œil, son sourcil froncé. Le ton est agressif, peu engageant.

– Je suis désolée, mais j'étais en relation avec cette société pour le financement d'un bateau...

– Un bateau ? reprend-il avec un éclat dans l'œil et un rictus qui ressemble bien à un sourire et me redonne courage.

Faisant mine de lui tendre le dossier que je tiens sous le bras, je répète avec assurance :

– Un bateau.

Il m'attrape par la manche.

– Suivez-moi.

Nous traversons le hall, longeons un couloir sombre, où mon attention est retenue par de gros télex verts ; puis nous pénétrons dans un grand bureau. La pièce est encombrée par une longue table en chêne, quelques fauteuils dont un imposant siège directorial en cuir, une cheminée d'appartement. Au mur, je remarque tout de suite les plans de ce qui pourrait être un cargo ou un yacht à moteur, mais aussi un pistolet ; près de l'entrée, les deux bobines d'un Revox. Plusieurs personnes sont là, debout. J'ai sans doute interrompu une réunion. L'homme me présente : « ... Mon associé... mon banquier... » Il saisit mon dossier, s'installe dans son fauteuil. Sans plus attendre, je résume, vite – je sais que je n'aurai pas cinq minutes pour convaincre, cet homme est pressé – : mon métier, ma passion, le mini-transat à construire, la course, le budget, la recherche d'un partenaire, Amor qui ne répond plus...

Parcourant mon dossier, l'homme poursuit sur un ton péremptoire et sans me regarder :

– Je ne peux pas encore vous dire quelle sera la société sponsor. Mon truc c'est plutôt le "maxi", mais nous allons tenter un coup d'essai avec un "mini". Je n'ai pas le temps d'en discuter maintenant, revenez me voir samedi soir.

– Vers quelle heure ?

– Peu importe, mais pas avant 21 heures.

Un peu étonnée de ce rendez-vous en plein weekend, à une heure si tardive, j'analyse rapidement la situation : certes l'entrevue est aussi incongrue que le bonhomme est étrange, mais après tout, cet immeuble cossu à deux pas de la place de l'Etoile me paraît un gage de fiabilité, ses associés ont l'air sérieux. Quel est le risque ? D'accord pour samedi soir, et je prends congé.

Le samedi suivant, par sécurité, j'avertis mes parents avant de me rendre avenue Kléber... Je dois patienter une heure dans le hall, peut-être deux. Puis l'homme me reçoit dans son bureau.

– Au fait, je ne sais plus si je me suis présenté : je m'appelle Protopapas.

Il est donc grec, mais il parle un français sans accent. Je prends place au bout de la table, près de la fenêtre et observe la scène en attendant mon tour. Protopapas s'entretient pêle-mêle avec trois personnes qui semblent être des clients, lit en même temps des télex que lui apporte une femme qu'il m'a présentée comme la sienne, Aranxa, une Espagnole, dicte ses réponses, converse au téléphone en anglais, en espagnol ou en français, enregistre ses conversations sur un magnétophone... Il se fait appeler "Clary", ou monsieur Forster, rarement Protopapas... La nuit est déjà bien avancée quand vient mon tour, vite expédié : « Votre bateau portera les couleurs des parfums Le Galion que je viens de racheter. Revenez mercredi que l'on discute du budget. »

Je quitte l'avenue Kléber après avoir passé cinq ou

six heures dans ce bureau pour cinq minutes de conversation effective. Ce type a l'air complètement fou. Je suppute qu'il pourrait s'agir d'un ancien armateur, reconverti dans la finance. Les mots que j'ai perçus évoquaient des achats ou des ventes, des tonnes, des pourcentages, des millions...

Le mercredi suivant, je reviens accompagnée d'un ami. J'ai beaucoup navigué avec Bernard, avant qu'il ne m'entraîne avec d'autres à la création de la course Spi-Dauphine. Trésorier de l'association que j'ai créée pour gérer cette opération, Bernard a les pieds sur terre – ce qui n'est pas forcément mon cas, à force de rêver... Je souhaite connaître son sentiment. Dès notre arrivée, Protopapas nous annonce : « Finalement, nous allons faire construire deux bateaux. Votre budget sera porté à 185 000 dollars » (à l'époque, cela correspond environ à 1,2 million de francs, c'est très correct, même pour deux "minis").

Bernard est médusé. Nous écoutons, muets, Protopapas dicter un protocole d'accord, en termes très conventionnels. Le texte est tapé par sa femme, sur un papier à l'en-tête de l'enseigne française de "Ternfield Limited of London". C'est elle qui signe : « Je ne signe jamais », nous confie-t-il, l'œil malin. Puis il ouvre une boîte dont il sort un sceau et un bâton de poudre d'or. L'approchant de la flamme de son briquet, il fait couler la pâte dorée sur un coin du document, imprime le sceau sur la cire, rajoute un ruban rouge et observe son œuvre qui semble le satisfaire. Outre la construction de deux prototypes, le texte prévoit la production d'unités en série à partir des moules réalisés. Nous convenons de réaliser coques et ponts dans un chantier spécialisé, et l'assemblage à Paris. D'ici la prochaine réunion, je dois prospecter les chantiers et définir un calendrier. Nous ressortons encore bien tardivement de son bureau.

Sur le trottoir, Bernard éclate de rire : « Mais qui est ce type ? » Certes, l'homme est surprenant, mais quel intérêt aurait-il à nous mener en bateau ? Cela vaut peut-être la peine de lui faire confiance.

Au fil des rencontres, Protopapas m'est plus sympathique. Bénédicte, une amie, m'accompagne souvent aux rendez-vous. Nos impressions oscillent entre prudence et fascination. Je décide pourtant de jouer le jeu, son jeu. Les premiers temps, je fréquente ses bureaux plusieurs soirs par semaine et ne les quitte jamais avant 3 heures ou 4 heures du matin. C'est toujours le même scénario. Pour cinq minutes de discussion effective avec Protopapas, je subis des heures durant le manège avec son entourage : sa femme, sa fille qui n'a pas cinq ans, son associé, son banquier... et les deux "cow-boys". Nous les avons rapidement baptisés ainsi, à cause de leur allure de mercenaires, de mafiosi ou d'agents des Renseignements Généraux, je ne le saurai jamais. A l'issue de chaque entrevue, j'expédie un mémo par télex à l'architecte du bateau. Daniel Charles a déjà dessiné un mini-transat. Egalement journaliste (c'est à lui que je dois mes premières piges dans la presse spécialisée), historien de la plaisance, Daniel séjourne alors à Perth pour couvrir la coupe de l'America.

Un jour, Protopapas insiste pour rencontrer mon architecte :

– Il est en Australie.

– Il peut revenir. Avance le billet d'avion, tu pourras largement te rembourser sur le budget.

Vidant mon compte en banque, j'achète donc un Perth–Paris aller-retour en classe affaires. Je suis confiante (ou inconsciente) et décidée : si je ne suis pas capable de prendre des risques financiers, autant tout arrêter. Le premier contact se déroule plutôt bien. Daniel avoue être un peu étonné par le bonhomme, mais séduit, lui aussi.

Au Salon Nautique, je contacte les fournisseurs potentiels, demande au chantier de patienter. A *Thalassa,* j'annonce à Georges Pernoud que j'ai trouvé un sponsor et ne peux donc poursuivre mon travail de secrétaire de rédaction.

– Vous avez l'argent ? s'enquiert Georges, toujours clairvoyant.

– Non, mais tout est signé, c'est sérieux.

– Attendez d'avoir l'argent avant de lâcher votre boulot.

– Je souhaite continuer à mi-temps, afin de préparer la mise en chantier...

Les semaines se succèdent, mais aucun versement n'est effectué. Le 13 janvier, Protopapas m'annonce victorieux que l'ordre de virement est rédigé et que je devrais être créditée d'ici la fin de la semaine. Je reviens le lendemain pour récupérer cet ordre. En arrivant au premier étage, je perçois un bruit de friture derrière la porte. Quand je pénètre dans l'appartement, je découvre Clary occupé à surveiller la cuisson d'une grande poêle de tomates farcies ; il prépare en même temps un hamburger à cheval pour

Mike, son associé, qui doit partir pour la Suisse. Gardant un œil sur ses tomates, Clary relit les ordres de transfert. Aranxa s'aperçoit qu'il en manque un, le mien. Le document est tapé à la hâte, relu, corrigé, copié, signé, tamponné – entre deux tours de cuillère dans la poêle. Puis Mike nous quitte, sous la neige. J'apprends ainsi que le transfert doit être effectué depuis la Suisse. Ma confiance s'émousse et ma patience avec, mais je n'ai d'autre alternative que de poursuivre, si je veux donner une chance à mon bateau d'exister.

Le 17 janvier, je suis accompagnée par mon père – je voudrais connaître son impression – et par le graphiste qui a étudié la décoration du bateau. Clary souhaitait que le voilier soit entièrement doré et habillé d'un insigne représentant les trois têtes de chien du Cerbère, symbole du message du sponsor : aller de l'avant, se battre, réfléchir. Une nouvelle fois nous dînons sur place. Alors que Clary est occupé à cuisiner dans son bureau, je jette un coup d'œil discret côté appartement avec Bénédicte. Nous découvrons avec stupeur une petite cuisine encombrée de vaisselle sale, les plaques électriques sont recouvertes de 5 millimètres de graisse, des côtelettes cuites sont empilées sur un meuble, le sol est jonché de sacs poubelle. Quand nous retournons dans le bureau, Clary vient de tirer dans le mur un coup de pistolet chargé, semble-t-il, de sucre : les murs, le plafond et les moulures s'effritent sous l'impact du projectile ; dans la salle des télex une vitre est cassée…

Dimanche 18 janvier, Protopapas décrète que mon association est ridicule, « il est plus simple de gérer ton opération avec l'une de mes sociétés, International Overseas Trading, immatriculée en Angleterre », dont il me nomme sur-le-champ directrice générale.

Et j'attends toujours l'argent. Le 23, Clary m'annonce que le budget est débloqué. Dois-je le croire ? Je ne sais plus...

Le 12 février alors que je patiente dans son bureau, le téléphone sonne. Clary décroche, son regard s'illumine : « Ça marche ! » s'écrie-t-il. Les obstacles liés aux problèmes de législation entre les banques sont levés. De joie, Clary empoigne une bouteille de vin vide à portée de main et, debout, la projette sur le mur face à lui, sans même un coup d'œil pour les dégâts. J'ai à peine le temps de baisser la tête.

Le 19, il reste encore de la poussière de verre sur les murs, mais aujourd'hui, c'est un couteau qu'il lance sur une boîte de gâteaux. La lame rebondit et m'atteint, heureusement sans me blesser. Clary est furieux : c'est la première fois qu'il ne parvient pas à planter la pointe dans un carton !

Arrive le jour où tout est censé se débloquer. Je n'ai toujours pas un centime pour construire, mais pour fêter l'événement Protopapas décide d'organiser un grand dîner chez un restaurateur (qui semble lui aussi attendre un budget du Grec). Il fait presque jour quand le dîner s'achève. Nous nous quittons devant le 20 avenue Kléber. A la Porte Maillot, je m'aperçois que la personne que je transportais a oublié dans ma voiture la part de gâteau au chocolat mise de côté par Protopapas pour sa fille. Je fais demi-tour, sentant que cela peut déclencher un drame. Trop tard. Quand j'arrive, Clary est dans une rage folle. Plus question de Mini-Transat, il ne veut plus me voir. Son entourage essaie de le calmer, en vain. Je le quitte en pleurs, incapable de comprendre cette situation absurde. Je ne le reverrai plus jamais…

Dans les jours qui suivent, j'apprends que Clary a quitté la France avec sa suite de courtisans pour la Suisse, puis l'Allemagne. Quand je retourne avenue Kléber courant mars, je tombe sur les deux "cowboys" qui m'affirment enquêter sur le Grec depuis six mois : après avoir été emprisonné en Espagne, il serait arrivé en France sans le sou, il n'a jamais payé son loyer ou ses notes de téléphone… Je leur reproche de ne pas m'avoir mise en garde : « Nous ne savions pas qui vous étiez… » Un jeune homme qui louait un bureau chez Protopapas m'affirme connaître les dessous de l'affaire : le Grec aurait vendu une concession diamantaire d'un pays africain à un autre (j'avais effectivement aperçu les vœux du président du pays en question sur la table) et aurait empoché le montant de la transaction (près de 10 millions de dollars), qui dormirait dans une banque de Dallas…

Je n'ai jamais su ce qu'est devenu Protopapas. J'ai bien songé à enquêter, mais je n'en ai jamais pris le temps. J'ai l'air bien naïve d'avoir accordé ma confiance à ce fou, à cet escroc. Mais plus encore, je m'étais prise d'amitié pour cette personnalité décalée. J'ai sans doute cru qu'il y avait du génie dans cette folie. C'est ma règle : ne jamais s'arrêter aux apparences, à l'impression première ou au sentiment éprouvé par d'autres, mais donner leurs chances aux rencontres, laisser l'autre se révéler et me séduire peut-être. Au risque d'avoir tort…

Dans les mois qui ont suivi, je n'ai pas retrouvé de partenaire. J'ai déclaré forfait pour la Mini-Transat 1987, qui devait révéler Isabelle Autissier, engagée à bord de *Protopicha*... La revue *Thalassa* a changé d'éditeur. Je suis partie vers d'autres horizons...

Deux ans plus tard, en septembre 1989, je réintègre la revue *Thalassa* : Pernoud me propose alors la rédaction en chef adjointe. Je ne peux refuser : le magazine et le poste réunissent tous les éléments pour me plaire : la mer, les sujets traités en profondeur, la coordination d'une rédaction, la collaboration avec l'équipe de l'émission pour qui j'ai une réelle amitié... Un jour de janvier 1990, je reçois un appel de Daniel Charles : « Catherine, tu es assise ? »

Daniel a toujours ménagé ses effets. Longtemps ses silences au téléphone, ses respirations prolongées au milieu d'une phrase m'ont gênée. Aujourd'hui, je sais qu'ils appartiennent à son langage. Mais je pressens la nouvelle de poids. Je m'assieds, la tête calée entre la main et le combiné, les yeux fermés pour m'isoler du bruit de la rédaction, et j'écoute Daniel : « La Cité des Sciences et de l'Industrie de La Villette lance une série d'expositions sur les métiers. L'Eau est leur thème de l'année. Ils ont donc décidé de s'intéresser aux métiers de la construction navale de plaisance. Plusieurs bateaux seront construits, dont un bateau mini-transat pour illustrer les matériaux composites... »

Je comprends d'emblée où Daniel veut en venir. Il poursuit : le type qui conçoit l'exposition ne connaît rien à la voile, la Fédération des Industries Nautiques lui a conseillé l'expertise de Daniel, qui a suggéré la construction d'un 6,50 mètres, précisant connaître la personne susceptible de monter cet atelier...

Je suis ébranlée, cette coïncidence... Cette idée que j'ai soumise à La Villette quatre ans plus tôt, et qui n'avait trouvé aucun écho me revient comme un boomerang. Mon rêve va se réaliser. C'est incroyable ! Peu après, je rencontre le responsable de l'exposition, François Vaysse : il veut connaître la faisabilité de l'entreprise ; trouverai-je les artisans prêts à quitter leur chantier pour s'installer deux mois à Paris et à construire un bateau en public ? Il s'interroge aussi sur ma capacité à décider un sponsor, La Villette ne finançant pas le bateau, mais seulement le surcoût entraîné par la venue d'une équipe et bien sûr, l'atelier lui-même. Confiante, je réponds qu'avec un tel projet, je n'aurai aucun mal à séduire une entreprise et prendrai de toute façon un crédit bancaire. Je monte alors un nouveau dossier, crée une société, décroche un crédit, et me mets en quête d'un partenaire.

Un matin de février, nous partons Daniel, François et moi, visiter deux chantiers en Bretagne, afin que François puisse observer les artisans dans leur travail et déterminer les contraintes de la construction en public. Nous bouclons l'aller-retour dans la journée, nos idées vagabondant entre Mozart et la fumée de leurs deux pipes. Le premier chantier visité n'est pas motivé. En revanche, le second, à Quimper, s'engage d'emblée. *Structures* réalise les moules d'un 6,50 mètres dessiné par Jean Berret. Reprendre ces mannequins peut réduire le coût de construction. J'opte rapidement pour cette solution. Quant à François, il est enchanté.

L'exposition est inaugurée le 1er octobre. *Thalassa* diffuse une émission en direct. Devant le succès rencontré par la manifestation, La Villette décide un mois de prolongation. Mais je n'ai toujours pas de sponsor. Courant novembre, à quelques jours du Salon Nautique, je reçois un appel de la R.A.T.P. : « Pendant le Salon, nous montons une animation sur la ligne qui dessert la porte de Versailles en passant par Auber. Nous souhaiterions exposer votre bateau dans la station... »

Ai-je bien entendu ? S'agit-il encore de coïncidence... ou de destinée ? Même si je n'aime pas cette notion, vouée à ne connaître aucune réponse, je reste perplexe. Avec Christian et Jean-Marc, les hommes du chantier, nous étudions le transport de la coque dans le réseau métropolitain, mais tous deux s'inquiètent des manutentions qui risquent d'endommager la structure. Nous réalisons finalement sur le parvis souterrain de la station Auber une exposition comprenant la maquette et des photos agrandies de la construction à La Villette.

L'exposition s'achève... et toujours pas de sponsor ! La Cité des Sciences, qui ne peut m'aider financièrement, met le site à ma disposition pour une opération de communication. Je décide alors de baptiser le bateau sur le lieu de sa naissance, avant qu'il ne gagne la mer. La cérémonie est fixée un jeudi. J'invite la presse, des amis et un nombre important d'entreprises, espérant séduire un partenaire. Le week-end qui précède, je n'ai toujours aucune piste et m'inquiète de savoir comment exploiter la soirée et quel nom donner au bateau. Je décide de lancer une souscription.

Un brainstorming familial me souffle de baptiser le bateau *Océanes*. Je rédige donc une lettre d'information titrée *Océanes*, relatant son histoire et prévois d'y insérer un bon de souscription à découper. Ne connaissant pas la démarche à suivre, j'appelle un ami juriste. Il me prodigue quelques conseils, mais me questionne :

– Tu n'as pas été contactée par la société Whirlpool ?

– Par qui ? (à l'époque, le numéro 1 américain de l'électroménager, qui vient de racheter la branche "gros blanc" de Philips, est encore inconnu en France).

– Whirlpool. Tu te souviens du copain avec lequel je t'ai croisée dans les allées du Salon Nautique ? Il a transmis le dossier que tu lui avais laissé au président de Whirlpool qu'il connaissait.

Alain relance les contacts. De mon côté, je poursuis la rédaction de la lettre, conservant peu d'espoir de convaincre un sponsor en trois jours. Le lundi, je boucle ma brochure et le mardi matin, à 10 heures, je donne le feu vert à l'imprimeur. A 11 heures, coup de téléphone :

– Bonjour, je m'appelle Amaury Finaz de Villaine, directeur communication marketing de Whirlpool France. J'ai appris que vous baptisiez votre bateau dans deux jours à La Villette, peut-on se voir avant ?

Mon cœur s'emballe aussitôt :

– Tout de suite si vous voulez.

– Cet après-midi, à 15 heures, au siège à Suresnes.

Serait-ce possible ? Survoltée, je sors mon plus beau – l'unique – tailleur, réunis mes dossiers, affiches, press-book sur la Mini, prends le temps d'un crochet par La Villette pour récupérer la maquette du bateau (j'imagine qu'elle va le séduire), et arrive avec trois quarts d'heure d'avance au lieu de rendez-vous. Je me gare devant un café, mal, entre boire un verre et avaler des poireaux vinaigrette sur le comptoir. Quand je ressors : plus de voiture. La fourrière ! Je m'insulte : j'ai rendez-vous avec, peut-être, le sponsor de ma vie, et je vais arriver les mains dans les poches ! Je vais payer cher mon insouciance ou mon inconséquence, ma bêtise tout simplement ! Me ressaisissant, je décide de solliciter – depuis l'accueil – un report du rendez-vous d'une petite heure. Après tout, la fourrière, ça arrive à tout le monde !

Manque de chance, monsieur Finaz de Villaine m'invite à monter dans son bureau. En lui serrant la main, je lui explique la fourrière, mes dossiers, ma maquette... et tente une nouvelle fois de décaler la réunion : « Nous n'avons pas besoin de votre maquette et de vos dossiers pour nous décider. Je vous présente Jean-Louis Raynaud, directeur commercial. »

Nous pénétrons dans une salle de réunion. Je m'assieds face à eux, respire un grand coup.

« Nous vous écoutons. »

J'essaie d'être concise, de ne pas me perdre dans les détails, mais ils ne me connaissent pas. Je sais que, autant que mon projet, c'est moi que je dois vendre. Mon meilleur atout est de me présenter comme je suis, passionnée, capable de prendre des risques financiers, mais raisonnée (gommer l'épisode fourrière).

« Votre opération nous intéresse, mais nous voudrions revoir le budget... »

J'ai un emprunt sur le dos, un bateau à équiper, neuf mois de mise au point et d'entraînement. Je tente de négocier. En vain. Après tout, ce qu'ils me proposent est déjà pas mal, c'est l'un des meilleurs budgets de la Mini. Je surveillerai mes dépenses et tant pis si je ne retire aucune rémunération, cela m'obligera à revendre mon bateau après la course, mais dans l'immédiat, je peux partir.

– Pour ce montant, vous êtes prêts à me suivre, et dans deux jours, nous baptisons le bateau *Whirlpool* ?

Tous les deux me regardent fixement et me répondent :

– Oui.

Ça marche ! Amaury Finaz de Villaine me signe une lettre d'engagement (le seul contrat que nous ayons jamais eu sur cette opération), nous prenons rendez-vous pour une série de photos qui seront distribuées le soir du baptême.

Je quitte le siège avec mon accord signé, un sac, deux polos et un sourire irrépressible. Surexcitée, je rejoins le commissariat de police pour récupérer ma voiture : « Combien je vous dois ? » D'ordinaire, j'aurais râlé contre ce que je considère être du racket. Mais là, j'ai presque envie de les embrasser. Heu-reuse !

Le mercredi, Amaury découvre le bateau, La Villette, et me présente la marraine, Brigitte Gimenez, alors la femme la plus rapide du monde en planche à voile, elle aussi en contrat chez Whirlpool.

Le baptême est une belle réussite. J'abandonne la souscription, quitte *Thalassa,* pars m'installer en Bretagne. De mes deux passions, le journalisme a été jusque-là ma priorité. Je décide d'inverser : j'ai envie de me consacrer au bateau, sans abandonner le métier que j'aime, mais je veux assouvir cet appel du large. Il est bon de tourner des pages dans sa vie, de changer d'itinéraire…

L'évocation de cette histoire, celle de mon engagement plus récent dans le Vendée Globe, me suggèrent une réflexion qui n'a pas manqué de me séduire dans *L'Alchimiste* comme dans *La Prophétie des Andes* : « Quand tu désires quelque chose, tout l'univers conspire à te permettre de réaliser ton désir. » (*L'Alchimiste*).

Ces deux livres sont à bord, quoique je les aie déjà lus : j'ai tenu à embarquer le premier pour le relire une troisième fois et j'ai hésité à prendre le second ; j'ai souri quand je l'ai découvert parmi les cadeaux de ma sœur. Je réalise alors que la plupart des ouvrages que j'ai choisi d'embarquer ou que l'on m'a offerts, racontent une quête, un voyage initiatique. Dans *Le Livre de Saphir,* de Gilbert Sinoué, *Samarcande,* d'Amin Malouf, *La Prophétie des Andes*, de James Redfield, il s'agit de la quête d'un manuscrit, souvent sacré et qui donne des clefs pour l'existence. Dans *L'Alchimiste*, le jeune berger traverse le désert en quête d'un trésor caché dans les pyramides d'Egypte. Siddharta, héros de Hermann Hesse, parcourt un voyage initiatique, en quête de spiritualité. *Un Pont sur l'infini,* de Richard Bach, traite de la quête de l'amour et de l'âme sœur. *L'Enchanteur,* de Barjavel, évoque bien sûr la quête du Graal (je dis bien sûr, mais j'ignorais avant de le lire qu'il s'agissait de Merlin l'Enchanteur)... De chacun, je retiens surtout cette idée : le chemin, l'expérience de la quête, les rencontres qu'elle induit, sont aussi importants, si ce n'est plus, que l'objet de la quête lui-même.

Mon esprit s'envole et rebondit, le temps n'a plus d'échelle, ma vie ne m'apparaît plus comme une succession d'événements, de coïncidences, de choix, de hasards, mais comme un seul et unique tableau dont je saisis enfin le motif général. Les événements passés, présents et même à venir constituent les nuances par touches colorées, les premiers et les arrière-plans, les lumières et les ombres, comme une toile impressionniste. Je me dis : c'est bien ma vie, somme toute logique et harmonieuse. Je discerne même l'ébauche de ce qu'elle sera demain, dans dix ans, un jour... Non pas que je me croie destinée pour telle ou telle histoire, mais je cerne mieux l'œuvre générale de mon existence (si j'ose parler d'œuvre), comme un compositeur qui entend déjà la tonalité générale de sa musique avant même de l'avoir écrite.

Ma soif de compétition n'est pas tarie : si ce tour du monde ne me dégoûte pas du Sud en solitaire, si je me sens capable de mener un bateau plus véloce, j'entrevois un autre monocoque de 60 pieds open, pour un tour du monde en solitaire avec escale ou une Route du Rhum ou encore des records... ; je souhaiterais aussi disputer à nouveau la Solitaire du Figaro, qui satisfera plus pleinement mon attrait pour la régate, le large et le solo conjugués ; peut-être aussi The Race, cette course "no limit" imaginée par Bruno Peyron, (les voiliers les plus rapides de la planète s'affronteront à l'aube du XXIe siècle autour du monde sans escale et en équipage) ; et peut-être d'autres challenges que je ne connais pas encore.

Mais je sais que la compétition n'aura qu'un temps, qu'elle n'est pas le but ultime de mes pérégrinations maritimes. Ce but, je le connais : un jour, j'étancherai ma soif de découvertes terrestres et humaines par les océans ! Je voudrais créer la version contemporaine

Aventure solitaire, le Vendée Globe est la plus belle aventure humaine que j'aie vécue. C'est à l'équipe "Mission impossible" que je dois d'avoir pu me préparer en sept semaines seulement. Debout, de g. à d. : Lionel Lemonchois (dit le Très Bon Choix), Juju, Anne Combier (dit Politburo), Laurent Derennes (Fastnet), Christian Pollet (dit Spok). Assis : Frédéric Léonard, ma pomme, Hélène Attié, Renaud Gaultier (le Bonze), Anne Raoult, Olivier Wroczynski (dit Olive, dit Tom Cruise) et Brake !

Avant le départ, Jean-Luc Van den Heede, “le grand barbu”, m’aide à faire connaissance avec son bateau qu’il a mené deux fois autour du monde en solitaire.

Lumières magiques qui soulignent joliment le gréement du yawl, si caractéristique avec son grand mât devant et son petit tapecul derrière.

© Gilles Martin-Raget

Mon tour du monde, c'est 140 jours en mer, mais aussi 140 nuits. Les manœuvres sur le pont s'effectuent dans le noir, à la lumière d'une lampe frontale, ou encore à celle de la lune quand elle est bien ronde et dégagée.

© Gilles Martin-Raget

La table à cartes où j'étudie la route, analyse les cartes météo que je réceptionne sur le décodeur et où je lis et écris les messages échangés avec la terre grâce à mon ordinateur et au standard C, qui tombera en panne après un mois et demi de mer.

© Gilles Martin-Raget

A bord de *PRB*, Georges Pernoud nous interviewe ensemble, Isabelle Autissier et moi. Du temps où je travaillais à la revue *Thalassa* et alors que je m'interrogeais à propos de mon avenir, Georges m'avait demandé si j'avais choisi entre la voile et le journalisme. Il avait raison : je ne pouvais pas mener les deux avec la même exigence. En quittant le journal en janvier 1991, je décidai de donner la priorité à ma passion de la voile.

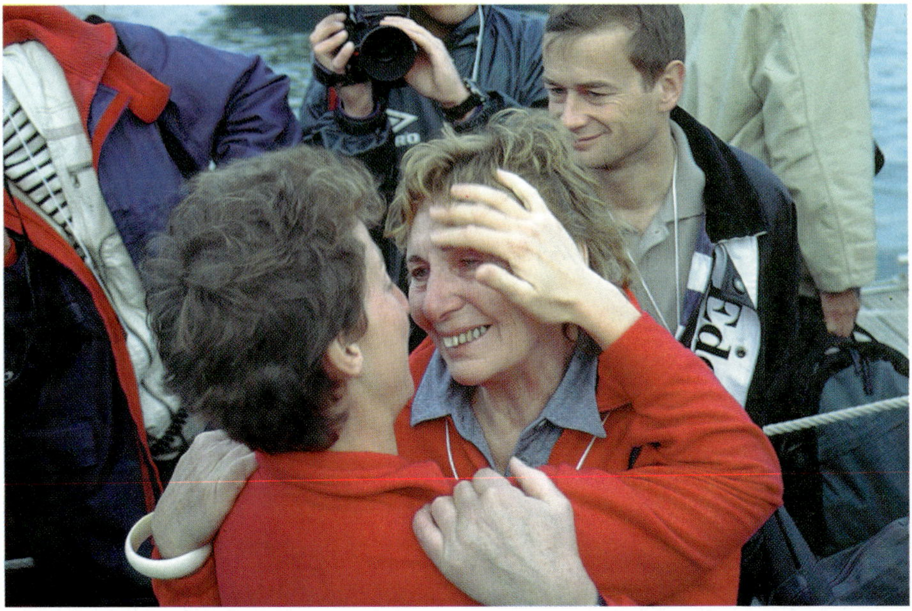

© Karine Leprêtre

Douloureux adieux avec ma mère, Suzanne, et mon père, Jean. Besoin de m'imprégner d'eux, de les emporter avec moi. Et au fond de nous, cette idée que nous tentons de chasser : peut-être nous embrassons-nous pour la dernière fois…

© Karine Leprêtre

© Gilles Martin-Raget

Quelques minutes après le départ, je jette un dernier regard vers les hommes et la civilisation que je ne reverrai pas avant 140 jours.

A mon retour, je n'ai pratiquement rien lu des articles publiés sur la course. Mais j'ai aimé le regard de Chenez, dont les dessins parus dans *L'Equipe* résument bien certaines lignes de ce livre.

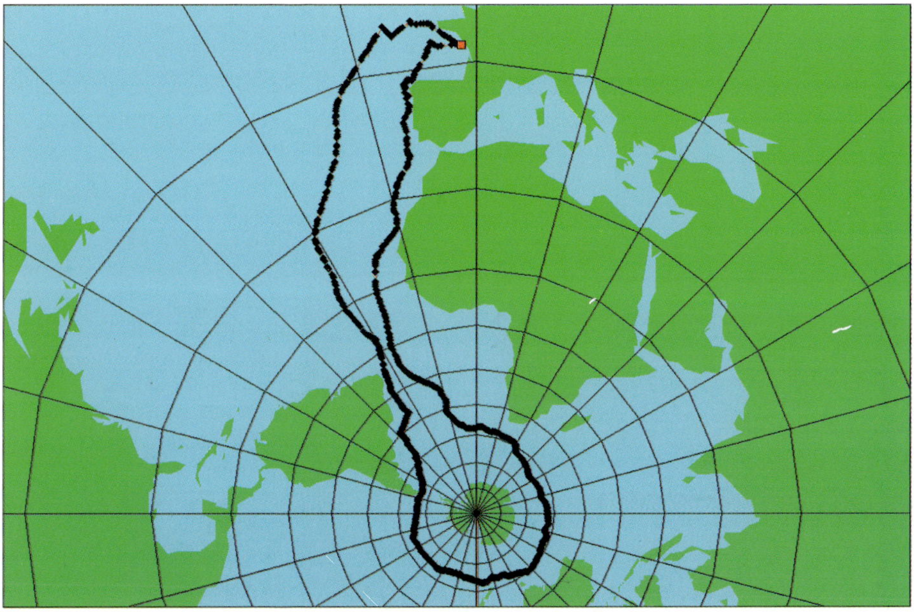

© Collecte Localisation Satellites

Selon la projection, notre tour du monde peut se résumer au tour de l'Antarctique. Une suggestion : prenez un globe terrestre et retracez ce parcours avec le doigt… c'est un geste que j'ai souvent accompli pour mesurer le temps passé seule en mer.

Etre accompagnée par les dauphins ou les albatros est un bonheur immense à chaque rencontre, surtout lorsqu'on est seule.

Il en est un qui peut être fier des vies qu'il a aidé à sauver grâce aux améliorations apportées à ses combinaisons de survie : c'est Guy Cotten. Il y a quelques années, il aurait été impossible à un marin de survivre en nageant plus d'une heure comme Thierry Dubois dans l'océan Indien.

Depuis le mât de son voilier, un ami a saisi ces instants où je laisse éclater ma joie dans le chenal des Sables d'Olonne, saluant la foule venue m'accueillir. Un peu plus tard, Jean-Luc Van den Heede repérera à l'étrave du bateau l'usure d'une pièce qui tient le mât : « Quinze jours de plus et tu démâtais ! » Au-delà de la volonté ou du courage, il est un élément à ne pas négliger : la chance. Il faut aussi savoir lui sourire.

Mes parents, mes deux frères, Jean-Frédéric et Gilles, et ma sœur Dominique ont suivi de près mon aventure. Celle-ci a encore resserré une cellule familiale qui était déjà très unie. A mon retour, ils ont découvert le bateau sur lequel leur “Cath” ou leur “Catoche” venait de boucler son tour du monde.

Depuis Las Palmas, aux Canaries, Raphaël communique tous les jours avec des marins et d’autres radioamateurs à travers le monde. Grâce à lui, j’ai pu entendre mon équipe même lorsque ma radio est tombée en panne.

© Collection C. Chabaud

Je me suis fait des amis pendant ce tour du monde en solitaire, Isabelle et Pete notamment. A mon retour, j'ai senti le besoin de chercher dans leurs yeux la trace de cette aventure partagée. Pete avait prédit que nous arriverions presque en même temps, qu'il y avait un élastique entre nos deux bateaux : je lui en ai offert un qu'il tient à la main.

© Collection C. Chabaud

Depuis plusieurs années, Whirlpool et Europe 2 me font confiance et soutiennent mes entreprises. Plus que des partenaires, j'ai trouvé chez eux des amis.
De g. à d. : Christian Brabant (P.D.G. de Whirlpool France), Laurent-Yves Giloux (directeur de l'information sur Europe 2) et Jean-Louis Raynaud (directeur de la communication marketing de Whirlpool France).

Beaucoup d'écoles, comme celle de Tursac en Dordogne ou de Suresnes dans les Hauts-de-Seine, ont suivi le Vendée Globe et plus particulièrement le bateau *Whirlpool – Europe 2*. Rencontrer les enfants à mon retour a été une vraie joie.

A Tursac, Jeanne m'a dit : « Merci pour les rêves ! », et Félix m'a accueillie avec un joli bouquet de pâquerettes… Je suis heureuse d'avoir accompli mon tour du monde, pour moi, mais aussi pour eux.

des découvreurs d'autrefois. J'ai déjà évoqué ce bateau qui armera mon rêve. Il en existe un qui pourrait lui correspondre : *Antarctica*, la goélette de Jean-Louis Etienne, certes bien lourde et bien grande, mais capable d'accueillir une équipe et toute l'infrastructure nécessaire pour réaliser, monter et diffuser des reportages depuis n'importe quel point de la planète, communiquer avec les écoles, les entreprises ou les médias. Les itinéraires ne manquent pas, j'en échafaude déjà plusieurs, mais je veux aussi laisser le champ libre aux escales improvisées, à l'inconnu, à l'aventure, la vraie. Utopie peut-être, mais pourquoi ne pas croire ce rêve-là possible, lui aussi ? Quant au concept, il mûrit dans ma tête, mais il s'étoffera sans doute encore de rencontres à venir, de nouvelles coïncidences. Ce projet prendra corps, j'en suis sûre, pour le nouveau millénaire, ou avant peut-être... En attendant, vive 1997 !

Jeudi 2 janvier

Clairsemée dans le Pacifique, la tête de la flotte n'est plus audible et nous ne sommes que deux à participer à la vacation du jour avec le PC. Thierry Dubois semble plus en forme que jamais depuis son nouveau départ d'Afrique du Sud. Le couteau entre les dents, il s'apprête à affronter sa première grosse dépression dans l'Indien.

Anne me lit un fax adorable que le naufragé et son sauveteur m'ont adressé pour la nouvelle année. Pete m'assure que l'élastique est toujours bien en place et qu'il tentera de me rattraper quand il aura déposé Raphaël à Hobart. Raphaël me rassure sur son moral :

« Aujourd'hui est le premier jour où je respire l'air frais sur le pont. Mes sentiments sont partagés entre la tristesse d'avoir tout perdu et la joie d'être en vie... »

A bord, j'ai retrouvé du pain emballé sous vide qui s'avère parfaitement comestible, après deux mois de mer !

Avec le retour de l'influence de l'anticyclone, le ciel s'est de nouveau tapissé d'un océan d'étoiles, la nuit dernière. Les conditions de vie à bord sont presque agréables, et je m'émerveille chaque jour davantage de la beauté et de l'immensité de la nature qui m'entoure.

Vendredi 3 janvier

Pour la dernière fois, je teste le standard C, mais je me rends à l'évidence : malgré les conseils prodigués, les tests effectués (d'alimentation, de dégrippage du câble électrique...), cette machine est ir-ré-pa-rable ! Je vais devoir m'en passer, l'oublier jusqu'aux Sables d'Olonne. Terminées les correspondances ! Mais adieu aussi les positions quotidiennes de la flotte, les champs de vent, les bulletins météo, les informations urgentes sur les bateaux en difficulté ou sur la présence d'icebergs ! Reste la radio, quand la terre perçoit mes ondes.

Devant l'irréversible, je tente de positiver : ce standard C défectueux ne m'empêche pas de poursuivre ma course, il n'est pas vital, Moitessier n'en possédait pas, lui qui est resté 300 jours seul en mer ! Moi qui regrettais le cordon impossible à rompre avec la terre : le voilà cassé ! C'est une chance : mon expérience de solitude n'en sera que plus authentique. Ces quinze jours de tentatives vaines, sans échange épistolaire, ont été salutaires : ils ont entamé mon sevrage.

Quant aux groupes électrogènes, j'ai réussi à en redémarrer un, mais il ne charge toujours pas. Je décide de limiter plus que jamais ma consommation d'énergie au pilote automatique, à l'indicateur de vitesse et aux communications radio que je raccourcis ; je n'allume le GPS que pour noter ma position et utilise uniquement des lampes à pile la nuit.

Plus que ces problèmes d'énergie finalement solubles, c'est l'arrivée d'une grosse dépression qui m'inquiète. Le baromètre chute à grande vitesse et sur les cartes, les isobares sont presque collés les uns aux autres. Selon mes tableaux de référence de vent en fonction du gradient, je devrais subir… 60 à 70 nœuds de vent ! Pour l'heure, il oscille entre 35 et 45 nœuds et la mer n'est pas encore grosse. D'après le prévisionniste de Météo France présent au PC, je ne devrais pas rencontrer plus de 55 nœuds. Malgré tout, cette fois-ci je me prépare mieux que la précédente. Je double les amarrages, effectue une inspection générale du bord pour être sûre que rien ne volera plus en cas de retournement.

Pour tromper le stress de l'attente, l'angoisse à l'approche de nouvelles conditions extrêmes, je m'abandonne au bricolage, à des lectures diverses et au sommeil.

Une bonne nouvelle j'ai retrouvé mon stock de chaussettes.

Dimanche 5 janvier

Plus d'appréhension que de tempête : le vent n'a pas hurlé, il a tout juste rugi à 40 nœuds, pour s'apaiser à

30 aujourd'hui. J'en ai profité pour avancer dans mes réparations et je viens de signer une nouvelle victoire personnelle de taille : j'ai refixé le vit de mulet qui fixe la bôme au tapecul (le petit mât arrière). Cela a été extrêmement physique et, comme pour la réparation précédente, en toute logique, je n'aurais pas dû y parvenir seule. Là encore, j'ai bien mis quatre heures à penser la manœuvre et à l'exécuter, échouant plusieurs fois, modifiant ma position, soulageant l'espar alourdi par la voile. Je me surprends souvent à soutenir mes efforts par de longs cris rauques, à la manière des karatékas. C'est en criant que j'ai touché au but.

Fourbue, mais hilare, je me suis effondrée sur un banc du cockpit avec cette conviction : moi qui me sens parfois si limitée, je possède un potentiel incroyable que je n'exploite jamais ! Il suffit de conditions extrêmes pour qu'il s'exprime, et je sens alors le champ des possibles s'élargir autour de moi. Dans le fond, la vie quotidienne n'offre pas souvent l'occasion à l'homme d'atteindre ses limites. Celui qui s'aventure au-delà du périmètre connu est aussitôt appelé "héros". Mais tous seraient sans doute surpris s'ils tentaient l'expérience des limites. Alors je pense à Pete et à ce dépassement incroyable qu'il a dû exercer pour aller chercher Raphaël. Cet acte-là est héroïque, car bien au-delà du possible. Mes réparations à moi n'ont rien d'héroïques, pourtant, si je boucle mon tour, ce sont elles qui m'auront permis d'aller au bout, et pour elles, j'aurais exploré un potentiel que je ne me soupçonnais pas. A ma mesure.

Depuis hier, je remets un peu de sud dans mon est, mais avec modération. Je continue de m'inquiéter à la vue des cartes météo. A l'heure qu'il est, Thierry et Tony doivent connaître l'enfer. La vacation confirme cette angoisse : les relevés Argos d'*Amnesty International* et d'*Exide Challenger* indiquent des vitesses de 1,5 et 1,8 nœuds ; même à sec de toile, les bateaux iraient plus vite...

Lundi 6 janvier

Toutes les heures, je tente de capter les informations sur RFI : Thierry et Tony ont déclenché leurs balises dans la nuit. Un avion de la marine australienne a repéré les deux coques retournées. L'un des deux marins est à califourchon sur la sienne, on ne sait pas de qui il s'agit...

L'attente est longue, si longue ! Pour la tromper, pour oublier aussi que la dépression est encore derrière moi et que je devrai la subir à mon tour, j'entreprends de recoudre la grand-voile, déchirée dans sa partie inférieure lors du retournement. Six heures me sont nécessaires pour venir à bout de la première déchirure. J'arrête là pour le moment, car malgré la paumelle qui les protège, mes doigts sont endoloris autant par l'aiguille et le tissu que par le froid.

Lors de la vacation, Jeantot avance une hypothèse pour expliquer ces deux nouveaux chavirages : le détachement brutal d'un iceberg de l'Antarctique peut provoquer une onde de choc et donner lieu à une vague géante, comme un raz-de-marée.

Dans la journée, les Australiens authentifient les deux bateaux. C'est Thierry qui est sorti. J'apprends qu'ils lui ont lancé un canot de survie. Mais quid de Tony ? Je me souviens de Mike Plant, dont on avait en vain espéré qu'il fût à l'abri dans sa coque retournée... C'était en Atlantique, alors que l'Américain convoyait son bateau vers la France pour prendre le départ du second Vendée Globe.

Mardi 7 janvier

Je suis encore la seule à venir à la vacation. Je regrette de ne pas avoir de nouvelles de mes petits copains qui sont devant. Heureusement, "tante Zaza" continue d'adresser des messages à Anne qui me les lit. Il y a deux jours, Isabelle connaissait des conditions anticycloniques, ce qui n'était pas pour lui déplaire et me donne quelques informations rassurantes sur les glaces. Le moral était bon, elle s'apprêtait à doubler Gerry et passait le temps en "bouquinades et bidouillages".

Les tentatives de liaison radio avec Yves ont été vaines car inaudibles. Pourtant, le skipper du "thonier" n'est pas très loin derrière moi, 169 milles, m'indique Jeantot.

La dépression est toujours très creuse – 958 hpa ! –, mais pour l'heure, je rencontre des vents moyens à 30-40 nœuds.

Mercredi 8 janvier

La radio distille le peu d'éléments dont on semble disposer et j'ai hâte d'entendre la vacation. Le point de Jeantot est à peine rassurant : les secours sont retardés à cause du mauvais temps, l'hélicoptère n'a pu décoller. Thierry est parvenu à donner quelques nouvelles grâce à la radio qui lui a été envoyée : il va bien, il est en forme, mais souffre du froid – l'eau est à 2 degrés ! La frégate *Adelaïde* se rendra d'abord vers Thierry, puis vers Tony, qui n'a toujours pas donné signe de vie. Pete et Raphaël sont arrivés à Hobart et Patrick vient de quitter Fremantle. Isabelle et Gerry connaissent des vents extrêmement violents.

Jeudi 9 janvier

J'écris dans mon journal de bord : « Thierry et Tony récupérés sains et saufs ! Quel bonheur ! Je revis et vais boire un coup à leur santé ! »

Un peu plus loin : « Crise de larmes. Ça fait du bien. La tension qui tombe. Je ne m'étais pas rendu compte à quel point j'ai été angoissée pour eux. J'ai terriblement souffert de ne pas comprendre ce qui leur était arrivé. »

Ce même jour, je note le passage de Christophe au cap Horn, à 9 heures TU, bravo Guinguin ! et la dernière position connue de Gerry : 54° sud et 123° ouest... Et merde !

Isabelle a fait demi-tour à sa recherche dans des conditions de mer épouvantables. Epuisée, privée de grand-voile après la rupture de sa drisse, incapable de progresser contre le vent sans mettre son propre bateau en péril, elle a dû reprendre sa route. Je n'ose imaginer la douleur de son renoncement.

Vendredi 10 janvier

Pour la première fois, je communique via Sydney Radio, les liaisons par la station française étant devenues inaudibles. Il est 6 heures du matin à Paris quand je joins Anne chez elle. L'espace d'un instant, elle croit à une blague. Cela me libère de lui parler par phrase complète, sans gueuler des mots clés en espérant qu'elle comprenne la phrase entière. Je lui fais part des heures traumatisantes que j'ai connues avec les chavirages successifs et maintenant Gerry, dont on est sans nouvelles. Je sens déjà que j'aurai besoin qu'ils me racontent tous, après l'arrivée, ce qui s'est passé. Je souffre de ne pas comprendre pourquoi trois d'entre nous se sont retournés. Je voudrais savoir par quel miracle ils ont résisté au froid, avec quelle énergie ils ont lutté pour ne pas être engloutis et dans quelles circonstances ils ont été récupérés. Dans cet enchaînement dramatique, j'ai une raison de me réjouir : des hommes ont été sauvés dans le Sud, comme Isabelle il y a deux ans, c'est donc possible ! Si l'on m'avait demandé avant le départ, quelle chance aurait l'un d'entre nous d'être récupéré dans ces mers désertes, en cas d'avarie grave, j'aurais sans doute répondu « aucune », ou si peu... Trois ont été retrouvés. Les Australiens sauront-ils à quel point nous les remercions de ces vies sauvées ?

Je rassure également Anne sur mon état d'esprit ces derniers jours : je n'ai jamais eu l'intention d'abandonner, même aux heures les plus sombres, je suis décidée à aller au bout. Je bénis cette route nord qui m'éloigne de la dépression si creuse. En revanche, je m'inquiète de l'évolution d'un cyclone que j'observe depuis plusieurs jours sur les cartes : après avoir balayé la Nouvelle-Calédonie, Drena poursuit sa route vers le sud-sud-est ; d'après les cartes de prévisions dont les échéances ne dépassent pas 36 heures, le cyclone, redevenu dépression tropicale après avoir perdu un peu de son intensité, devrait couvrir la Nouvelle-Zélande demain. Une trajectoire en route de collision avec la mienne.

Ce soir, Bernard est revenu dans le couchant. Je lui ai parlé doucement. J'aurais aimé qu'il me dise où Drena allait pousser ses ailes. Ne m'abandonne pas !

Dimanche 12 janvier

Depuis près de deux jours, j'ai mis à la cape. Les conseils de Jeantot et de Météo France ont conforté ma décision : il est plus sage d'arrêter le bateau pour laisser passer le plus fort de la dépression. Je dérive à près de 2 nœuds... vers l'ouest ! Marche arrière, alors que je suis aux portes du Pacifique ! J'ai aperçu les côtes de l'île d'Auckland, au sud de la Nouvelle-Zélande. C'est là que j'ai tracé la frontière fictive entre l'Indien et le Pacifique.

Ma seule échappatoire est la lecture. Laisser le temps couler à son rythme, n'en vouloir à rien ni à personne. Patienter. Voir dans cette dépression une chance pour Pete de me rattraper. *Aqua Quorum* serait à moins de 600 milles derrière, tirant sur l'élastique... Quant à Yves, il a préféré contourner la dépression par le sud, il a plongé et vient de me dépasser. D'ici peu, il sera loin devant.

A la mi-journée, je reprends ma route. Le vent est toujours de sud-sud-est et les déferlantes couchent régulièrement le bateau. Fatiguée de ces coups brutaux, de ces journées où le corps subit autant que l'âme, j'ouvre un peu mes voiles. Le cap n'est pas brillant, mais l'allure plus supportable.

Mardi 14 janvier

20 heures 40 : je franchis l'antéméridien, les longitudes s'expriment désormais en ouest ! Oh ! qu'il me tardait de les voir s'afficher ! L'ouest – le vrai –, ça sent un peu la maison ! Si j'ai bonne mémoire, chez moi, à Locmariaquer, je dois me situer aux alentours de 3° ouest et les Sables sont à 1°50 ouest ! Cesse ton délire, Chabaud ! Tu as tout de même près de 180° de longitude à franchir, et pas loin de 100° de latitude. Je n'ose penser au jour où les latitudes s'exprimeront en nord, après l'Equateur.

Le décor a changé autour de ma jolie fusée rouge. Le ciel a dégagé les gros stratocumulus qui l'encombraient, la mer a écrêté jusqu'à ses moutons : je suis dans la pétole ! Même le spi peine à gonfler ses couleurs. Même ambiance pour Pete dont Anne m'a lu un nouveau message : il rêverait aussi d'être à portée de VHF pour que nous puissions reprendre nos bonnes conversations des jours cléments. Plus encore, la proximité d'un autre concurrent dans cette grande traversée du Pacifique le rassurerait. Comme je le comprends, moi qui redoute ce saut solitaire, alors qu'ils sont encore deux derrière moi !

Jeudi 16 janvier

Grand soleil, mer belle, mes batteries mentales se rechargent ! Je viens de sortir dans le cockpit torse nu ! Il fait encore frais, mais qu'il est bon de sentir les rayons du soleil sur la peau, mes pores s'ouvrent et s'aérent ! C'est tout mon être qui renaît ! Je languis la chaleur des alizés !

Je navigue toujours sous spi, lentement, et bricole : matelotage ou électricité ; il ne se passe pas un jour sans que je chasse l'oxydation généralisée à coup de papier de verre. « Quatre-vingt-quinze pour cent des pannes électriques sont des problèmes de connectique ! », m'avait averti l'ingénieur Spok avant le départ ! Comme il avait raison !

Je parviens à joindre Anne qui participe au trophée Mer-Montagne organisé par Eric Loizeau. C'est la première année que je ne m'y rends pas depuis sa création. Grâce à cette manifestation qui associe un marin et un montagnard, j'ai fait la connaissance de ces hommes et de ces femmes qui s'aventurent sur les plus hauts sommets de la planète ou de ces autres qui dévalent les pentes à la vitesse d'une Formule 1. Avec bonheur. Ils m'ont appris une expression : "engagé". C'est un terme qu'ils emploient pour évoquer les ascensions techniques où ils n'ont pas droit à l'erreur ; chez eux, une paroi, un 8 000, sont "engagés". Dans les échanges si riches avec eux, ils m'ont interrogée à propos de nos navigations "engagées". Au regard des dangers permanents qu'ils affrontent en montagne, mes navigations ne me paraissaient pas si périlleuses. Pour la première fois, cet épithète me paraît convenir aux conditions extrêmes que je traverse.

La première année, le tirage au sort m'avait associée à Jean-Christophe Lafaille, qui aime à gravir les sommets en solitaire. Le 21 juin dernier, Europe 1 nous avait réservé une jolie surprise alors que je me trouvais à mi-parcours entre Plymouth et Newport dans la transat anglaise en solitaire : ils avaient établi – sans me prévenir – la liaison avec Jean-Chri alors qu'il marchait de nuit, à plus de 2 000 mètres d'altitude, dans le massif des Ecrins. Magie des télécommunications...

Je ne serai pas la première à évoquer les points communs entre marins et montagnards : le même amour de la nature et des grands espaces insondés, le même plaisir à dépasser l'horizon, à regarder plus loin. J'ai aimé cette rencontre avec Jean-Christophe, Christophe Profit, Christine Janin, ou les champions du kilomètre lancé, Pascal Budin ou Philippe Goitschell. Philippe était là au départ du Vendée Globe, la mer l'attire et nos engins de vitesse aussi. Un jour, j'embarquerai des montagnards, j'en suis sûre, et ensemble nous irons découvrir d'autres sommets...

En attendant, je pratique des exercices physiques sur le pont, abdominaux, musculation et étirements. Mon corps fatigue à toujours devoir rétablir l'équilibre. J'ai besoin d'allonger les muscles.

Je rêve d'une pause, que le bateau demeure à plat, im-mo-bile !

Vendredi 17 janvier

Mon moral ne cesse de jouer au yo-yo : j'avais la pêche hier, et ce matin encore quand je suis montée en tête du tapecul pour démêler une drisse, mais j'ai hâte de quitter le Sud. Je ne sais pas si, une fois en Atlantique, je languirai d'en finir. Je ne cesse de tripoter mon petit globe gonflable : sitôt assise près de la table à cartes, je le saisis et compte les méridiens jusqu'au cap Horn. Auparavant, ce ballon était suspendu dans le carré et je ne lui jetais que des regards distraits. Aujourd'hui, il est à portée de main, quand je griffonne dans mon livre de bord, à l'heure des pauses alimentaires, avant de m'assoupir... je le saisis et mesure tout le chemin parcouru, et tout ce qu'il reste à accomplir... Les repères de ce globe rudimentaire mais si utile sont espacés de dix méridiens. Il me faut bien trois jours pour couvrir un de ces quartiers d'orange. Et je compte et recompte. Sur la grande carte du Sud, toujours auréolée d'huile d'olive, je n'ose plus comparer mes pas de fourmi débutante à ceux de géant de VDH. Je mesure la performance du grand barbu. Il est vrai que plus sud, la terre est plus courte à arpenter ; malgré tout, il n'a pas molli, le bougre !

L'accumulation des avaries, des drames successifs, des conditions météo qui me stressent ou freinent ma progression, érode mon plaisir. Depuis plusieurs semaines, la balance est négative, les instants de grâce sont plus rares. Je suis lasse d'émotions trop fortes.

De plus, le bateau me donne tous les jours des raisons de m'inquiéter. Une fois, c'est l'enrouleur de solent. Aujourd'hui, c'est la quille. Je ressens une vibration au niveau du fletner qui se prolonge jusque dans la barre. J'ai du mal à retrouver une confiance totale. Et puis, il y a le grand saut du Pacifique : si j'ai un problème grave, les secours sont loin.

Heureusement, Pete est derrière, à 700 milles environ, Patrick plus loin encore derrière, et Yves, plus au sud, mais déjà loin devant. Les conversations avec Pete me manquent terriblement, bien plus que le standard C. Il était si bon de partager nos impressions, notre vécu, nos joies et nos peurs. Bon et rassurant.

Nous avons beau continuer à nous adresser des messages via mon équipe à Paris, cela ne compense pas. Pete vient encore de me faire savoir que l'élastique entre nous est toujours là. J'en suis sûre, j'ai l'intuition que nos deux bateaux vont encore se rapprocher avant l'arrivée et que peut-être nous allons pouvoir à nouveau nous parler. C'est fou ce que je me sens proche de lui ! Des autres concurrents également, même si nous ne nous parlons pas. Peut-être est-ce cette même expérience forte partagée ?

Bon, je n'ai pas trop le moral en ce moment. J'ai hâte de joindre Jean-Luc lors d'une vacation radio pour savoir si ce bruit dans la quille est normal. Ça fait du bien d'écrire... Et de rêver devant mon globe, un cadeau que mes amis de la Spi-Dauphine, toujours fidèles, m'ont offert la veille du départ. Je souris en repensant à cette époque de la création de la course, le premier projet "voile" auquel j'ai participé. Il a tissé des liens durables...

... En septembre 1980, alors que je viens de passer mon baccalauréat et de découvrir ma passion pour la voile, j'entre en mathématiques appliquées à l'Université de Dauphine. Rapidement, je m'inscris au club Croisière, alors présidé par Bernard Van den Broek – le même Bernard qui partagera plus tard mon aventure avec Protopapas. Le week-end, quand je ne navigue pas avec celui qui vient de faire naître ma passion marine, je pars tirer des bords avec l'équipe de Dauphine dans les Anglo-normandes, à Yeu ou ailleurs.

Au printemps 1981, nous participons à la course croisière de l'Edhec à bord d'un catamaran. L'automne suivant, apprenant que l'école de Lille limite le nombre d'inscriptions pour la prochaine édition, Bernard lance l'idée : pourquoi ne pas organiser notre propre course ? Une équipe se constitue autour de deux piliers, Bernard et Gilles Gasperment, qui me proposent de m'occuper des relations avec la presse – je viens d'entrer dans une école de journalisme – et d'aider ponctuellement à la recherche de partenaires. Ainsi naît la Spi-Dauphine, course-croisière itinérante, qui réunit sur l'eau étudiants et entreprises et qui a aujourd'hui pignon sur rue. A l'époque, tout est à créer et les moyens sont très limités. Chargée de trouver un point de chute au Salon Nautique – à défaut de pouvoir financer la location d'un emplacement –, je squatte le premier stand vide. Je me souviens encore d'être allée me plaindre au commissariat général de la disparition des tabourets et de la plante verte que j'avais apportés, et d'en être ressortie penaude : j'avais eu du culot de m'installer ainsi sur un stand non loué, le matériel avait donc été confisqué. Mon frère Gilles réalisa la première affiche et mon père nous donna quelques bons d'essence Shell, dont les stations étaient alors rares dans les régions ouest que nous traversions. Longtemps mes amis ironisèrent sur le sujet, et un jour, à l'occasion d'une escale à Jersey, je trouvai même une collection de coquillages au fond de mon sac de couchage avec un grand panneau "Shell Museum"...

Des trois années où je collaborai à l'organisation de la Spi-Dauphine, naquit une belle amitié. La "bande" était présente pour m'embrasser avant le grand départ. Ils m'ont laissé plusieurs livres à bord, un message dans le coin cuisine et le ballon-globe...

Samedi 18 janvier

J'ai pu effectuer une marche arrière quand le vent a molli : j'ai dégagé un énorme paquet qui semblait être un filet chargé d'algues. Un filet dans ce désert ! Comme il a dû voyager ! Je n'ai donc plus de problème de quille et j'ai presque honte des proportions absurdes que cet incident anodin a pris dans ma tête. Mais je suis tellement loin de tout ! De plus, je n'ai pas oublié les heures angoissantes pendant l'Europe 1 Star, en juin dernier, où j'avais constaté un mouvement dans la quille de mon *Whirlpool - Vital - Europe 2* : les boulons qui la retenaient étaient desserrés… Je progressais alors dans la tempête, au sud de Terre-Neuve, seule. L'avarie n'était pas si grave, car j'étais équipée d'un énorme levier pour resserrer ces boulons agités, mais l'incident m'avait brisée pendant 24 heures. Alors j'ai beau être convaincue de la solidité de mon “plan Harlé”, le moindre bruit suspect me serre les tripes.

J'ai cru revoir Bernard. L'albatros hurleur qui m'a rendu visite aujourd'hui lui ressemblait tant avec ses taches blanches sur ses ailes brunes. J'ai attendu que son ballet autour du bateau le rapproche : le dessin n'était pas tout à fait le même. J'ai été un peu déçue, depuis le cyclone Drena, je n'ai pas revu Bernard, les vents violents de sud-est l'auront éloigné de ma route. Cet oiseau-ci ressemble à cet autre qui l'avait escorté dans les premiers jours de notre rencontre. Je m'excuse auprès de lui de ma déception affichée et lui demande s'il n'a pas vu Bernard, s'il peut aller le chercher, lui dire qu'il me manque.

Dimanche 19 janvier

Je n'en peux plus des vents contraires ! D'un bord comme de l'autre, mon cap est minable, la carène tape dans les vagues. Pendant la vacation avec l'équipe, le bateau a effectué une embardée qui m'a déséquilibrée : j'ai traversé le carré, heureusement étroit, comme un boulet.

Les vents ne devraient pas tarder à porter : sur les cartes météo se profile une nouvelle dépression apparemment aussi creuse que celle qui a retourné Thierry et Tony, et je ne suis pas loin de son centre d'action... Pete paraît encore plus exposé et isolé, et la Nouvelle-Zélande est déjà loin dans son sillage...

Mardi 21 janvier

Aujourd'hui est mon quatre-vingtième jour de mer. S'il n'y avait eu cette question d'un journaliste du PC évoquant le temps écoulé depuis le 3 novembre, je ne m'en serais pas aperçu. Que signifient soixante-dix, quatre-vingts, cent jours ? J'ai perdu la notion de durée depuis bien longtemps. Y compris de ces jours que je compte jusqu'au cap Horn (de 12 à 15 selon la vitesse) et au-delà jusqu'à l'arrivée : une semaine du cap Horn au 40e sud, quinze jours du 40e sud à l'Equateur, vingt jours de l'Equateur à l'arrivée. Ma seule unité de temps est le sac de nourriture hebdomadaire : j'ai une vague notion de ce que j'ingurgite en une semaine. Les vacations quotidiennes avec le PC ne constituent plus des amers remarquables dans mes journées car elles se déroulent à des heures où je dors et m'interrompent dans mon sommeil. C'est même un peu pénible et j'ai du mal à les suivre.

J'ai donc repris mes deux journaux de bord après ce rappel du temps et me suis amusée à numéroter les jours depuis mon départ : J1, J2, J3... J80...

J'espère que je retrouverai l'insouciance du temps que j'ai connue en Atlantique et l'immense plaisir que j'ai ressenti sans cesse jusqu'à ma "mise au tapis", plaisir que j'ai du mal à goûter ici. Cela ne m'empêche pas de vivre des moments extraordinaires, quand je n'ai plus de raison d'être stressée et surtout, j'ai repris confiance en mon bateau. Je regrette déjà de n'avoir pas mieux profité de l'Indien ! Il faudra que j'y retourne !... Mais plutôt en équipage : je ne suis pas sûre de vouloir revenir seule ici !

Vendredi 24 janvier

Ma progression est lente, bien que je glisse depuis trois jours à plus de 10 nœuds, et que le temps s'écoule plus vite. Je suis enfin passée derrière le front froid de la grosse dépression. J'apprends que Pete subit des vents de 60 nœuds, heureusement sans dommage. Mais il a hâte de quitter le Sud, il en a assez, d'autant qu'il s'use à réparer son générateur, et que son coude purulent le handicape et l'inquiète.

Chez moi, le soleil est de retour ! C'est fou comme il caresse le cœur et réchauffe le moral. Je ne peux bricoler sur un pont inondé en permanence et dans un carré pleurant d'humidité. Je tenterai plus tard le démarrage des groupes électrogènes et les tests de charge.

Alors je dors, je lis, je mange. Je ne fais pratiquement que ça et de la météo (réception et analyse des cartes).

Est-ce pour cela que je ressens une petite lassitude ?

Comme c'est drôle : je viens de tomber sur un passage de *La Longue route* que j'aurais pu écrire. Moitessier, en forme, évoque sa vie à bord : « Je dors, je veille, je me nourris, je me rendors, je me réveille aussi dispos, je me tiens souvent de petites conversations à mi-voix :

– Qu'est-ce qu'on fait ? ... On en largue un à la grand-voile ?

– On sera obligé de le reprendre avant la méridienne...

– C'est facile, allez, amène-toi, fainéant et qu'on largue ce ris, on se traîne ! »

Je n'aurais pas parlé de méridienne, car si j'ai un sextant à bord, ce n'est qu'en cas de panne de mon GPS. Je n'aurais sans doute pas dit "fainéant", mais "Chabaud", ce qui, en l'occurrence, serait synonyme... Pour le reste, je ne change pas une virgule. Cette évocation me rassure d'ailleurs, car il m'arrive de trouver ma vie à bord fort banale. Il est réconfortant de savoir que le grand Moitessier a connu, lui aussi, cette vie rythmée de faits simples.

Quant aux conversations avec moi-même, elles s'intensifient, un peu comme si ma personnalité se dédoublait, selon deux modes. Il y a le dialogue entre celle qui pousse à aller plus vite et la Chabaud qui "gère" le marin et son destrier, comme chez Moitessier. Il y a aussi le couple "moi-spontané" et "moi-conscience" : le premier réagit de manière presque primaire, épidermique, le "ça" proposeraient les psy ; le second est plus réfléchi, plus patient et plus zen aussi. Le "moi-spontané" s'énervera contre une voile qui bat, tandis que "le moi-conscience" lui rappellera que lui seul peut y remédier en réglant la voile ou le pilote, et qu'il ne sert à rien de s'énerver.

Par bonheur, ces dialogues ne sont pas constants, et je connais de longs et fréquents silences. Mais cette dissociation que je constate aujourd'hui se manifeste avec plus d'acuité qu'à terre.

J'ai un peu barré... pour prendre l'air ! Un comble, moi qui ai pris le large depuis 82 jours ! Oserai-je me l'avouer : j'ai beau naviguer sur ce que l'on nomme volontiers – et à raison – "le dernier espace de liberté", il m'arrive de me sentir emprisonnée ! Il y a si longtemps que je n'ai pas quitté le périmètre de mon "80 m^2" (je suis généreuse, car je vis en réalité dans le carré et le cockpit et ne m'aventure ailleurs que pour les manœuvres ponctuelles) ! Moi si nomade, je ne peux échapper à ce bateau. Je suis condamnée à vivre dans ce réduit pendant de longues semaines encore, pour ne pas dire de longs mois, cela pourrait être des années... S'il n'y avait les îles que j'ai pu identifier et l'âpreté de conditions qui ne peuvent appartenir qu'aux mers du grand Sud, j'aurais l'impression de ne pas avoir bougé : seul le paysage aurait changé dans cet espace qui court de mon bateau à l'horizon, comme dans une scène de cinéma où défile un décor fictif à l'abri des studios. C'est la Terre qui tourne sous mon étrave, ce n'est pas moi qui avance ! Je repense à Kauffmann, à sa détention, à celle des otages de l'ambassade du Japon à Lima, retenus depuis le 17 décembre, et à tous ceux qui connaissent l'enfermement. Ma seule échappatoire est la fugue dans les livres, la musique, toutes ces cassettes qui m'emmènent ailleurs, loin de ce cadre immuable. Depuis Noël, j'ai extrait les photos du classeur

"Messages" pour les afficher dans l'habitacle. J'ai scotché ma famille, mes amis, les dessins de mes neveux partout où j'ai pu. J'ai même affiché pendant une semaine l'éclaté de la Très Grande Bibliothèque, encarté dans le *Géo* que j'ai à bord. Ces temps-ci, je dévore les journaux publiés à la veille de mon départ : je prends le temps de regarder la mode dans les magazines féminins que je consulte d'ordinaire uniquement dans la salle d'attente des médecins ; je découvre la vie des stars dans les hebdomadaires à scandales ; je lis intégralement *Géo* et *Sciences et Vie* ; je m'absorbe même dans les éditions de *Libé* et du *Figaro* datant du départ de la course !

Ces derniers jours, j'ai voyagé jusqu'à *Samarcande* avec Amin Malouf, dans le *Désert* de Le Clézio et embarqué avec le seul héros que je me connaisse, le *Capitaine Hornblower.*

Je n'ai pas seulement lu, j'ai aussi écouté Hubert Reeves parler d'étoiles et d'histoire de l'Univers, et Joël de Rosnay disserter sur l'apparition de la vie sur terre et de la pensée. Les physiciens, astrophysiciens, biologistes ou autres scientifiques renouent avec la philosophie et cela me plaît. Je rêverais de rencontrer Reeves, Albert Jacquard ou Pierre-Gilles de Gennes.

Pour l'heure, c'est la voix rocailleuse d'Hubert Reeves qui retentit dans les enceintes du bord : il inaugure une série de conférences sur l'histoire de l'Univers par un avertissement et trois images, une métaphore bien séduisante. En premier lieu, il souhaite que chacun de ses auditeurs fasse le lien entre ces connaissances qu'il va exposer et sa propre existence, qu'elles lui permettent de se resituer dans l'Univers. Il ne peut trouver meilleure oreille que la mienne, lavée des pollutions terrestres et des schémas des hommes. Mon esprit est ouvert sur l'infini, comme un tournesol vers le soleil. Je suis disposée à parcourir l'histoire de mes cellules et de mon âme. Autant poète que scientifique, Reeves propose alors trois images propres à résumer le contenu de ces conférences :

« La première est la plus vieille image du monde. Elle a été prise par le satellite Kobe et a mis 15 milliards d'années pour parvenir jusqu'à nous, il y a deux ans environ. Elle nous montre en direct ce qu'était le monde à cette époque : une purée incandescente de particules élémentaires, sans aucune organisation, sans structure, c'est-à-dire un chaos...

L'illustration suivante est contemporaine : il s'agit d'une fleur, un organisme complexe extrêmement organisé, qui est à l'opposé de l'image précédente.

L'histoire de l'Univers est le chemin parcouru de l'une à l'autre. Le ferment de cette croissance de la complexité est illustré dans cette troisième image : il s'agit d'une photo prise dans un bidonville de Lima, d'un petit garçon et d'une petite fille. Manifestement ces deux enfants se sont rencontrés et se plaisent. Ce document contient tous les éléments de ce que l'on peut appeler une “rencontre créatrice” : une force (ici l'attirance du petit garçon pour la petite fille) crée une rencontre qui ouvre sur un futur, l'événement relance l'histoire. C'est elle le moteur de la croissance de la complexité.

Il en va de même quand un proton rencontre un électron : sous l'effet de la force électromagnétique, il se crée un atome d'hydrogène... »

Allongée sur ma bannette, les yeux fermés, je navigue à 15 milliards d'années-lumière, entre une fleur et deux enfants qui s'aiment. De la densité des informations qui suivent au fil des quatre cassettes, je ne saisis pas tout, loin de là, mais je sens que mon âme voyage dans l'océan de ses origines !

Plus loin, Hubert Reeves évoque les énigmes qui demeurent et la probable insuffisance d'idées folles et créatives. J'aimerais l'amener ici où la solitude, l'élasticité du temps et de l'espace, la puissance et la beauté de la nature en son état de complexité et de simplicité mêlées, ont propulsé mon âme sur une orbite céleste. Je suis sûre qu'il trouverait les clés de certaines énigmes. Il pourrait croire en ces âmes qui voyagent, en cette ubiquité des particules, découverte par la physique quantique. Peut-être expliquerait-il l'âme de l'Univers, la force motrice des “rencontres créatrices” qui pourrait se résumer en un mot : Amour, et que les hommes ont baptisé Dieu...

Samedi 25 janvier

J'aimerais voir des icebergs, au moins un. Depuis huit jours, j'assure une veille régulière au radar, car j'aborde la zone des glaces repérées ou suspectées par les autres concurrents. A l'exception d'Isabelle et Yves, ils en ont tous vu. Surtout Marc, qui a suivi une option très australe. Pas question de laisser le radar sous tension en permanence, je n'ai pas assez d'énergie pour cela. Je procède donc comme pour les cargos : je dors uniquement par tranches de vingt minutes, le mets sous tension, effectue un tour d'horizon pendant les deux minutes de préchauffage, observe les échos aux différentes échelles, éteins la machine et retourne me coucher.

Il est peu probable que je voie un iceberg : ma route au nord des dépressions (pour conserver un vent portant) centrées plus nord qu'à l'ordinaire, m'éloigne des champs des glaces.

Pour être honnête, je ne suis pas si sûre de désirer tellement en croiser un, car je suis saturée de stress. Je les fuis même : c'est sans doute un growler ou un iceberg que Gerry a heurté, ça a dû être si rapide… En scrutant l'horizon, je cherche des amers blancs, mais mon œil est aussi à l'affût d'une coque mauve… Sur la carte, la route d'Yves passe par la dernière position connue de Gerry, je ne crois pas que ce soit un hasard. Derrière moi, je sais que Pete et Patrick auront ce même espoir d'apercevoir un signe de *Groupe LG*…

Jeudi 30 janvier

Je commence à comprendre le Sud. Il serait temps, alors que je ne suis plus qu'à quatre ou cinq jours du cap Horn ! Je profite enfin avec sérénité de cette longue houle que je vais bientôt quitter. Je barre plus longtemps, emmitouflée sous plusieurs couches de polaires et de gants, les pieds dans les moonboots dans lesquelles j'ai glissé des chaufferettes. Je me grise encore de ces longs surfs qui ont guidé mes pas jusqu'ici. Regretterais-je déjà ce Sud, dont j'ai eu tant de mal à interpréter le langage, moi qui ai tellement hâte d'en sortir ?

Cela fait trois jours que je n'ai pas appelé la terre, à cette allure portante, mes éoliennes ne tournent pas très vite et seuls les panneaux solaires rechargent les batteries. Ma consommation semble se suffire de ces deux sources d'énergie, mais la luminosité est souvent irrégulière.

Je reçois les premières cartes météo en provenance des stations chiliennes. Je peine à repérer les latitudes et les longitudes. Je suppose que la pointe de l'Amérique Latine figure sur cette carte illisible, mais je n'ai aucun trait de côte. Quant à savoir s'il s'agit d'une analyse ou d'une prévision, à 12 heures, 24 heures ou plus... ! J'essaie de procéder par recoupement avec les cartes australiennes ou néo-zélandaises, mais elles deviennent totalement illisibles.

J'ai une bonne pêche, je me sens en forme et sereine, même si j'ai hâte de goûter de nouveau à la quiétude et à la douceur de l'Atlantique Sud. J'ai retrouvé l'harmonie avec mon bateau, l'équilibre de l'instant présent. J'ai planté des graines qui germent vite et vont pallier l'absence de nourriture fraîche.

Je chante plus que jamais. Comme à terre, une chanson entendue le matin à la radio peut me trotter dans la tête toute la journée. Hier, c'était... *La Marseillaise* ! L'indicatif de RFI en est une adaptation, et me voilà dansant et chantant à tue-tête « Allons enfants de la Patrie-i-e... ! » Cela commence à la façon d'une harmonie militaire, puis je détourne l'air façon opérette, puis rock, reggae, et rap rythmé. Aujourd'hui, je suis sortie dans le cockpit, le baladeur sur les oreilles et je me suis mise à danser comme une folle, à diriger le ballet des vagues, des nuages, des albatros et du bateau ! Tous bougeaient au rythme de Toure Kunda, Mory Kante, Bob Marley, Alpha Blondy, Princesse

Erika, Johnny Clegg, Youssou'N'Dour, Peter Gabriel, les Doors, Jo Cocker, puis de Samson, Souchon, Voulzy (le duo ne me quitte jamais en mer)...

« Et maintenant, Mesdames et Messieurs, en direct du grand auditorium du Grand Sud, j'ai l'honneur de vous présenter les interprètes de ce concert exceptionnel organisé par le voilier *Whirlpool - Europe 2* pour les dix ans du Meilleur de la Musique – Ouais ! – A ma droite, l'Antarctique au clavier ! – Ouais ! – A ma gauche, l'Amérique aux percussions ! – Ouais ! – Derrière moi, l'Australie et la Nouvelle-Zélande à la guitare et à la basse ! – Ouais ! – Avec moi, le Pacifique et les Cinquantièmes Hurlants pour les cuivres et les chœurs ! – Ouais ! – Et devant, un invité exceptionnel qui nous fera l'honneur de nous retrouver dans quelques jours, en exclusivité pour Europe 2 : le cap Horn ! – Ouais ! »

Et la foule en délire applaudit autour du bateau ! Je m'éclate, rigole et gueule ! Que c'est bon !

Je pense à tout ce que j'aurai à faire quand les conditions seront plus paisibles, quand les cartes météo auront cessé de m'effrayer et de me serrer le ventre. De nouveau, j'analyse hier et m'interroge sur demain. Plus que jamais je perçois ce tour du monde comme la synthèse de ce que j'ai vécu jusqu'à présent. Il justifie mon parcours maritime.

Etonnamment, cette étape de mon existence est le point de convergence de tous ceux que j'ai rencontrés sur ma route. Il y a eu les copains d'enfance, ceux du lycée Florent Schmidt à Saint-Cloud, de l'université de Dauphine, de l'Institut Pratique de Journalisme, de la voile, de *Thalassa*, d'Europe 2... Beaucoup des hommes et des femmes qui ont croisé mon chemin resurgissent aujourd'hui, se rencontrent parfois à cause de mon histoire de tour du monde. Comme Dominique l'avait prédit dans sa lettre, des amitiés se nouent au-delà de moi et cela est bon.

Je perçois mieux ce que ce tour va m'apporter. Certaines évidences se précisent, la notion de potentiel inexploité, de patience acquise, de colères vaines, de simplicité éprouvée, de libération de l'âme, de sensibilité accrue... J'aime cette solitude explorée, parfois si pesante, mais souvent si belle. Ces réflexions m'incitent à relire l'un de mes journaux des dernières années et que j'ai tenu à embarquer...

... Je reste suspendue aux premiers mots que je lis : « J'ai besoin d'écrire, de poser là mes interrogations... » La plupart des textes, souvent espacés de plusieurs mois – je n'ai jamais tenu de journal quotidien –, débutent de la sorte. Je prends conscience de l'exercice vital que constitue pour moi l'écriture. En ces jours où je suis pratiquement coupée de toute communication avec la terre, je mesure le sens de la parole et de l'écriture. J'ai besoin des deux pour exprimer mes émotions et soulager mon âme : la parole me libère du stress, notamment parce qu'elle m'ouvre les poumons et banalise la source de mes angoisses ; l'écriture me permet de formuler mes peurs et de les regarder en face. J'ai en tête les conseils d'une amie, Michèle Sanglier, qui, il y a quelques mois, m'a suggéré – entre autres – de revenir à l'exercice de l'écrit. Cela m'avait déjà permis de sortir d'une période de doute. Aujourd'hui, je mesure à quel point le geste est utile.

Hier, j'ai écrit trois mots dans mon journal de bord, entre des alignements de chiffres de position, cap, pression atmosphérique, distance et cap au Horn, trois mots et un point d'interrogation : « Qui suis-je ? »...

Ce soir, le coucher de soleil est somptueux, nuages en nuances turquoise autour d'un point en feu sur l'horizon. Et me voilà qui pleure. De quoi ? De la solitude, que je ne supporte peut-être pas autant que je l'imagine ? Du temps qui me pétrit et m'abandonne ? D'un bonheur tout simple devant les beautés du monde ? Ou de tout à la fois ?

Dimanche 2 février

C'est à en perdre sa météo ! Je pourrais me croire dans le Pot-au-Noir ! Alternance de grains violents et de pétole, le froid en plus ! Puis un ciel alizéen ! Par 55° sud, c'est pour le moins étonnant ! Une dépression apparaît sur les cartes qui devrait engendrer des vents progressivement adonnants à l'approche du cap Horn... Du moins c'est ce que je déduis de tracés en pointillés sur des prévisions – ou analyses ? – aphones. Ce soir, j'entre sur la carte de détail de la pointe sud-américaine. Je ne suis encore que dans la marge, mais ça sent bon le Horn !

Lundi 3 février

La dépression est beaucoup plus forte que ce que j'avais prévu. Et beaucoup plus nord. J'essuie des vents contraires, supérieurs à 50 nœuds ! Un comble dans cette région du monde où les vents sont supposés souffler de l'ouest en permanence ! Le Horn se refuse ! Je ne sais combien de temps cela va durer. Je tente de me mettre à la cape, mais le bateau, couché par les déferlantes, dérive. Les côtes chiliennes sont à 70 milles, à peine. Je retrouve des conditions que j'avais espéré rangées dans le passé de mon Sud. J'affale la trinquette et décide de me mettre à la cape sèche sur l'autre bord, ce qui permet une dérive vers le nord-ouest. Désormais les déferlantes balaient le pont du bateau qui dérive en travers des vagues. Pour rassurer le PC qui doit s'inquiéter de ma dérive à faible allure en sens inverse, j'actionne l'émission de ma deuxième balise Argos. Je patiente. Je m'enferme, m'étends sur la bannette et poursuis la lecture du *Testament Français* d'Andreï Makine... Je quitte les tempêtes du Horn pour la Sibérie de son enfance. Dépaysement assuré !

A 23 heures 50 TU, le vent a un peu molli et surtout, la mer est moins blanche. Je tente de repartir. Le cap Horn est à 86 milles.

Mardi 4 février

J'avance enfin dans la bonne direction et, pour la première fois, le cap Horn me paraît possible. Il y a si longtemps – deux mois peut-être – que je tourne autour de l'Antarctique, que cette porte de sortie, cette pointe mythique comme une virgule dans le Sud, est devenue une abstraction. Jusqu'à ce matin, j'ai cru que jamais je n'atteindrais le Horn ! Ce ne sont pas vingt-quatre heures de dérive vers l'ouest dans une tempête aussi violente qu'inattendue, qui ont pu me convaincre du contraire. J'aimerais savoir si Pete est revenu sur ma position. La dernière fois que j'ai pu joindre la terre, il y a deux jours, il se situait à 1139 milles dans mon sillage et souffrait terriblement de ce coude qui le handicape depuis l'Atlantique.

Mercredi 5 février

8 heures 50 – Terre ! J'aperçois des côtes sous le vent, sous les cumulus qui ont à nouveau empli l'espace après une courte éclaircie. Mais le soleil perce encore et irradie les versants enneigés de ces îlots qui ceinturent la Terre de Feu. Le cap Horn est pour ce soir !

Je parviens à joindre le PC pour la vacation. Si je les entends, en revanche eux ne comprennent quasiment rien de ce que je leur dis. Je voudrais leur parler de ces deux journées dans la tempête, de ces terres du bout du monde qui m'éblouissent, de ma douleur et de mon bonheur. Je limite mes paroles à des « Tout va bien ! » et des « Merci ! » répétés pour leurs encouragements.

16 heures 30 – La proximité de la terre, d'une faune et d'une flore aquatiques moins profondes et parfois affleurantes, ont modifié la couleur de la mer : elle a abandonné le bleu outremer pour des nuances de gris, de vert ou de marron selon l'éclairage. Le Pacifique est derrière.

17 heures 30 – Je suis accompagnée par des dauphins noirs et blancs, comme ceux de l'Indien ou du Pacifique ! J'ignorais qu'il y avait des dauphins aux parages du Horn ! Ils surfent et bondissent sur les vagues. Le ciel s'est légèrement dégagé sur cette côte brune et blanche d'îlots clairsemés et reste plombé

alentour, offrant une lumière magique dans un lieu qui respire la force et la beauté. On est vraiment au bout du bout du monde…

20 heures 45 – Je le vois ! Il apparaît loin devant l'étrave. Je reconnais sa silhouette massive au sommet élimé, comme si je l'avais toujours connue. Dans le chapelet d'îlots saillants que je longe depuis ce matin, ce rocher au tombant abrupt qui culmine à 424 mètres paraît presque banal, informe. Mais il est le Horn, la dernière terre au sud de l'Amérique, la plus proche du grand continent blanc.

Je suis émue, tellement émue ! Je ne le quitte plus des yeux. L'histoire resurgit, de ces hommes qui ont contourné cette terre, de ceux qui ne l'ont jamais franchie ou qui ont péri dans la tourmente de ces régions majuscules. Je pense à mes petits copains qui l'ont déjà doublé et à ceux qui n'y parviendront peut-être pas. Je comprends soudain pourquoi un mythe a pu naître ici. D'une abstraction, d'une référence culturelle, émerge une réalité d'une évidence rare : je ne sais plus depuis quand j'attends cette rencontre, mais je l'ai tellement désirée et il a été si difficile d'arriver jusqu'ici ! A mesure que je me rapproche et m'imprègne de ces terres éparses, je ressens la force qui s'en dégage. Je pourrais être au commencement du monde, bien avant qu'il y ait eu des hommes sur la terre. L'histoire des cap-horniers est à peine plus vieille que la mienne. Ils ne sont plus les hommes trapus de nos livres d'histoire, engoncés dans leur vareuse raide, leur ciré élimé et leur suroît trop grand, posant sur le pont d'un clipper aux côtés d'un albatros ou tentant de carguer les vergues dans les hauteurs d'un gréement de trois-mâts en fuite. Je les vois ici, dans les mêmes conditions que celles d'aujourd'hui, découvrant ces mêmes terres, émus peut-être.

21 heures 15 – J'ai sorti la caméra. Par bonheur, elle fonctionne. J'ai enfin cerné la cause de panne : l'humidité tout simplement ; elle ne fonctionne que si je retire la cassette après chaque utilisation ! Il y a deux jours, je m'étais mise à parler devant le boîtier suspendu dans le carré. Assise à la table à cartes, je ne parvenais pas à fixer mon regard sur l'objectif : il y a tellement longtemps que je n'ai pas parlé en regardant quelqu'un dans les yeux qu'il m'a fallu quelques instants pour réapprendre. Mes images ne donneront rien, je bouge trop, mais qu'importe !

22 heures 30 – Je viens d'avoir Anne via des radioamateurs dont elle m'avait donné les fréquences de trafic. Leur vacation débute à 22 heures TU. Je n'ai pas très bien compris qui ils étaient. Je les croyais implantés à Ushuaïa. Or, il semble que le chef d'orchestre du réseau diffuse depuis Las Palmas (aux Canaries ?). Ses interlocuteurs sont apparemment des marins, espagnols pour la plupart, croisant dans ces régions australes. Je leur parle en anglais et, à mon plus grand étonnement, l'homme qui se prénomme Raphaël appelle Anne et établit la liaison. C'est magique ! J'apprends que Pete a dû opérer lui-même son coude, son inflammation devenait trop dangereuse. Anne m'explique qu'il a suivi les conseils du bon docteur Chauve. Il a incisé la chair purulente en guidant ses gestes à l'aide d'un petit miroir. Il semble aller mieux. Pauvre Pete, qui aura subi la douleur en plus du reste depuis son entrée dans le Sud, sans jamais se plaindre ! Cela ne

l'a pas empêché de sauver un homme ! S'il est un héros dans le Vendée Globe, c'est bien lui !... J'écourte la conversation, car je suis arrivée devant le Horn...

... J'ai installé ma caméra dans le cockpit. C'est bon, elle est calée, maintenant je l'oublie et je vis cette rencontre de tout mon être...

« Bonjour cap Horn ! C'est la première fois que je viens te voir, je ne sais pas s'il y en aura d'autres. C'est tellement dur d'arriver jusqu'à toi !

Ne m'en veux pas de cette comparaison, elle est juste : je me sens comme le montagnard au sommet de l'Everest ! Si je pouvais planter un pavillon là, je n'hésiterais pas une seconde : je viens de vaincre mon sommet à moi ! Tu es plus qu'un but, cap Horn, tu es un aboutissement. Pour venir jusqu'à toi, il a fallu contourner l'Antarctique et parcourir ces mers de Titans qui déroulent leurs déferlantes à tes pieds pendant plus de 60 jours. Avant cela, il a fallu être au départ, mais encore avant, croire qu'il était possible d'y parvenir, et encore avant, en avoir envie.

Je t'ai apporté une surprise : quelques mèches de mes cheveux que j'ai coupées en tournant la page, avant de partir.

Je vais boire un coup à ta santé, à celle de tous ceux que j'aime et qui m'ont aidée à venir jusqu'ici. Et voilà pour toi Neptune ! Et voilà pour toi Eole ! Vive cap Horn ! A la tienne ! J'ai envie d'en chialer ! Je suis tellement heureuse d'être là !... On est au bout du bout du monde ! ...»

Je le regarde pendant des heures, assise dans le

cockpit, silencieuse, jusqu'au bout du Pacifique, jusqu'au bout du jour. Au-delà, vers l'est, le changement de décor est radical. Le vent a molli, les nuages ne sont plus massifs mais effilés, et la mer paraît aussi douce qu'un lac. Cette rupture si franche est incroyable. Il pourrait y avoir une porte océane ici... Je ne le quitte pas des yeux. Avec lui, c'est le Sud qui commence à s'éloigner de mon sillage, le Sud avec sa beauté, son stress, ses albatros... Ils sont toujours présents et m'accompagneront quelques jours encore. Mais je sais que je ne reverrai plus Bernard. Il m'a quittée aux portes du Pacifique, mais jusqu'à ce jour j'ai espéré qu'il reviendrait.

Je viens d'apercevoir un éclat lumineux ! Non, je n'ai pas rêvé ! Encore un ! Je compte : un éclat, cinq secondes. On ne m'avait pas dit qu'il y avait un phare au cap Horn ! Cela paraît évident, et pourtant... Je pense au "Phare du bout du monde", sur l'île des Etats, qui a inspiré Jules Verne, et que notre copain Yule – André Bronner – veut reconstruire...

Le ciel est déjà sombre quand je quitte mon silence, et je chante :

« Ôm les hommes tranquilles (...)
Hissez les voiles
Pour aller respirer l'air du large
Dormir sous les étoiles... (...)
Laissez-vous bercer par la mer
Et sur les ondes
Emportés par la mer
Vers le nouveau monde... (...)
Ôm les hommes tranquilles
Ôm... Ôm... Ôm... »

Je reste suspendue à cette mélodie dont je suis pleine. Je repense à *Siddharta*. J'ai lu avec bonheur le roman philosophique de Hermann Hesse l'été dernier. Au moment où je larguais les amarres, le 3 novembre, Jean-François Coste – l'un des pionniers du Vendée Globe qu'il boucla en 163 jours – me l'a tendu. J'ai été sensible au geste et au contenu. En m'éloignant du ponton, je lui ai crié : « Merci, je l'ai déjà lu, mais j'aurai plaisir à l'avoir à bord. » Je me réserve cette lecture pour les derniers milles solitaires, au-delà de l'Equateur, mais j'ai encore en mémoire l'itinéraire du fils de brahmane qui se fit *samana* (ermite nomade et dénudé) et devint passeur sur ses vieux jours. Il apprit à écouter le fleuve et toutes les voix qui s'y mêlaient, jusqu'au jour où il entendit un son qui réalisait l'Unité, le Tout : Ôm... Là, devant le Horn, plus que jamais je ressens la synthèse de toutes mes voix passées et des voies que j'ai empruntées pour parvenir à cet instant unique. Et je chante encore, doucement...

... Je pense aussi à ma grand-mère. Mamie est toujours présente dans mes navigations. C'est avec elle que je partage ce moment. Il y a si longtemps que je n'ai vu de silhouette humaine et vis en pensée avec ceux que j'aime, qu'il n'existe plus guère de frontière entre les vivants et les morts. J'ai vu mourir Mamie. Ce souvenir n'est pas triste, il est serein et chargé d'une émotion unique...

... Nous étions plusieurs autour d'elle à l'accompagner dans son dernier souffle. Maman lui a récité des « Je vous salue Marie... », lentement, sans s'arrêter, jusqu'au bout... Le regard qu'elle a eu alors était mêlé d'effroi et de quelque chose de bien plus profond : elle semblait regarder au-delà, comme si une porte venait de s'ouvrir devant elle...

Depuis, Mamie est mon relais avec l'au-delà de l'espace et du temps. Il me suffit de chanter le code, « Je vous salue Marie... », et la porte s'ouvre sur l'infiniment grand, mais aussi au-dedans de moi, tout au fond de moi, et je me sens une.

Immobile, reliée à l'espace entier, je regarde le cap Horn s'éloigner à l'horizon dans la nuit, je chante et la porte s'ouvre...

3e Partie

T E N I R

Mercredi 12 février

J'ai besoin d'écrire. Je suis si fatiguée, si lasse ! J'avais imaginé cet après cap Horn différent. Je languissais de retrouver la quiétude de l'Atlantique Sud, mais où est-elle ? Certes, le décor a changé : désormais quand le vent fraîchit, la mer ne gonfle plus si vite et si puissamment, le ciel est moins tourmenté, j'aime à reconnaître un environnement familier, un jardin dont je connais mieux les reliefs et les évolutions ! Mais le vent est instable, en intensité et en direction. J'ai tout connu depuis le Horn : 50 nœuds dans le nez, la pétole au portant, le brouillard, la pluie, les ciels bleus ou plombés, quelques milles bien savoureux mais trop brefs, et à nouveau une mer courte, hachée, sur laquelle le bateau cogne sans cesse ! Je n'en peux plus d'être secouée, roulée, tapée ! Stop ! Je suis si fatiguée ! J'ai cru que mon passage à vide après le cap serait de courte durée, mais je ne recharge toujours pas mes batteries. Lorsque le Horn a disparu, je suis rentrée dans le carré et me suis effondrée sur la banquette. Le vent mollissait, il fallait me lever, renvoyer de la toile : j'en étais incapable. « T'es bourrée, Chabaud ? T'as bu trop de champagne ? – C'est pas vrai M'dame ! J'ai quasiment tout donné à Neptune, à Eole, au

Horn et aux autres ! J'ai à peine bu deux gorgées ! » Peut-être la tension qui retombe : le stress, porté à son paroxysme pendant la dépression rencontrée avant le Horn, stimulait ma vigilance et alimentait une énergie sans doute artificielle. J'ai dû me faire violence pour m'arracher à la langueur qui m'envahissait, pour me lever et aller manœuvrer. Depuis, chaque geste me coûte. Je viens à peine de réparer l'enrouleur du solent dont deux éléments s'étaient désolidarisés. J'ai réussi à les réemboîter il y a deux jours et les ai immobilisés avec des boulons dont j'ai scié les têtes.

Je suis si fatiguée, que tout ce qui est motif à émotion, le beau ou le douloureux, fait déborder ma coupe toujours pleine, et je pleure : à commencer par ces espoirs que j'ai nourris des informations contradictoires concernant Gerry, cet avion qui l'aurait survolé et l'aurait entendu prononcer « Ici Groupe Lima Golf... », mais aussi les nuits superbes où j'ai à nouveau baigné mon âme dans le firmament, un nuancier étalé sur les nuages aux heures où le soleil disparaît ou renaît, et surtout, la moindre évocation de mon passage du cap Horn. Quelle émotion ai-je vécue là pour en être aussi troublée ?

Le 9, après les Malouines, je quitte la carte de détail de la Patagonie, sans regret, mais avec cette promesse, drapée de certitude : je reviendrai naviguer dans ces eaux et dans les canaux ! Je pense à Bertrand de Broc, contraint à une escale forcée à Ushuaïa : il semblait subjugué par cette nature grandiose, seule consolation face à la douleur de l'abandon.

Le 11, j'inscris enfin ma dernière position sur la carte Polaire Sud ! La première date du 3 décembre : depuis 70 jours, j'étire lentement ma route sur cette feuille cartonnée, jaunie par la lumière, l'huile et le temps, qui a pour centre le pôle Sud et l'Antarctique, et autour de laquelle gravitent les pointes d'Afrique, d'Australie, d'Amérique et quelques îles éparses ! Sur mon petit globe transparent, je retrace du doigt ce long parcours depuis les Sables d'Olonne. Qu'elle est longue, ma route ! Surgit alors cette image d'Atlas supportant la voûte du ciel, si lourde sur ses épaules. J'ignorais que la Terre fût si grande et si lourde, et comme Atlas, je la porte sur mon dos ; pour moi, aujourd'hui, elle pèse 102 jours et la boucle est encore loin de se refermer !

Me voilà désormais sur la carte de l'Atlantique Sud de Jean-Luc ; déjà toute piquée de ses quatre circumnavigations, elle absorbe sa cinquième !

J'ai longuement bavardé avec Giorgio, l'un des marins de la vacation radioamateur des Espagnols. Il est Italien et parle un français remarquable. Avec sa femme, il cabote depuis deux ans dans les canaux de Patagonie. Ce soir, il est au mouillage, à l'abri d'une tempête, au pied de l'un des glaciers qui viennent mourir au fond des baies de la Terre de Feu.

Pete a passé le Horn hier. Quel soulagement pour lui... et pour moi. Je me demande comment il va négocier la remontée de l'Atlantique Sud. Je ne sais pas comment je vais optionner moi-même, j'ai si peu d'informations et n'en recevrai bientôt plus.

Jeudi 13 février

Enfin la mer est belle ! Enfin le ciel est dégagé ! Enfin la brise est douce ! Je revis ! Si vous pouviez juste orienter ce vent quelques degrés plus à droite, ou franchement plus à gauche, je serais ravie ! Je vous remercie !

Apprenez, noble compagnie, que la damoiselle Chabaud vous tire sa révérence et quitte les Quarantièmes ! Qu'on se le dise ! Youpi !

Samedi 15 février

Et rebelote ! La trêve fut de courte durée ! Hier déjà, un court-circuit a totalement déchargé mes batteries ; le parc tribord semble ne plus recharger du tout et j'ai dû connecter la BLU sur le parc bâbord, initialement destiné aux seuls pilotes. Puis le baston est revenu, crescendo. La nuit a été infernale ! Ma zone a sans doute été balayée par une dépression orageuse que je n'ai pu anticiper, faute de carte : la source des informations météo est tarie. Toute la nuit, j'ai affronté un vent contraire, que je suppose avoir dépassé les 50 nœuds car les données de mon aérien de secours sont bien fantaisistes. Des éclairs n'ont cessé de jaillir de tous côtés. En apothéose, la dernière drisse de trinquette s'est cassée ! Je n'ai pratiquement pas dormi et suis épuisée !

Dimanche 16 février

Changement de programme. Je voudrais connaître le petit filou qui a zappé sur la pétole ! Sur quelle chaîne pourrais-je assister au "best of" de l'Atlantique

Sud, “beau temps – belle mer – et vent portant” ? Malgré tout, le cours du moral est plutôt élevé aujourd’hui et m’incite à entreprendre le grand nettoyage de printemps que réclame un bateau encore sali de ses blessures du Grand Sud.

Les conditions sont également propices à une montée dans le mât pour repasser deux drisses de trinquette. Me voilà parée pour quelque temps, j’espère !

Enfin je peux retirer ces polaires qui étouffent ma peau, me laver le corps à grande eau dans le cockpit, le laisser respirer, nu, et absorber les rayons régénérants du soleil !

Lundi 17 février

C’en est fini pour Christophe qui abaisse le record du Vendée Globe à 105 jours 20 heures et 30 minutes ! Bravo Guinguin ! Joli parcours ! C’est étrange, mais je n’ai pas le blues. J’ai admis l’écart entre nous, je sais que le bout est encore loin pour moi, à plus d’un mois, je n’anticipe pas sur cette arrivée encore si abstraite. Mais je me réjouis pour Christophe. Je regrette de ne jamais l’avoir entendu aux vacations, car il communiquait uniquement par standard M, de manière confidentielle. C’est comme si nous n’avions pas couru la même course. Je pense à ce que deviendront nos navigations quand Saint-Lys Radio aura cessé de relier les hommes par les ondes. C’est bien joli le satellite, et je suis la première à me réjouir des possibilités qu’il offre, mais il faudra trouver des substituts si l’on veut continuer à animer la course en mer. Les marins cesseront sinon d’être reliés entre eux et ne le seront qu’avec la terre. Je n’aime pas quand les communications tuent les communications ! Le relais des radioamateurs me paraît être une solution très convenable, mais il en est peut-être d'autres : Saint-Lys s'arrête, mais Sydney-Radio, Valparaiso – qui ne m'a jamais entendue –, Baïa Blanca... continuent.

Mardi 18 février

Retour au programme tempête. Jusqu'où ces dépressions orageuses qui s'évadent du Brésil vont-elles élimer mes nerfs ? Mes deux drisses de trinquette ont à nouveau cassé, à quelques heures d'intervalle. Ce coup-ci, il y a un problème dans le mât : l'une était neuve ! Quand vais-je pouvoir remonter alors que je suis si fatiguée ? Je suppose que Pete va revenir sur ma position ; certes, j'ai envie que l'on soit à portée VHF, mais je ne souhaite pas pour autant qu'il me double. Or son option pourrait s'avérer bien plus rapide que ma lente progression le long des côtes brésiliennes non loin de la route directe.

Je n'ai pratiquement aucune information sur les options suivies par mes petits copains quand ils tiraient des bords dans les parages : Jeantot, qui ne m'entend pas, me lit bien gentiment les positions de la flotte, mais il y a toute une période pendant laquelle je n'ai rien reçu, celle, précisément, où les premiers croisaient aux abords de l'anticyclone de Sainte-Hélène. Paradoxalement, je possède beaucoup plus d'informations sur le précédent Vendée Globe. Avant mon départ, Patrice Carpentier m'a offert la collection des *Lettres de Course au Large* publiées alors. Patrice a couru le premier Vendée Globe, dans des conditions extrêmement pénibles en raison de pannes de pilote automatique ; je sais aujourd'hui que j'aurais été incapable de supporter ce qu'il a enduré, et lui voue une admiration sans borne ! J'ai souhaité le rencontrer, lui et quelques autres pionniers du Globe – Gautier, Jeantot, VDH – que j'ai pu contacter pour m'imprégner de leur expérience. Jean-Luc m'a également prêté son journal de bord d'il y a quatre ans. Sur une carte météo vierge, j'ai reporté ses positions le long de l'Amérique latine, de même que celles de Poupon. Ils sont ma référence, eux qui ont emprunté, à peu de choses près, la même route que la mienne. Aujourd'hui, je suis pratiquement dans le sillage de Philou, qui avait poussé ce bord tribord amure jusqu'à quelques encablures du Cabo Frio, au nord-est de Rio. Ma route est plus est, mais plus lente aussi – j'ai même effectué une marche arrière pour vérifier si je n'étais pas ralentie par des algues –, tous les deux m'ont larguée et ce n'est pas cette nouvelle avarie sur ma drisse de trinquette qui va m'aider à les rattraper !

Pour relativiser, je repense à l'expérience de Moitessier, plus longue, plus esseulée, et à ce que Shakelton et ses hommes ont pu endurer : je me passionne ces jours-ci pour *L'Odyssée de l'*Endurance, le récit du grand explorateur britannique du début du siècle est incroyable ! J'avais envie de le lire depuis longtemps, depuis l'époque où je travaillais à *Thalassa* qui en avait diffusé un reportage. J'ai préféré attendre d'avoir quitté les Quarantièmes et les Cinquantièmes avant d'aborder l'extraordinaire aventure de ces hommes qui survécurent en Antarctique pendant des mois, alors que leur bateau avait été broyé par les glaces. Avec *Le Livre de Saphir* – un roman –, *L'Odyssée de l'endurance* est, jusqu'à présent, l'histoire la plus passionnante des nombreuses lectures de ce tour !

Vendredi 21 février

Isabelle vient de boucler son tour ! Bravo ma Belle Isa ! Quelle remontée ! Es-tu heureuse ? Comment vis-tu cette arrivée hors-course ? As-tu pansé ces blessures dont tu me parlais après ton départ de Cape Town ? Bon retour sur terre, ma grande ! Fais-toi bien dorloter !

Je ne suis toujours pas montée dans le mât : trop de mer. Quand le vent mollit, je parviens à dérouler mon solent, avec précaution, car l'enrouleur est bien fatigué. Mais dès qu'il se renforce, je suis contrainte de progresser sans voile d'avant : le cap est minable car la dérive est bien plus importante et le bateau, déséquilibré, tape encore plus fort dans les vagues. Il souffre... et moi avec.

La remontée de mon bateau invalide contre le vent m'en rappelle une autre, tout aussi désagréable, mais pour d'autres raisons...

... En décembre 1982, peu après l'arrivée de la deuxième Route du Rhum, j'avais entendu dire qu'il était possible de trouver une place à bord d'un bateau concurrent pour le convoyage retour en métropole. Avec Anne, une amie de ma promotion d'école de journalisme, nous avions négocié des vacances de Noël prolongées afin d'effectuer la traversée. Ne pouvant joindre en Guadeloupe les coureurs que nous ne connaissions pas, nous avions décidé de nous rendre sur place pour forcer le destin (quelle utopie !)...

Arrivées dans la marina de Gosier, nous apprenons qu'à l'exception de ceux qui poursuivent leur séjour dans les Caraïbes, tous les bateaux de la course rentrent par cargo... Adieu la traversée ! A défaut, nous tentons de trouver un embarquement pour naviguer dans les eaux antillaises. L'annonce que nous affichons à la capitainerie recueille bientôt une réponse. Un plaisancier novice, maquignon à la fortune récente, nous propose de l'accompagner jusqu'à Saint-Barthélémy sur le bateau qu'il a loué pour six mois. Avant de larguer les amarres, je m'enquiers de ce qui manque à bord, achète une règle de navigation dont j'ai repéré l'absence, mais néglige de vérifier la présence des cartes marines qu'il m'assure avoir pointées avec le loueur.

Le premier soir, alors que nous venons de franchir le canal des Saintes et remontons sous le vent de la Guadeloupe, le maquignon, qui mesure bien 1,95 mètre, pose soudain sa grande main sur la mienne, appliquée à barrer. Me dégageant sans trop de tact, je lui explique que mon amie et moi sommes à bord uniquement pour naviguer. Rapidement, l'homme se révèle désagréable et violent. Puis je découvre, qu'en dehors de l'atterrissage sur Pointe-à-Pitre, il n'y a pas de carte marine à bord. Or c'est la première fois que je viens aux Antilles et mes compétences en navigation sont récentes. Finalement, je dessine une carte à partir d'un ouvrage touristique et du livre des feux qui me permet de préciser les positions géographiques des îles !

Dans la nuit, le vent monte, la drisse de grand-voile casse. Déséquilibré avec son seul foc, notre petit bateau tape dans les vagues. Le maquignon atterrit sur sa bannette, terrassé par le mal de mer. Malmenées toute la nuit dans une mer chaotique, nous décidons, Anne et moi, une escale prudente sur l'île de Nevis, afin de réparer. Là, reprenant du poil de la bête après la tempête, notre hôte se révèle plus insupportable encore. Non sans hésitation, nous convenons pourtant de l'accompagner jusqu'à Saint-Barth, car il a peu de chances de dénicher des équipiers à Nevis. A quelques milles de l'arrivée, des pêcheurs encalminés et en panne de moteur sollicitent un remorquage. Me voyant préparer un bout, le maquignon se rebiffe. J'insiste pour ne pas laisser les pêcheurs en rade et finis par obtenir gain de cause. Mais notre moteur cale. « Largue-les ! », hurle le vilain bonhomme. Je résiste. Il bondit alors, une manivelle de winch à la main, en vociférant : « J'en ai ras le bol de toi ! Je vais te tuer ! » Je me tapis sur la plage avant, impuissante à repousser le colosse. Anne parvient à le calmer. Nous redémarrons le moteur, adressons un geste d'impuissance aux pêcheurs qui ont suivi la scène, et gagnons le port de Gustavia. Sitôt le bateau immobilisé au mouillage, nous hélons la première annexe qui passe et fuyons ce maudit bord !

Je constaterai souvent que l'ambiance sur un bateau est proportionnelle à la qualité des marins embarqués...

Les jours suivants sont moins pénibles et parfois même cocasses. Nous rencontrons un drôle de personnage, un ancien architecte de cinéma, au demeurant fort sympathique, qui se targue d'avoir présenté Grace Kelly au prince Rainier et d'avoir permis à Saint-Barth de retrouver son statut de port-franc. Il nous héberge dans sa maison dont le ménage est assuré par les seuls vents de la vallée ! La chambre où nous logeons est pleine de cassettes pornographiques. Anne revient de la salle de bain hilare : en ouvrant la porte d'un placard, elle a reçu une poupée gonflable sur la tête !

Puis nous quittons Saint-Barth pour la Guadeloupe et les Saintes. C'est là que j'aperçois pour la première fois le bateau du père Jaouen, que j'aurai la chance de rencontrer plus tard. A couple du *Bel Espoir* se trouve *Wild Rocket,* le monocoque de Joël Charpentier qui vient de courir la Route du Rhum. Joël accepte de nous embarquer pour retourner sur Pointe-à-Pitre. Ainsi tirons-nous enfin quelques bords sur l'un des bateaux de la course !

Est restée l'envie de disputer un jour à mon tour cette fameuse Route du Rhum...

Mardi 25 février

Aujourd'hui, c'est la BLU qui m'abandonne ! Je ne me l'étais pas avoué, mais je pressentais cette nouvelle avarie : la radio donnait des signes de faiblesse depuis quelques jours. Je dois donc me préparer à vivre mon dernier mois de mer sans liaison radio. Je prends cela comme une épreuve supplémentaire, peut-être même une chance après tout. J'ai bien réussi à me passer du standard C depuis plus de deux mois ! Alors...

« Deviendrais-tu philosophe, Chabaud ? Serait-ce le début de la sagesse ? Ou essaies-tu de t'en convaincre ? » Mouais... j'avale assez bien la pilule ; dans le fond, ne plus parler à la terre ne me contrarie pas, si ce n'est qu'ils vont sans doute s'inquiéter, mais ne plus les entendre, cesser de recevoir la position de Pete, qui n'a plus que 373 milles de retard sur moi en distances au but... ça, je ne suis pas sûre de le supporter. D'ailleurs, je me précipite sur mon petit poste récepteur pour vérifier qu'il fonctionne toujours, et compte les piles restantes. Ça marche ! La réserve de piles est abondante. A tout hasard, je teste aussi mon GPS portable, au cas où le principal tomberait en panne :

au rythme où se multiplient les avaries, je m'attends désormais à tout.

Afin de rassurer Anne et Frédéric qui ne m'entendront pas lors de notre vacation via les radioamateurs, ce soir, j'actionne l'alimentation de la balise Argos-GPS : l'émission de deux balises leur permettra peut-être de comprendre que tout va bien à bord. Vont-ils songer à me parler, malgré tout ? A me communiquer la position de Pete, l'information qui m'importe le plus ?...

... Oh ! Le Bonheur ! Ils y ont pensé ! Ils continuent de parler même sans réponse ! Mais demain, dans deux jours, poursuivront-ils ?...

Mercredi 26 février

Marc boucle son tour, le seau pour écoper à la main ! Jolie, très jolie deuxième place, Cap'tain Thiercelin ! ... Suivi d'Hervé. Bravo Monsieur Laurent ! Je suis d'accord avec le copain de Broc : tu as sans doute réalisé la plus belle route météo, sur une carène dont je connais l'instabilité. Je suis admirative !

Quant à moi, il me reste... un mois de mer ? Mais cela ne me pèse pas encore de les savoir à la maison. En revanche, je redoute l'arrivée d'Eric et d'Yves, les derniers avant moi, ou avant nous...

J'ai bien cru que la radio allait fonctionner, presque à regret, car j'ai tenté de modifier les branchements. Il n'en est rien et j'en suis presque heureuse. Finis les tests : je l'ou-blie !

Ce soir, c'est la manille reliant la poulie d'écoute de grand-voile au chariot qui vient de casser, net ! Un acier inoxydable de 10 millimètres d'épaisseur ! Mon pauvre bateau, mon doux compagnon, tu souffres donc ! Impossible de remplacer cette manille par une autre : je fabrique un brêlage sur le pont, sur lequel vient glisser le palan d'écoute de grand-voile. En espérant que cela tienne jusqu'aux Sables !

Jeudi 27 février

Je parviens à écouter les vacations du PC avec les concurrents encore en course, grâce à mon petit récepteur. Avant l'heure de la grand-messe quotidienne, je m'installe dans le cockpit, sous la bulle, la radio dans la main gauche, presque collée contre l'oreille, l'antenne aussi bien dirigée que possible, le cahier sur les genoux, un stylo dans la main droite.

Aujourd'hui, je suis atterrée : Bertrand a déclenché sa balise de détresse, *Votre nom autour du monde* a perdu sa quille, en plein golfe de Gascogne, à quelques milles de l'arrivée ! C'en est trop !

Toute la journée, je suis les informations sur RFI et sa récupération par hélicoptère. Mon pauvre Bertrand, elles te poursuivent ces histoires de quille ! Mais continue, tu en viendras à bout de ce tour !

Vendredi 28 février

J'ai enfin croisé un cargo, un grec ! J'ai pu entrer en liaison VHF et lui communiquer un message pour Hickory. D'abord un peu surpris, osant à peine croire que j'étais seule à bord et tournais autour de la planète depuis le 3 novembre, il a gentiment accepté de transmettre les nouvelles rassurantes, par son bureau à

Athènes. Je demande à Anne et Frédéric de poursuivre leurs vacations quotidiennes à 21 heures et à 22 heures, via les radioamateurs, et suis soulagée de pouvoir les rassurer.

Les conditions météo sont propices pour réparer la drisse de spi sur laquelle je m'assure pour monter dans le mât et dont la gaine a fini par se casser au frottement continu contre l'espar. Cela paraît banal, mais ce n'est pas si simple, car il faut étirer la gaine sur l'âme, pour réintroduire la partie découverte, la maintenir avec une pince, le temps de faire un point avec une aiguille et du fil suiffé. Bien sûr, le tronçon à recoudre se situe entre la tête et la poulie de moufflage, il me faut donc monter dans le mât par les sangles de la grand-voile pour réaliser l'opération. La prochaine fois, j'apporterai un soin plus grand au stockage de cette drisse !

Le tir de la fusée Ariane a été reporté pour cause de tempête sur la Guyane. Je consulte la carte : non, Kourou est tout de même bien loin d'ici !

Je viens de refermer *L'Enchanteur* de Barjavel. Quelle féerie ! J'ai eu bien du mal à m'en arracher, ces dernières heures, pour aller manœuvrer.

Les panneaux solaires brûlent, les éoliennes vrombissent, mes batteries sont pleines aux heures les plus chaudes de la journée, alors je peux consommer des cassettes. Après Merlin, c'est avec Pagnol que je m'embarque : une amie m'a offert *Les Confidences de Marcel Pagnol* racontées en… huit cassettes ! Il ne s'agit pas de la vie de l'écrivain et cinéaste marseillais, mais d'une foule d'anecdotes – généralement inédites –, qui ont émaillé sa vie. Adolescente, j'ai lu Pagnol dans ses collines. J'étais partie un jour, les *souvenirs d'enfance* sous le bras, rejoindre la Tête Rouge, derrière Allauch, au nord-est de Marseille où habitait ma grand-mère. Nous fêtions généralement Noël à Allauch, Pâques aussi, à la recherche des œufs cachés dans les platanes ou au pied des cyprès de son jardin en terrasse, et nous passions les dernières semaines des grandes vacances avec nos cousins marseillais. Ces *Confidences* fleurent bon la garrigue de mon enfance. Dans mon 118e jour de solitude, cette évocation de mes racines me régénère, bien plus que je ne l'aurais imaginé.

Anne a reçu mon message ! Je viens d'entendre sa voix, via Raphaël, ainsi que celle de Dominique ! En revanche, elles n'ont sans doute pas saisi que je ne pouvais leur répondre, car Anne interroge encore : « *Whirlpool, Whirlpool,* me reçois-tu ? » Les Grecs n'ont apparemment pas tout transcrit – ou peut-être n'ai-je pas été claire. Impuissante à expédier ma voix sur les ondes, je dialogue avec le poste.

Eric Dumont a touché les Sables. Et de cinq ! Bravo Eric, qui boucle ton tour en course, quatrième, malgré toutes les avaries qui ont handicapé ton joli bateau ! Embrasse-le pour moi, tu sais comme j'y suis attachée !

Pour la première fois, je sens que l'arrivée n'est plus très loin, je perçois une notion de fin dans ce tour. J'ai hâte de franchir l'Equateur !

Samedi 1er mars

Je viens de sauter à pieds joints dans la dernière grande routière de mon tour, celle de l'Atlantique Nord, partie est ! Il est vrai qu'elle commence très sud, à la latitude 2° sud, et que je ne suis encore que dans la marge ! Mais pour la tête, cette incursion prématurée est salutaire !

Encore des problèmes de connectiques ! Quelques sueurs froides lorsque mon pilote est passé seul en stand-by, et que tous ceux testés ont réagi de même. Je me suis souvenue des conseils de Spok et j'ai d'abord inspecté l'état des connexions : tout semblait propre. Je suis donc allée à la source : malgré l'épaisseur de la graisse silicone qui les protège, les cosses des batteries étaient complètement oxydées ! Ma réserve de papier de verre a bien baissé, mais le courant passe de nouveau !

C'est la dernière vacation du PC Course aujourd'hui : Yves arrive ce soir, Pete et moi n'avons plus d'émission depuis longtemps, Jeantot sait que mon équipe me communique les informations essentielles chaque soir... C'en est donc terminé des rendez-vous qui animaient mes journées, même si je n'y participais plus. J'écoute Yves préciser sa position pour que les bateaux partis à sa rencontre puissent le trouver. Un bateau de pêche s'est approché de lui : il est immatriculé aux Sables. Cette évocation si précise de l'arrivée me donne le blues pour la première fois : entre Yves et moi, il y a 20 à 25 jours de mer. Mais c'est Yves qui me redonne courage, lui qui languissait tant de revoir sa femme et ses enfants : « Maintenant que ça se termine, j'envie presque Pete et Catherine d'être encore en mer et je leur souhaite bon vent et de bien en profiter ! » Philippe Jeantot me donne des nouvelles de Pete, qui doit recoudre ses voiles déchirées ; son bateau et lui sont fatigués. Je le devance toujours, mais sans doute plus pour très longtemps. J'imagine qu'il règne une certaine nostalgie au PC Course. Jeantot me souhaite bon courage pour la suite...

Lundi 3 mars

J'ai vu la Grande Ourse cette nuit ! En sortant manœuvrer, vers 3 heures du matin, j'ai d'abord aperçu la Croix du Sud, dans le sillage à l'horizon. Je me suis retournée et suis tombée nez à nez sur le Grand Chariot !

Hier, j'ai cru apercevoir un fou de Bassan, mais d'après le guide de Philou, il s'agirait d'un fou du Cap, son cousin du nord n'ayant rien à faire ici ! Depuis mes derniers albatros observés vers le 20e sud, et les derniers pétrels, je n'avais vu aucun oiseau, et pas de dauphins non plus. Que ces mers paraissent désertes comparées à la faune si dense qui peuple les Quarantièmes !

Et puis, cet après-midi, j'ai salué mon premier avion : « Oh ! Des hommes ! » J'avais rejoint mon jardin : j'en retrouve les fleurs !

Au programme "avaries", la liste s'allonge ! Premier à déclarer forfait aujourd'hui : le loch-speedomètre. J'ai pensé à une algue et j'ai vérifié la petite roue qui plonge au travers du passe-coque dans la soute à voile :

elle était propre. Puis j'ai inspecté les connexions : toujours pas d'indication de vitesse. Enfin j'ai changé tout le kit – du loch et de son câble –, et ça marche !

A qui le tour ? « Cling ! Clang ! » La pompe de ballast émet des pleurs métalliques et n'aspire plus rien. Les derniers remplissages, je les ai effectués sous le vent, après avoir viré de bord, puis repris le bon cap une fois le ballast chargé ! Simple ! Je me suis donc attelée à changer cette pompe – par bonheur, j'en possédais une nouvelle ! Un exercice physique opéré à quatre pattes sous le cockpit et qui a nécessité l'emploi de deux grosses pinces étau et toute ma détermination, car les canalisations étaient aussi grippées qu'anciennes.

Ah ! j'oubliais : une fuite discrète mais efficace expédiait sous le vent l'eau du ballast au vent ! J'ai fini par en découvrir l'origine : une vanne qui réclamait un quart de poil de tour !

Je ne vais pas en rester là : la mer est moins cassante. Je dois en profiter pour monter passer ces foutues drisses ! Cela devient urgent : la trinquette sera indispensable pour ma remontée contre l'alizé de nord-est, après le Pot-au-Noir.

... J'ai enfin réalisé l'ascension ! Cela fait treize jours que j'y pense et m'y prépare, mais la mer et la fatigue m'avaient contrainte à renoncer. Je ne regrette pas d'avoir attendu des conditions plus favorables si je considère mon état : couverte de bleus, avec un bel hématome sur la poignée d'amour tribord ! Plus question de me coucher sur le flanc droit ! Je n'ai réussi à passer qu'un seul messager pour une drisse : je devrai remonter...

Ce soir, Anne m'annonce que Pete file à 18 nœuds, à 40 milles derrière moi ! Je tente de l'appeler par VHF... pas de réponse. Elle estime mon arrivée pour le 23 mars...

Mardi 4 mars

0 heure 40 – Je franchis l'Equateur ! Je rentre à la maison ! Qu'il est bon de lire ce petit "N" sur le GPS ! Adieu le Sud, Vive le Nord !

J'ouvre ma dernière bouteille de champagne : un coup pour Neptune, un coup pour Eole, un coup pour mon bateau et je bois, au Sud, au Nord, à mes partenaires, à ma famille, à mes amis, à mes amours, à Pete, à la vie... Je fais un vœu sur la ligne... j'avale un bout de camembert en boîte, pour atténuer les effets du champagne...

A la mi-journée, j'essuie grain sur grain ; les douches sont froides et ponctuées par de la bonne vraie pétole : bienvenue dans le Pot-au-Noir, le vrai !

La connectique du jour ? Mon petit poste récepteur radio qui refuse de s'allumer. Un peu inquiète, je finis par déceler un faux contact, toujours lié à l'humidité. J'y pallie en ne fermant le boîtier qu'à moitié !

Je vide aussi l'eau infiltrée dans la soute à voile.

J'ai croisé un cargo, mais il n'a pas répondu : j'espère que ma VHF fonctionne toujours...

Ce soir, Anne et Frédo m'informent que Pete vient de me doubler, bien qu'il ne progresse pas très vite non plus... Il est sans doute trop à l'est pour pouvoir m'entendre, mais je tente tout de même de l'appeler... En vain.

Jeudi 6 mars

Je suis épuisée, cassée par ce Pot-au-Noir, sa pétole et ses grains violents ! Cette nuit, j'ai cru devenir folle : je n'ai pas fermé l'œil, aux prises avec des vents qui tournaient dans tous les sens, des éclairs de toutes parts et un cargo muet qui disparaissait à quelques encablures ! Je ne suis pas sortie des griffes du Grand Sud pour finir contre les flancs d'une muraille d'acier !

Malgré tout, ce matin, il faut oublier la fatigue et la douleur dans tous mes membres : je dois remonter dans le mât passer le second messager, par prudence.

Ce soir, Anne a reçu un message de Pete : il a connu son lot de problèmes, mais il en est sorti... «... Je ne sais pas où est Catherine aujourd'hui, car je n'ai pas reçu les positions, mais je sais que nous nous rapprochons, et rien ne me ferait plus plaisir que de pouvoir lui parler à la VHF. C'est amusant, mais j'ai le sentiment que nous avons vraiment un élastique entre nous... » Ma radio est en veille, j'appelle, mais *Aqua Quorum* ne m'entend pas...

Mardi 11 mars

Le Pot-au-Noir m'a libérée le 7. Le vent est rentré, un alizé de nord-est, enfin stable. Mais durant trois jours, l'atmosphère est devenue opaque, chargée d'une poussière rouge qui s'est déposée partout sur le bateau, lui donnant un aspect vieillot qu'il ne méritait pas : sans doute le sable du désert charrié par l'harmattan.

Mes cueillettes de poissons volants sont à nouveau miraculeuses. L'un d'entre eux a atterri directement dans le carré par l'entrebâillement du hublot ! J'ai sursauté, mais fort heureusement, je n'étais pas sur la trajectoire de la pauvre bête que j'ai pu renvoyer dans ses pénates aquatiques. J'avais eu moins de chance pendant la Mini-Transat où je reçus un jour un poisson ailé – et puant – en pleine figure...

... A quelques encablures de mon atterrissage en Martinique, j'étais tombée en panne de pilote automatique. Je restais donc vissée à la barre des heures entières, ne m'autorisant que deux tranches d'une demi-heure de repos par jour, car cela supposait d'affaler le spi et de laisser mon 6,50 mètres dériver ; je m'allongeais alors au fond du cockpit étroit et tentais de récupérer. J'avais déjà près de vingt jours de mer derrière moi depuis l'escale des Canaries et j'étais épuisée. Il était temps que j'arrive.

J'avais installé une caisse de nourriture près de la barre, mon réchauffeur pour l'eau des repas lyophilisés, un seau pour des besoins bien naturels et la radio pour la météo... Afin de rester éveillée, je chantais *a capella,* ou au rythme des cassettes qui défilaient dans mon baladeur. Pour varier, j'écoutais aussi des pièces de théâtre ou des contes. Ceux de Karen Blixen lus par Jeanne Moreau, par exemple, me tinrent en haleine une nuit entière. Je possédais aussi un enregistrement de *Cyrano de Bergerac,* interprété par Daniel Sorano. Cyrano est l'un de mes textes préférés : je le tiens pour l'un des plus beaux de la langue française. Le héros m'en est cher ! J'avais également embarqué le fascicule de la pièce d'Edmond Rostand. Cette nuit-là, toujours rivée à la barre, le walkman sur les oreilles, la frontale éclairant le texte posé sur mes genoux, j'apprenais la "tirade des nez". Je lisais rapidement deux ou trois vers et tentais de les mémoriser. Je levais et baissais ainsi la tête sans arrêt, gardant toujours un œil sur mon spi, quand soudain, je reçus un projectile en plein... nez ! A l'odeur, je reconnus le poisson volant et crus même l'entendre ironiser :

« Moi, mademoiselle, si j'avais un tel nez,
Il faudrait sur-le-champ, que je me l'amputasse !... »

A quoi je rétorquai hilare qu'il ne fallait prendre mon appendice ni pour un cap, ni pour une péninsule et que ce monument ne se visitait pas !...

Je regrette de ne pas avoir embarqué *Cyrano* cette fois-ci. Dans le Sud, observant le vol des albatros, j'ai souvent entendu ces quelques vers appris dans mon enfance et prononcés par Cyrano agonisant :

« ... Les feuilles...
... Dans ce trajet si court de la branche à la terre,
Comme elles savent mettre une beauté dernière,
Et, malgré leur terreur de pourrir sur le sol,
Veulent que cette chute ait la grâce d'un vol ! »

Régulièrement, j'affale la trinquette pour vérifier la drisse : pas le moindre signe d'usure. Je comprends qu'en l'absence de messager, les drisses que je passais auparavant, n'empruntaient pas le bon chemin et contournaient un axe en carbone sans doute saillant.

Journée de rêve aujourd'hui ! Je retrouve enfin la quiétude des heures heureuses de la descente de l'Atlantique Sud ! Journée de grand nettoyage pour la soute à voile. Je peux enfin sortir le gennaker et les spis sur le pont : j'ai du temps et il s'y prête. Dans le fond des bacs où les voiles étaient entreposées, je découvre le reste du mélange visqueux d'hydrocarbures et d'eau de mer répandu le 18 décembre... J'en retire plusieurs seaux, et dégraisse les surfaces nettoyées à la hâte dans l'accalmie qui avait suivi.

Alors que je suis en train d'étaler les voiles rangées dans leurs chaussettes sur le pont, j'aperçois un cargo avec lequel j'essaie d'entrer en liaison sur-le-champ : le *Lake Superior*, américain, transmet mes nouvelles chez Hickory... Le soir, Anne confirme la réception et me donne l'écart avec Pete, à la position de ce matin, 6 heures : je suis 105 milles derrière ! N'en ayant pas eu connaissance ces derniers jours, je ne sais pas si, à cet instant, nos vitesses sont proches. J'ai le blues de le voir s'envoler.

J'ai été surprise par ma voix en chantant aujourd'hui : il y a des années qu'elle n'a été aussi claire ! C'est aussi la voix d'une femme plus âgée que celle qui, adolescente, appartenait à une chorale, un timbre que je ne me connaissais pas.

Mercredi 12 mars

J'ai profité de la nuit, si belle, de ce coin de ciel qui parle encore du Sud, avec sa Croix toujours présente, alors que j'ai dépassé le 20e nord ! Je m'étonne de cette étoile qui semble masquée par un nuage, alors que tout le reste du firmament est dégagé ! Elle paraît prolongée d'une chevelure. Une comète peut-être...

Je n'ai rien capté à la vacation de 21 heures. S'il s'agit d'un problème de réception, j'espère qu'il est passager…

A 22 heures, je perçois Renaud, mais c'est faible. Il ignore que je n'ai reçu aucune information et continue de me lire des poèmes inaudibles, alors que j'attends la position de Pete. Il y a quelques jours, la douceur des textes qu'il me lisait me réjouissait encore. Ce soir, je n'en ai cure ! Où est Pete ? !

Jeudi 13 mars

Bon anniversaire mon petit Papa ! J'ai le cafard. Je ne souffre pas de solitude, mais ma famille me manque et mes amis aussi. J'y pense un peu plus en ce jour anniversaire.

21 heures – La radio reste muette. Je n'entends même plus les Espagnols converser. Ne demeure que ce bruit de fond sur lequel les voix amicales venaient s'accrocher en relief. J'essaie en vain d'y déceler un ton, un langage connu. Je ne comprends pas ce silence. Je me refuse à croire qu'il n'y ait plus de réception. Et s'il était arrivé quelque chose à l'un des membres de ma famille ? Pourquoi ne me disent-ils rien ? Peut-être sont-ils en train de se concerter pour savoir comment me l'annoncer ? J'en chiale, de rage et d'angoisse ! La coupe est pleine, je pète un plomb ! J'essaie de me contrôler en reportant mes espoirs sur la vacation de 22 heures…

22 heures – Renaud est inaudible, mais je reconnais sa voix. Peut-être n'est-il pas au courant puisqu'il m'appelle de son portable. Je craque à nouveau et m'effondre sur la banquette. Je pleure, je pleure

comme il y a longtemps que je n'ai pas pleuré, d'une douleur de petite fille. Je me recroqueville sur ma bannette, dans la position du fœtus et m'abandonne à mon désespoir... Loin, très loin, j'entends une petite voix qui m'implore de me ressaisir. Je mets du temps avant d'y prêter attention, et me redresse enfin. Je me mouche un grand coup, bois un verre d'eau, avale de grandes goulées d'air que j'expulse lentement, bien à fond et je prépare un thé. J'ai entendu la voix de Pete me consoler : « Put six suggars in your tea ! » Combien de fois ai-je cru l'entendre dans ces moments où mon cœur déclenche sa balise ! Ce soir, il a failli se noyer. Peu à peu, il reprend son souffle. Mes espoirs reposent maintenant sur un cargo, sinon, je dévierai ma route afin de passer à portée VHF des radios açoriennes. Je veux avoir de leurs nouvelles.

Vendredi 14 mars

J'ai repris mes esprits ! Le vent a bien adonné : mon cap se rapproche de la route directe !

Cette fois-ci, la radio reste aphone à l'heure des deux vacations. Je suis à peine plus sereine qu'hier : j'ai essayé de me raisonner, attribuant ce silence à des problèmes de réception liés à la proximité des Canaries, et mon désarroi de la veille à une grande lassitude et sans doute à ma solitude affective.

Samedi 15 mars

Je suis soulagée : je viens de croiser un cargo à qui j'ai pu transmettre un message et deux numéros, dont celui de mes parents. Le capitaine les a eus en ligne : ils vont bien ! Je demande également à Anne de diffuser sa vacation quotidienne via Saint-Lys Radio. Le soir, j'écoute avec fébrilité la lecture de la liste de trafic sur les fréquences de la station française. Puis j'entends la voix de l'opératrice annoncer : « Communication pour le voilier *Whirlpool*... Madame Combier, c'est à vous, parlez... » Alors me parvient la voix d'Anne, parfaitement claire... mais elle oublie la position de Pete. A 22 heures, enfin, elle me donne les informations : j'ai doublé Pete ! L'avance est faible – 7 milles au pointage de 6 heures TU – mais je suis plus rapide que lui, 10,6 nœuds contre 9 nœuds pour *Aqua Quorum*. Le duel est relancé ! En outre, le vent est bien plus favorable ; si tout va bien, il devrait être portant jusqu'au bout, à condition que l'anticyclone installé sur la France n'entrave pas notre route.

Dimanche 16 mars

J'escomptais une adonnante, mais le vent refuse, me voilà de nouveau plus près de sa course. L'allure n'est pas trop serrée, pourtant je m'inquiète pour la suite. Météo France est en grève, RFI aussi, mais Arielle Cassim poursuit tout de même son émission quotidienne consacrée à la mer avec la lecture d'un bulletin minimum. L'information est vraiment succincte, mais c'est mieux que rien, et le petit salut de la journaliste amie en fin de bulletin me réchauffe le cœur.

A la vacation via Saint-Lys, c'est Frédo que j'entends ce soir : Pete est repassé devant et file à 14,6 nœuds !

Lundi 17 mars

Je n'en peux plus ! Cette fois-ci, je suis à 40 degrés de la route ! Du près, toujours du près ! J'en ai ras le bol du près. Je craque ! Je n'en peux plus d'être secouée sans répit, d'entendre le bateau souffrir à chaque collision de la coque sur ces vagues courtes et acérées ! Je voudrais que ça s'arrête ! Stop ! J'ai beau me dire qu'il ne reste plus que cinq ou six jours, je craque ! Ma patience, que je m'étonnais d'avoir si bien développée, s'est élimée aux coups de boutoir incessants d'un océan dont j'implore l'indulgence. Mon seul refuge est, une fois encore, la lecture. Sitôt que j'arrête de lire, je craque ! Tant pis, je débride ! Mon cap n'est pas très bon, mais plus supportable.

A 15 heures 30, je coupe le 40e nord ! Et à 21 heures le 20e ouest !

Pete a de nouveau creusé l'écart, il a choisi une option plus est où il semble rencontrer des conditions plus favorables.

Mardi 18 mars

C'est pénible : ce tour va être éprouvant jusqu'au bout. Je n'aurai pas droit aux vents portants qui ont soulagé avant moi le reste de la flotte, incitant mes petits copains à évoquer des conditions semblables à celles qu'ils avaient connues dans le Sud. Pour moi, le scénario sera différent : bords à tirer, bateau gîté, et ça tape, et ça tape !... Ne pas craquer. Respirer à fond...

A ce rythme, l'arrivée me paraît toujours aussi abstraite. Je suis étonnée d'apprendre à la vacation que Anne sera dès demain aux Sables d'Olonne : cela me semble vraiment prématuré, c'est encore tellement loin ! Pete continue sur une route plus favorable. J'inscris sa position sur la carte, mais n'ose plus évaluer l'écart. Depuis longtemps j'ai banni les calculs de distance, de vitesses moyennes comparées, par souci de me préserver de la pression qui en résulterait. En revanche, j'espère que Pete sera ralenti dans l'anticyclone qui s'installe dans le golfe de Gascogne et que je m'apprête à contourner par le nord.

Depuis deux jours, je rédige un bilan technique de mon tour : il m'a manqué une clé de 14 et de la graisse silicone... Cela excepté, tout avait été prévu ! Je n'ai pas une critique à formuler sur la nourriture : je n'ai jamais fantasmé à son sujet ! Cela est suffisamment rare pour être souligné. Merci ma Belle Hélène ! Je note les différents points du bateau qui ont souffert, souvent du fait de mon inexpérience. Je trie aussi les livres qui m'ont ravie et ceux dont j'aurais pu alléger le bateau... je note quelques remarques à suggérer à mes fournisseurs de vêtements en fibres polaires et d'aliments lyophilisés ou déshydratés.

Je commence également à analyser tout le trajet effectué... J'essaie de noter les transformations que j'ai pu remarquer, je recherche les marques du temps, des épreuves, des joies. Je souffre peut-être d'une fin de course difficile, mais je constate un tel bonheur de ce vécu si dense que j'en ressens une profonde sérénité. Sans doute la véritable analyse viendra-t-elle plus tard, après l'arrivée, avec le recul du temps, mais il me plaît de l'amorcer ici, dans la virginité de ma solitude éprouvée, avant qu'elle ne se brouille au retour parmi les hommes.

Je m'amuse à imaginer demain avec le sentiment que tout est possible, qu'à terre comme en mer, l'horizon s'étend sur 360 degrés et je goûte au sentiment vertigineux de liberté qui en résulte.

Vendredi 21 mars

C'est le printemps ! Il y a quelques jours, j'espérais un retour de ma grande fusée rouge avec le renouveau de la terre : le symbole eût été bien joli ! Mais j'ai dû me rendre à l'évidence et m'accommoder d'une arrivée plus tardive. Après tout, qu'est-ce qu'un ou deux jours de plus ? Cette arrivée demeure abstraite. A midi, j'essaie de mesurer les derniers 350 milles en nombre de repas : cela équivaut peut-être à trois petits déjeuners et déjeuners et deux ou trois dîners, si j'arrive dimanche soir... Mais attention à la marée ! Si j'arrive trop tard, je devrai attendre jusqu'à lundi matin avant de pouvoir pénétrer dans le chenal des Sables.

Je suis entrée sur la carte du golfe de Gascogne, dans la marge, comme il se doit, et avec un plaisir sans nom.

Encore un incident dans la soute à voile : le conduit d'évent du ballast avant s'est rompu ; je ne m'en suis pas aperçue tout de suite et continuais d'actionner la pompe, un peu étonnée que le niveau de la jauge baisse régulièrement. J'ai fini par localiser le problème : l'eau se répandait dans la soute, j'en avais jusqu'aux genoux ! La pompe à main s'est très vite cassée, m'obligeant à écoper avec le grand seau : il m'a fallu une bonne heure pour venir à bout de l'inondation et un bon massage pour soulager mon dos meurtri !

Samedi 22 mars

Mon option m'a conduite jusqu'à une latitude bien plus élevée que celle des Sables d'Olonne : 48°45 nord ! Mais l'adonnante favorable me rapproche de la route et je continue à profiter du vent alors que Pete devrait se trouver encalminé. J'aimerais tant revenir sur sa position et resserrer l'élastique bien distendu au cours des dernières heures ! Je n'oublie pas les paroles qu'il avait prononcées bien avant que nous ne pénétrions dans le Grand Sud et l'intuition qu'il avait que nous irions ensemble, jusqu'au bout...

Au premier cargo que je croise, j'adresse un message pour la terre, précisant que je prévois mon arrivée pour demain, dimanche.

Puis j'aborde le rail des cargos, descendant puis montant. La brume limite la visibilité à moins d'un mille. Toujours hantée par la perspective d'un accident dans les derniers milles depuis l'infortune de Bertrand, je contacte Ouessant Trafic par VHF : ma première liaison par radio courte distance avec la terre, et ma première conversation en français depuis plus d'un mois ! L'homme qui supervise la progression des cargos dans ce périmètre balisé aux portes de la Manche repère ma trace sur son radar et diffuse régulièrement un message d'avertissement aux navires qui croisent ma route, exactement perpendiculaire à l'axe du rail. Je lui en sais gré.

Je tente ensuite d'appeler le Conquet Radio en espérant pouvoir joindre les Sables d'Olonne. D'abord trop éloignée pour être audible, je parviens enfin à établir la liaison en fin d'après-midi. J'appelle Anne sur son portable. C'est l'explosion de joie des deux côtés de la ligne : elle n'a pas entendu ma voix depuis 35 jours et je lui parle enfin. Autour d'elle, mes parents. J'adresse mes premiers mots à ma mère depuis notre dernière liaison, bien avant le Horn. Nous sommes tellement émues.

Puis j'aperçois le premier phare, Armen, et la première terre, Sein. Je me revois il y a six mois, lors de ma visite sur l'île, contemplant le large et les rouleaux qui déroulaient leur écume sur les écueils s'étirant dans l'ouest de l'île. La nuit est tombée quand je traverse la baie d'Audierne, saluée par le phare d'Eckmühl. Comme cela sent bon la maison ! Combien de fois ai-je contourné cette pointe de Penmarc'h ? Je me souviens aussi de cette nuit où je fus récupérée par un canot de la Société Nationale de Sauvetage en Mer, après avoir traversé le golfe de Gascogne sous gréement de fortune. C'était en 1991, dans la deuxième étape de la Trans-Gascogne, j'avais démâté peu après le départ de La Corogne et avais préféré rejoindre mon port d'attache, Sainte-Marine, plutôt que de tenter une réparation dans le port espagnol. La tempête de suroît avait poussé mon mini-transat à plus de 10 nœuds malgré son gréement raccourci et informe. Ne parvenant pas à remonter contre un vent qui avait refusé, il me devenait impossible de passer Penmarc'h et le courant m'entraînait dans le Raz de Sein. Jugeant irréversible l'intervention extérieure, j'avais rapidement appelé la S.N.S.M. de Saint-Guénolé afin d'éviter des recherches trop longues dans la nuit. J'avais admiré la rapidité d'intervention, l'efficacité et la gentillesse des sauveteurs. Je leur en demeure toujours reconnaissante.

Par curiosité, je teste la bande FM et capte avec plaisir plusieurs radios françaises. Je retrouve mon pays, ma terre et sa vie. Aux informations, j'apprends que la goélette *Antarctica* est à vendre ; je repense à ces rêves de projets que je nourrissais dans le Sud. J'y vois presqu'un signe... Je cale la radio dans le cockpit, sur la fréquence d'Europe 2 et m'offre un dernier swing sous les étoiles. Puis j'éteins le transistor : je ne veux pas que la terre me rattrape trop vite...

C'est en passant au large des Glenan que je salue les îles où naquit ma passion de la voile. Celui qui l'a générée s'appelle Thierry, j'avais 17 ans lorsque je l'ai rencontré...

... Ce mois de juillet 1980, je suis en train de passer l'aspirateur en écoutant la radio dans le salon de mes parents à Suresnes, lorsque j'entends, comme tous les jours, la météo marine (alors sur FIP) suivie des annonces de la Bourse des équipiers. J'ai, depuis peu, mon bac C en poche, et je viens de m'inscrire en mathématiques de la décision à l'université de Dauphine à Paris. Je ressens un réel besoin d'évasion avant d'inaugurer une nouvelle page de ma vie. A vrai dire, je ne sais pas trop ce qui m'attend à la rentrée, et j'ai choisi Dauphine, à défaut de savoir préciser les études que j'ai envie de suivre. Il y a quelques mois, mes professeurs de mathématiques et de physique m'avaient annoncé qu'elles ne donnaient pas d'avis favorable à mon entrée en Math Sup, alors que je comptais m'y diriger comme le restant des élèves de la classe, j'imaginais vouloir devenir ingénieur :

– Je suis désolée, m'avait avoué le professeur de

physique, mais nous pensons que ce n'est pas une voie pour vous. Non pas que vous n'en soyez pas capable, mais la prépa réclame beaucoup de travail et de la rigueur et nous pensons que vous aurez du mal à suivre.

– Bon, acceptai-je un peu vexée, où pensez-vous que je puisse m'inscrire, en fac ?

– Le problème de la fac, pour vous, est qu'il y a moins d'encadrement et que vous ne travaillerez pas.

– Oui, mais alors, que me conseillez-vous ? demandai-je franchement perdue.

– Je ne sais pas, avait-elle répondu, un peu gênée, moi je vous vois dans un métier artistique...

S'il est vrai que ma mention au bac ne reflétait pas un parcours moyen – effectué, il est vrai, dans une classe d'un niveau exceptionnel –, j'étais loin d'imaginer un tel itinéraire : je ne développais aucun talent particulier, chantais un peu, à la chorale, jouais de la flûte traversière sans grand brio. J'étais moyenne partout, car je m'intéressais à tout en général, mais à rien de précis en particulier, de peur de passer à côté du reste. J'évoquais parfois une attirance pour le journalisme, développée par ma curiosité, mon goût pour l'écriture, le voyage, les rencontres... Mais, plus ou moins consciemment, je m'étais programmée pour devenir ingénieur... comme papa, sans doute. J'étais donc allée m'inscrire à Dauphine, en mathématiques de la décision, ce qui avait fait sourire mes proches qui épinglaient volontiers mon caractère indécis...

Ecoutant donc à la radio l'animatrice énoncer quelques exemples de propositions d'embarquement pour des destinations proches ou lointaines, l'idée me vient d'y répondre. Je possède alors une expérience très succincte de la voile, bien que cet univers m'attire déjà beaucoup : des navigations l'été à Roscoff avec les parents sur de petits voiliers, un stage de dériveur à l'Aberwrac'h à l'âge de 13 ou 14 ans, mais je n'ai jamais passé une nuit en mer, et ne connais que des rudiments de navigation. J'aimais alors la mer sans le savoir. Je gardais au fond de moi cette image d'un voilier de croisière sur lequel mon frère avait embarqué comme équipier et qui avait fait escale dans le port de Roscoff. Cette idée que l'on puisse voyager et vivre sur un bateau m'avait fait rêver.

Je décide donc de contacter la Bourse des équipiers, alors installée quai Branly à Paris. Dans la case “destination désirée”, je réponds “toutes”, et pour “période”, je précise “indéfinie”, pour me donner le plus de chances possibles. Je consulte les propositions d'embarquement déjà inscrites avec inquiétude car la plupart font état de participation aux frais, ce que je suis incapable d'assurer.

Assez vite, les appels affluent, mais aucun ne me satisfait : quand ils n'exigent pas le partage des dépenses quotidiennes du bord (nourriture, gasoil et frais de port), les propriétaires ne me paraissent pas toujours honnêtes ; je finis souvent par comprendre que nous ne serons que deux à bord ; j'en rencontre même deux ou trois qui ne me laissent aucun doute sur le sujet et reçois une lettre d'un monsieur qui me demande de lui envoyer, au préalable, une photo en maillot.

Un peu dépitée, j'abandonne la piste de la Bourse des équipiers, d'autant que mon frère Jean-Frédéric nous propose une croisière familiale sur un caïque en Turquie, où il vit alors...

De ce voyage j'ai gardé le souvenir d'un enchantement et les images d'un jardin de Paradis : à notre arrivée, Istanbul et les splendeurs byzantines, puis la route jusqu'à Bodrum en camping-car au son de Bob Marley que l'on découvrait alors en Europe, l'embarquement sur le caïque, les mouillages dans des criques désertes où l'on trouvait parfois un puits sur la plage ou un sarcophage à moitié immergé, ou encore un petit théâtre antique dans une crique inaccessible par la terre, le bain sur l'île de Cléopâtre dont le sable aux grains multicolores est censé provenir des rives du Nil, la danse que Füsun, l'amie turque de Jean-Fred, improvisa sur le pont du bateau au son de ma flûte...

La visite d'Ephèse – qui abrite le temple d'Artémis, l'une des Sept Merveilles du Monde, une bibliothèque et un théâtre grandioses, et serait le lieu où mourut la Vierge – me donna l'envie de devenir archéologue sous-marin. Des années plus tard, alors que je cherchais un nom pour la société que je venais de créer, me vint l'idée de la baptiser *Ephèse*...

A mon retour de Turquie, je continue de recevoir des propositions d'embarquement sans intérêt et décide alors de retirer mon annonce. Le jour même, le 14 août, je reçois l'appel d'un monsieur – bonne voix, courtois – qui m'explique que son bateau se trouve à Bénodet et qu'il souhaite le ramener au Havre, en croisière. Les escales seront nombreuses et me donneront la possibilité de débarquer si nous ne nous entendons pas. Il ne me demande aucune participation financière (c'est pratiquement le seul), nous serons quatre à bord, il part demain, par le train de nuit, je dois me décider rapidement. Je demande si l'on peut se rencontrer avant. Nous fixons un rendez-vous dans un café des Champs-Elysées pour le lendemain matin, le 15 août. C'est le jour de son anniversaire, il a 38 ans.

L'homme a l'air aimable, honnête, pas d'embrouille apparente, il me dévoile une photo du bateau, *Infini II*, qui me plaît tout de suite. J'accepte l'embarquement et le soir même je prends le train dans lequel je le côtoie à peine.

Au matin, nous débarquons à Bénodet, achetons quelques victuailles et larguons rapidement les amarres, cap sur les Glenan. La mer est belle, le vent portant, *Infini II* est un Comète 910 anciennement gréé pour le lac, donc plus toilé que la version prévue pour la mer. Nous envoyons le spi – une première pour moi – et le bateau file vite, réalisant une pointe à 12 nœuds. Je suis subjuguée. C'est le grand flash, et cela ne fait que commencer. Première escale : mouillage aux Glenan, baignade dans un lagon de l'archipel, dîner de fruits de mer dans un bistrot du port. Nous flânons toute la journée dans l'archipel, puis nous repartons en pleine nuit, avec la marée, ma première nuit en mer, magique. Par la suite, Thierry privilégie les mouillages sauvages aux escales dans les ports. Il ne suit pas un itinéraire prévu d'avance, mais se laisse plutôt guider par ses envies. Je redécouvre cette Bretagne de mon enfance comme si je la voyais pour la première fois, comme s'il s'agissait d'un autre pays. Je découvre la voile au travers du plaisir de la croisière, du voyage et de la découverte, du coup à boire dans le bistrot local quand nous touchons terre. Le temps s'arrête, je navigue dans une réalité plus belle que tous mes rêves de voyage.

Architecte, Thierry a acheté ce bateau récemment. Il avait un peu navigué auparavant, et avait notamment embarqué aux Antilles, sur *Biotherm*, avec Florence Arthaud. Il avait été fasciné par le sens marin de la navigatrice et par sa force pour tourner les manivelles, là où ses équipiers mâles peinaient. La balade caraïbe avait cependant été écourtée : alors que les passagers s'attendaient à une croisière d'agrément avec un minimum de confort et des escales réjouissantes, Florence se contentait d'une carotte trempée dans de la moutarde à son petit déjeuner et de boîtes de conserve et elle voulait toujours reprendre le large avant même que ses équipiers aient pu goûter aux douceurs des îles. Etait-ce de cette expérience qu'il tenait son sens marin ou de son goût pour la navigation ? Toujours est-il qu'il l'offrait volontiers en partage.

Dans le même temps, Thierry avait une réelle curiosité pour ses équipiers. M'interrogeant sur mon itinéraire et mes choix futurs, il ne me laissait jamais tranquille avec mes réponses évasives, il voulait toujours savoir pourquoi, comprendre quelle était ma démarche de vie. Il répétait souvent que peu de gens vivent, beaucoup se contentant d'exister ; et qu'il n'y avait pas de problèmes, que des solutions... Ses interrogatoires pouvaient paraître agressifs, mais ils marquaient un intérêt qu'aucun homme n'avait témoigné à mon égard jusque-là, et j'aimais qu'il me pousse dans mes retranchements. Nos conversations d'alors et celles que nous eûmes dans les mois qui suivirent m'ouvrirent des perspectives nouvelles, donnèrent un éclairage différent aux possibles chemins, m'aidant à analyser ces intuitions que je ressentais. Peut-être commençais-je à croire qu'il était possible de choisir ma voie, de tracer mon propre chemin, à mon image, un itinéraire différent de celui vers lequel l'éducation, la société, les hommes m'avaient poussée jusqu'alors inconsciemment. Je découvrais que la vie n'était pas linéaire, mais comportait plusieurs routes possibles, que la vie n'était pas une, mais une succession d'histoires, que j'avais le droit de me tromper, que je pouvais toujours faire demi-tour, bifurquer, choisir. « Le plus dur est de choisir, me répétait Thierry, et surtout de choisir de dire non. » Ou encore : « Choisir, c'est renoncer. » Je commençais à comprendre ce dont je fus rapidement convaincue : j'avais le pouvoir de créer ma vie, j'en étais l'artiste, c'est là que ma créativité pouvait s'exprimer.

Ce que j'appris alors est magnifiquement illustré par une scène du film *Le Cercle des poètes disparus*, dans laquelle le professeur, incarné par Robin Williams, incite ses élèves à monter sur leurs tables afin de leur faire comprendre qu'il peut exister un point de vue différent sur la vie. Plus récemment, je fus conquise par cette autre scène, de *Forrest Gump* cette fois-ci, où le jeune Forrest, handicapé par la prothèse censée soigner une déformation de sa jambe, commence à accélérer son pas. « Cours, Forrest ! Cours ! » lui crie son amie. Et il se met à courir, à courir, et courant, la prothèse se disloque et explose, le libérant. Une image terriblement émouvante qui exprime la conviction que je ressens : l'éducation, la société, l'habitude, les autres, nous-mêmes... tout concourt à fabriquer une carapace supposée être la nôtre. Plus elle s'épaissit et moins l'on perçoit que l'on peut la briser, et l'on évolue dans la vie comme Forrest avec sa prothèse. Si l'on n'a pas la chance d'entendre la petite voix criant que l'on peut s'en séparer, si l'on ne choisit pas de dire non à la situation acquise, on laisse la carapace grandir, comme un escargot sa coquille.

Dans les mois qui ont suivi cette croisière en Bretagne, j'ai rapidement abandonné mes études de mathématiques. J'ai alors réuni tout ce que j'aimais dans la vie et j'ai décidé de poursuivre des études de journalisme : elles étaient courtes (deux ans), ce métier m'ouvrirait un peu plus sur le monde ; j'avais déjà l'intuition qu'il me fallait du temps pour aller en mer, où se trouvait sans doute mon avenir.

Je dois à mes parents et à quelques enseignants de m'avoir ouverte aux beautés du monde et de m'avoir incitée à m'intéresser aux autres, de ne pas avoir entravé mes choix tout en me mettant en garde contre les risques encourus, de ne pas avoir marqué de différence entre les garçons et les filles dans notre éducation. Je leur dois aussi ma passion de la mer.

Je dois à Thierry l'amorce d'un autre regard sur moi et sur ma vie, et ma passion de la voile.

Cette nuit, je pense à eux et je pense à lui, qui n'a peut-être pas su observer pour son compte les leçons qu'il m'a données autrefois... Je leur dis merci et je lui dis merci.

Dimanche 23 mars

C'est peut-être ma dernière nuit en mer. Je le regrette presque. Le coucher de soleil a été flamboyant, la lune est ronde et étale sa longue coulée scintillante sur l'eau, la mer et la nuit sont d'une douceur infinie, les dauphins ont rejoint mon étrave, qui pointe pour la première fois en direction des Sables d'Olonne. Le vent est redevenu favorable et soutient mon spi... Dieu, que je suis bien ! Une immense sérénité m'envahit. La mer me ravit comme au premier jour. Ces instants magiques compensent ces derniers jours douloureux. Ils me rappellent tous ceux qui m'ont fait vibrer sur ce tour. J'avale goulûment ce bonheur, seule, avec mon univers à moi, bien à moi. Je retiens le temps.

J'ignore ce que sera demain et ne veux pas le savoir. L'arrivée continue d'être une abstraction.

Le jour se lève, toujours paisible. Vers 10 heures, je joins Anne : toute l'équipe a décidé un vol en hélicoptère pour se rendre à ma rencontre. Anne m'informe que Pete n'est plus qu'à une trentaine de milles devant : je lui ai repris près de 100 milles pendant que *Aqua Quorum* restait encalminé. Le vent semble se maintenir pour moi et je me prends à rêver de rattraper Pete, de parvenir enfin à le joindre par VHF, afin que nous puissions nous parler avant l'arrivée. Nous avons tant de choses à échanger !

Soudain j'entends un appel à la radio restée en veille :

« *Whirlpool - Europe 2,* me reçois-tu ? » C'est le pilote de l'hélico. Je lui précise ma position... Il m'a repérée sur son radar... « Nous serons sur zone dans 17 minutes. »

Est-ce possible ? Je n'ai pas vu d'être humain depuis

140 jours, tout juste aperçu deux silhouettes lors de mon passage aux Canaries, dans la descente, quand j'avais largué ma première cassette vidéo. Là, ce ne sont pas que des hommes que je vais voir, c'est ma bande, mes amis, ceux qui m'ont accompagnée sur ce tour, ceux qui m'ont soutenue aux heures de doute et d'angoisse, ceux qui ont toujours trouvé les mots pour me réconforter. Ils m'ont vue m'éloigner le 3 novembre dernier et vont me cueillir au large dans quelques instants. Entre les deux, je n'ai pas posé le pied à terre.

« Catherine, de l'hélico, ça y est, nous te voyons ! Nous sommes là dans trois minutes... »

Je scrute l'horizon vers l'est, à la recherche d'une mouche. Je ne les vois toujours pas... Si ! Il est là ! Oh ! ce trouble ! Ce bonheur ! Les voici tout proches ! Ils me survolent. J'aperçois Anne au travers de la porte vitrée, Frédo, Anne (Raoult) et Renaud. Je ne les distingue pas bien, mais je sais qu'ils sont là tous les quatre, sans doute aussi émus que moi. J'en ai les larmes aux yeux. Je viens de vivre la plus incroyable aventure de solitude de ma vie, mais aussi la plus belle histoire d'amitié. Je souris à l'idée de ces anges gardiens au-dessus de ma tête, avec leur rotor pour ailes. Ces retrouvailles pour nous, rien que pour nous, sont un immense cadeau. Nous échangeons quelques mots à la radio, mais je n'arrive qu'à dire : « C'est incroyable ! Je suis tellement émue de vous voir ! »

Ils repartent. Quand le bruit de l'hélico s'est éteint, je me demande un instant si je n'ai pas rêvé. Puis arrive un bateau de pêche de l'île d'Yeu. Cette fois-ci, je distingue plus nettement les silhouettes humaines qui me saluent. C'est tellement étrange de voir ces visages !

L'île d'Yeu est en vue. Je sais seulement maintenant que j'atterrirai ce soir, qu'à moins d'une grosse mistoufle, je franchirai la ligne tout à l'heure. J'ai été survolée par deux avions. Un journaliste ami m'indique que Pete est devant. Je tente encore de le joindre. Sans réponse. Je goûte le temps qui court, jusqu'au bout.

Passée Yeu, nouvel appel à la VHF : « Catherine, de Bernard VDB, me reçois-tu ? » Puis : « Catherine, de Jean-Frédéric, me reçois-tu ? » Je me précipite sur le combiné : « Bernard, Fred, je vous reçois ! Qu'il est bon de vous entendre ! » Ils sont là, mes amis, mon frère, mes neveux, à bord d'un voilier qui va venir à ma rencontre.

Je reste concentrée aux manœuvres. Il va bientôt falloir empanner. Puis arrivent les premières vedettes. J'espère reconnaître des visages, mais je ne connais pas ces gens qui me saluent, je replonge dans ma manœuvre. Profiter de ma solitude jusqu'au bout. Il en vient désormais de toutes parts. J'aperçois sur une vedette, Alain Gautier, Isabelle, Thierry, Didier, Bertrand, Hervé, Raphaël, Eric… et des copains journalistes. Ils sont venus ! S'ils savaient comme je suis heureuse de les voir, mes compagnons de route qui sont les seuls à pouvoir comprendre ce que je suis en train de vivre là ! S'ils savaient comme leur présence me touche ! Je voudrais leur crier « Merci d'être venus ! », mais je dois rester attentive à cette manœuvre toujours délicate de l'empannage.

Le voilier de Bernard est désormais à mes côtés. Je salue mon frère, mes amis et mes neveux. Je suis heureuse qu'ils m'accompagnent aussi, Raphaël et Matthieu, qui ont suivi mon tour avec leur instituteur.

Une autre vedette s'approche. Les passagers vêtus de blousons rouges m'adressent de grands signes.... Papa ! Maman ! Dominique ! Anne !... Je m'emplis de ces visages, de ces regards embués que je devine derrière leurs lunettes de soleil. Et puis là, sous le vent, Jean-Luc, qui me salue : « Je l'ai aimé, ton bateau, mon VDH ! Il m'a donné bien du plaisir ! » Je l'imagine ému, lui aussi, de voir revenir son joli bateau rouge, fier peut-être de savoir qu'il vient d'accomplir son troisième tour du monde, toujours aussi vaillant. Plus que les autres, il doit inspecter du regard le pont, les voiles, à la recherche des cicatrices de cette dernière campagne. Jeantot est là aussi, à bord de l'un de ses gros catamarans de croisière.

Au loin, se dessinent le phare des Grandes Barges, et les façades du front de mer des Sables d'Olonne. Dans ma tête, je ne suis toujours pas arrivée. Je suis encore en mer. Je n'ai plus d'urgence. Pete a coupé la ligne il y a peu : « Well done my friend ! Tu avais raison : il y avait bien un élastique entre nos deux bateaux. Je l'ai ramassé quand tu as franchi la ligne ; je te l'offrirai tout à l'heure, pour nos retrouvailles ! »

... Soudain, je l'aperçois derrière un rideau de bateaux. Noire et jaune, ses deux cônes pointés vers le bas. J'écarte les jumelles afin que mon regard embrasse mieux le plan d'eau autour du Nouch Sud (le Nouc, disent les Sablais). Mes yeux tentent de prolonger cette ligne fictive à la recherche du bateau-comité. Je réajuste les jumelles : je ne vois rien. Peu importe, il suffit que je passe à côté de la bouée en la laissant sur ma gauche et la ligne d'arrivée du Vendée Globe 96-97 sera définitivement franchie.

Mouvement de panique dans ma tête : « Ce n'est pas possible, dans quelques secondes ce sera terminé. » Cet instant tant attendu et pourtant si abstrait, arrive là, précipitamment. Trop vite. Un comble ! Je voudrais retenir le temps. Dans quelques secondes, Lionel va monter à bord, je vais serrer un être humain dans mes bras, pour la première fois depuis 140 jours ! J'en ai tellement envie ! Je suis heureuse que ce soit lui.

Pourtant là, tout de suite, je ne voudrais plus que ça s'arrête. Debout dans le cockpit, la main droite sur la barre franche, l'autre contre le front, me demandant si cette ligne est bien réelle, je me retourne vers le large comme pour m'y accrocher, je voudrais que l'océan me retienne. Le soleil est éblouissant. La mer, calme au large, s'est creusée dans le sillage des vedettes et des voiliers qui escortent mon bateau depuis une bonne heure. La lumière est divine. Je tends la main vers l'horizon au-delà des embarcations en ombres chinoises : « Tchao ma p'tite mer ! A bientôt ! » Dans ma voix, il y a de l'interrogation, de la certitude, de l'envie, de l'amour aussi. Je me retourne pour contrôler le cap du bateau, la bouée, puis regarde à nouveau vers le large. Sur la vedette, les marins du Vendée Globe sont là qui accompagnent mes derniers pas. Cette ligne, ils l'ont coupée il y a déjà plusieurs semaines pour certains, en vainqueur il y a quatre ans pour Alain. Ou ils ne l'ont pas coupée, stoppés dans leur élan dès le golfe de Gascogne, ou plus loin dans l'océan Indien. C'est bon de les voir là, comme c'est bon de voir ma famille. Je respire un grand coup, souffle à fond, redresse les épaules et parle toute seule encore, loin du regard des terriens : « Ma fille, tu l'as bouclé ton tour du monde ! » Dieu que cet instant est bon et dur et intense ! L'instant de l'aboutissement, de l'accomplissement. Ce dimanche 23 mars 1997, à 17 heures 40, je tourne une grande page dans ma vie. Le Nouch est à une longueur. Je lève le bras, pour me préparer à l'instant où je vais toucher au but... Ne plus regarder derrière... « Top ! » : l'étrave de *Whirlpool - Europe 2* coupe la ligne, je baisse le bras. C'est ter-mi-né !

EPILOGUE

LE RETOUR

Vivre l'instant présent. Laisser pénétrer ce bonheur par tous les pores de ma peau. Un pneumatique s'est approché du bateau. Lionel monte à bord. Oh ! ces retrouvailles ! Le serrer dans mes bras ! Fort ! Il prononce des mots qui sont beaux et bons venant d'un ami, d'un marin : « Je suis fier de toi, très fier ! » Et puis la grand-voile que j'affale pour la dernière fois, la lente progression vers le chenal, tous ces bateaux autour de moi, tous ces gens que je ne connais pas. Anne m'a pourtant prévenue, mais je n'en reviens pas ! Combien sont-ils sur les jetées, aux balcons, sur toutes ces embarcations ? « Cent mille ! », m'affirme-t-on. Qu'ils sont beaux ! Passant devant la jetée nord, j'aperçois celle que j'étais il y a quatre ans, à l'arrivée d'Alain, émue de son retour parmi les hommes, de son bonheur et de la sérénité qu'il dégageait si fort. « C'est toi qui rentres aujourd'hui, ma grande ! Tu l'as fait ! » Et je les salue tous, et je leur crie ma joie, de ce même cri de reconnaissance que je réservais à Bernard, et après lui à tous les albatros et aux dauphins : « Yahou ! Yahou ! » Depuis les quais de la Chaume, me parvient une musique que j'aime : celle du film *1492* relatant la vie de Christophe Colomb. La musique m'emplit, rythme le mouvement de mes bras qui saluent. Sur une vedette, j'aperçois Maman et Dominique qui battent la mesure en cadence avec moi. Symbiose, communion totales. Plus fort que n'importe quel mot, cet accord parfait, ce même bonheur de l'accomplissement partagé. La musique les transporte comme moi. Je sens nos gênes qui s'émeuvent ensemble.

Le ponton approche, les visages se rapprochent. Je les scrute un par un, cherchant à les reconnaître : Christophe est là, je ne l'avais pas encore aperçu, notre grand vainqueur ! Sur le ponton bondé, c'est le silence. Quelle harmonie ! Qu'ils sont beaux, tous ! Je voudrais les cueillir, lentement, les uns après les autres, leur dire que je les aime, que je suis heureuse, que c'était beau, qu'ils sont magnifiques ! L'instant est doux, grand, serein, présent. Lentement, je les retrouve, les serre dans mes bras : ma famille, ma bande, mes partenaires, tous ces amis que je n'ai pas vus depuis bien longtemps pour certains. Je voudrais tous les tenir contre moi, comme ces 140 tulipes que vient de m'offrir Christian Brabant, pour mes 140 jours de mer et de solitude. J'aime leurs regards émus, heureux, presque des regards d'enfants dans leurs yeux d'adultes. Celui de mes parents, fier, mais derrière lequel s'estompe la souffrance sans doute accumulée aux heures d'angoisse lorsque je me trouvais dans le Sud. Celui que j'échange avec Isabelle, dans lequel nous nous disons tout le bonheur et toutes les souffrances que nous avons partagés, seules. Il pourrait ne pas y avoir de mots, nos yeux expriment tout, rattrapent le retard depuis que nous avons cessé de communiquer. J'aime le regard d'Isabelle, qu'elle est belle pleine de ce long voyage ! « T'es belle comme tout ! – Toi aussi t'es belle ! »

Pete me rejoint. « Come on boy ! » Nos yeux débordent de ces paroles que nous n'avons pu échanger, du bonheur de nous retrouver et de sceller par le geste une amitié fécondée par notre tour du monde, bord à bord. Je sors l'élastique de ma poche pour le lui offrir : un peu d'humour, pour habiller l'émotion.

Je n'ai toujours pas posé pied à terre, mais je ne ressens pas d'urgence. Je réponds aux micros tendus, selon les instructions d'Anne et Frédo qui me guident. Mes anges gardiens m'ont pris la main, je m'en remets à eux, me laisse glisser sur la vague, ne pas réfléchir, glisser, glisser... J'enjambe la filière, deux heures après avoir apponté, pour la première fois depuis 140 jours. Je suis étonnée, le ponton ne tangue pas. Arrive le sol bien ferme, mais toujours pas de mal de terre. Anne et Frédo et Renaud sont là à mes côtés. Je ne comprends pas cette liesse, mais m'en réjouis. Je ne sais pas à quel point la course a été suivie. Je voudrais leur dire à tous : « D'accord, j'ai bouclé mon tour du monde, mais j'aurais pu mieux faire. » C'est ce que j'avoue à la conférence de presse car il est vrai que je suis déçue de ma performance sportive, j'aurais pu aller plus vite, pousser plus loin ma machine. La compétitrice en moi n'est pas satisfaite. Mais je ne peux m'expliquer, je suis huée. Après tout, cette déception, c'est mon histoire ! Ils n'ont pas tort, les comptes, je les réglerai avec moi-même, plus tard.

Nous quittons le port. Anne et Renaud m'emmènent à l'hôtel. Sur le chemin, Anne évoque un cadeau que Renaud veut m'offrir. Nous longeons le remblai. Il fait nuit. Anne gare la voiture. Tous les deux me prennent la main, nous descendons sur la plage. Devant moi, une arche immense émerge du sable, comme une porte. Au travers se déroule l'écume blanche des vagues. C'est magique. Renaud me parle de ce tour que je viens d'accomplir et de cette *Porte Océane* que je viens d'ouvrir. C'est lui qui l'a conçue, lui l'artiste qui partage ma sensibilité et qui savait que cette sculpture me toucherait. Il ne pouvait me faire un plus beau présent.

La soirée se poursuit, par un bain d'abord, à l'hôtel Mercure où je retrouve la maquette de *Bagages Superior* qui m'avait tant fait rêver trois ans plus tôt. Je jouis de l'eau douce et chaude sur mon corps. Pour la première fois depuis longtemps, je me vois nue dans la glace, et je remarque la silhouette que ce voyage a redessinée. Ma morphologie a changé, et ce ne sont pas uniquement les kilos perdus qui en sont la cause. Je ne sais précisément, mais mon corps n'est plus le même. Ma poignée d'amour tribord garde encore la trace des coups que lui a assénés le mât lors de mes dernières ascensions, et mes jambes sont couvertes de bleus. Mes cheveux ont poussé, mes yeux éclairci. Je suis à l'aise dans ce nouveau corps, je sais qu'il se chargera de nouveau des lourdeurs terrestres, mais je n'en ai cure.

Puis vient le dîner. D'autres têtes amies apparaissent. Je voudrais pouvoir être avec chacun car tous me sont proches, j'aimerais qu'ils me parlent d'eux, de leur hiver, de leurs rêves, de leurs amours, de leur vie. Mais ils sont si nombreux. Ce sera pour plus tard, je prendrai le temps.

A la fin du repas, Whirlpool me révèle la surprise évoquée par Christian Brabant, le P.D.G., le jour de Noël. Jean-Louis Raynaud me tend deux photos : la première représente ma cuisine telle que je l'ai laissée en partant, avec ses vieux appareils ménagers ; puis il découvre la seconde, d'abord cachée : c'est toujours ma cuisine mais totalement équipée... en Whirlpool ! Je suis époustouflée ! Pourquoi mériterais-je un aussi beau cadeau ? Autre surprise : un dessin de Chenez publié dans *L'Equipe* à l'heure où je n'avais plus de radio et tirais des bords non loin de Pete... On ne pouvait pas mieux illustrer ce que nous avons vécu...

La soirée se poursuit fort tard. Après l'agitation de la boîte de nuit, les pots bus avec mes compagnons du Globe en échangeant nos expériences respectives, nous nous retrouvons, Anne, Frédo et moi dans ma chambre d'hôtel et commençons à démêler l'écheveau de ce grand voyage. Je découvre enfin quel fut "leur" Vendée Globe : l'information qu'il a fallu gérer sans cesse pour ne pas inquiéter ma famille, mes amis, mes partenaires ; notamment lorsque ma position reculait dans la tempête avant le cap Horn, ce que Anne a d'abord tu aux miens ; le point d'honneur qu'ils s'étaient mis à ne pas m'influencer à l'heure des polémiques dans le Sud, à me préserver de tout ce qui pouvait miner mon moral. Je les questionne et les interroge encore :

– Mais comment avez-vous eu l'idée de continuer à me parler sans savoir si je vous entendais quand je n'avais plus de radio ?

– Nous ne pouvions pas t'abandonner. S'il y avait une chance que tu nous écoutes, nous n'avions pas le droit de la laisser passer.

Par la suite, j'apprendrai que Anne n'a pas éteint son portable une seule fois pendant mon tour du monde, qu'elle a passé le réveillon du jour de l'An chez elle, sans fête, au cas où il m'arriverait quelque chose ; elle et Frédo se relayaient pour assurer la permanence technique, le contact avec l'équipe et les fournisseurs. Anne se sentait responsable, d'une certaine façon ce tour du monde était aussi le sien. Je mesure tout ce que je leur dois, la chance de les avoir eus avec moi pendant 140 jours. Cet accomplissement n'est pas uniquement le mien, c'est aussi le leur, celui d'une équipe qui a donné ce qu'elle avait de meilleur, sans compter, avec un seul moteur : l'amitié.

Dans les jours qui ont suivi l'arrivée, ils ont continué à me tenir la main, m'offrant un atterrissage en douceur, me préservant des agressions passagères, des pollutions mentales et d'un abandon dans le spleen. Peu à peu, ils m'ont laissée voler de mes propres ailes, quand ils ont été sûrs que je ne risquais plus rien. Avec Anne, Frédo et toute l'équipe, j'ai appris l'inépuisable créativité de l'amitié, l'énergie qui s'en dégage, constructive et clairvoyante à la fois. Témoins ces quelques lignes rédigées avec pudeur par Anne quelque temps après nos retrouvailles :

« Il y a des mots que l'on ne peut, que l'on ne pourra jamais dire ou écrire. Il y a des pensées et des sentiments qui ne se partagent qu'à deux, à peine plus… Il y a eu des joies, des frayeurs, des bonheurs, des peines et des larmes de plaisir, et l'angoisse de perdre à jamais un être cher… De tout cela, rien ne peut être effacé…

Je ne sais par quelle magie l'équilibre de mon corps et de mon âme n'a pas explosé. De la magie, il y en a eu pourtant dans cette histoire inoubliable, unique, gravée à jamais dans la mémoire de mon cœur. Merci Catherine du merveilleux cadeau que tu nous as donné, de l'intensité du moment, si long fût-il, de la confiance absolue que tu m'as accordée, de l'amitié profondément partagée, de la communion particulière de nos esprits qui seront à jamais liés, je l'espère.

Que l'avenir te réserve les plus belles joies et bonheurs, mais qu'il te préserve des autres qui voudront faire de toi ce que tu n'es pas. Continue à être ce que tu es pour ceux qui t'aiment et je crois que, si je te vois changer, je me permettrai alors d'être ton miroir pour te dire que, peut-être, tu fais fausse route... Mais j'ai confiance. J'espère que nous construirons d'autres belles histoires, dont l'amitié sera l'axe majeur... La vie est courte, mais unique et belle...

A comme Albatros... »

Au fil des jours, j'ai découvert les cicatrices profondes taillées dans mon âme et dans ma chair par la violence des émotions vécues "là-bas". Longtemps l'évocation de mon passage du cap Horn, autant que des drames qui ont assombri l'aventure, m'a bouleversée à m'en faire pleurer. J'avais peur aussi que la terre ne comprenne pas. J'ai été d'autant plus touchée par le message de Georges Pernoud :

« J'ai lu cent fois ce poème... Cent fois et plus... Le temps de nourrir une absence : c'est le plus beau que j'ai trouvé en pensant à Dominique Guillet en 1973*. Le temps passe, mais la mer ne change pas... :

* Dominique Guillet a disparu au cours de la Whitbread 1973.

"Ils ont choisi la mer, ils ne reviendront plus,
Et puis, s'ils nous reviennent,
les reconnaîtrez-vous ?

La mer les a masqués, avant de nous les rendre.
On ne sait s'ils sourient
ou s'ils pleurent sous leur hâle.

Et ils n'ont plus leur âme, elle est restée en mer.
Que la mer est ardente, empressée au butin !

Ils ne reviendront plus, ils ont choisi la mer.
Et puis, s'ils revenaient, seraient-ils revenus ?"

La Chanson des marins hâlés, Paul Fort »

J'ai retrouvé les hommes peu à peu. A force de les entendre dire « Merci de nous avoir fait rêver ! », longtemps après la liesse du 23 mars, j'ai pris la mesure de ce qu'ils avaient éprouvé au travers de notre aventure. Je suis ainsi retournée voir un grand-oncle, Louis, pour ses 90 ans. Pendant mon tour, c'était devenu une évidence : je devais le revoir à mon retour. Louis a suivi mon parcours, tous les jours, emplissant de grands classeurs des coupures de presse relatant notre aventure qui lui a rappelé les heures d'émotion de sa jeunesse, alors qu'il suivait les pionniers de l'aviation et les exploits de Mermoz.

J'ai rencontré beaucoup de ces enfants qui ont suivi mes pas, tous les jours eux aussi. A une classe venue me voir aux Sables, je demandais les mots nouveaux qu'ils avaient appris en français. Je m'attendais à ce qu'ils citent un vocabulaire technique : quille, ballast, gréement... Ils me répondirent courage, ténacité, endurance...

Je suis allée voir les classes de Suresnes qui m'ont accueillie avec des gâteaux, des dessins et la maquette de mon bateau ; celles de Sèvres, et l'école de Tursac aussi, en Dordogne. Toute l'année scolaire, ils ont travaillé uniquement sur le Vendée Globe. Le sujet était si riche qu'il a alimenté les cours de français, d'histoire, de géographie, de mathématiques, de sciences naturelles... sans que les enfants s'en lassent. Mieux encore, ils ont compris pourquoi ils apprenaient. Adolescente, je ne percevais pas toujours, non pas l'intérêt, mais l'utilité de ce que l'on nous inculquait. Avec ces "projets pédagogiques" développés dans de nombreuses écoles pendant la course, enfants et adolescents ont eu un but, une tapisserie pour tisser leurs connaissances nouvelles, et ils y ont pris du plaisir. A Tursac, les enfants ont monté un spectacle de "leur" Vendée Globe. J'étais parmi les spectateurs, muette, médusée, émue à la vision des images enregistrées à l'heure où ils me chantaient *C'est dans la cave qu'on met les rats...* A la fin du spectacle, ils m'ont appelée à leur côté et avec Annie, l'institutrice qui les a guidés en compagnie de Roger pendant ces longs mois, nous avons chanté les paroles que j'avais gueulées seule, dans mon carré, faisant écho à leur voix : « ... Pare à virer, Catherine faut déhaler ! Tu t'reposeras quand tu arriveras dans le port des Sables d'Olonne ! »

Quel bonheur que ces instants avec les enfants dont je me sens si proche, bien plus qu'avant mon départ ! Que c'est bon d'entendre Jeanne me crier à l'heure de les quitter : « Merci pour les rêves ! »

Toutes les rencontres depuis mon retour sont d'une richesse infinie. Quand j'ai le temps de ne plus parler de moi, d'arrêter de répondre aux questions, je les pose à mon tour et repars à la découverte de l'autre. Rapidement, j'élude le superflu pour en venir à l'essentiel. Au fil des échanges, je découvre les nuances nouvelles dont mon expérience a teinté mon regard. Il me semble que je m'attarde moins sur les défauts d'autrui – j'ai vécu avec les miens pendant 140 jours –, et que je vois plus l'être que le paraître. Mon envie de dire les choses trouve de l'écho et favorise des rapports de qualité. Ces instants sont courts, mais denses.

En revanche, je m'insurge plus que jamais contre l'absence de qualité dans certaines relations humaines, contre le manque de bon sens chez les hommes ou dans la société, contre l'aberration des nouvelles échelles de valeur. Je ne comprends plus la caissière revêche, la disparition des pompistes dans les stations services et la hiérarchie de l'information dans les médias. A une époque où la communication est reine, où les entreprises se dotent toutes de service qualité, je m'indigne que l'on oublie l'essentiel : la qualité de la communication et des contacts entre les hommes.

Lentement, mon aventure solitaire s'éloigne sur l'horizon de mon histoire, comme un soleil qui disparaît. Et je comprends mieux pourquoi j'aime aussi aller seule en mer : au-delà du bonheur de la navigation, de la compétition, de la solitude et du travail du temps, j'aime quitter les hommes pour mieux les retrouver.

Déjà, j'ai envie de repartir, peut-être parce que j'ai peur que la terre me rattrape tout à fait. Je ne sais pas encore sur quoi chanteront mes lendemains : un joli bateau tout neuf pour aller plus loin dans mon plaisir de la compétition ? un grand bateau pour redécouvrir le monde ? un voyage dans l'espace pour voir la Terre d'en haut, elle est si belle... ? Rêver, aimer, vivre !

Ce dont je suis sûre, aujourd'hui, c'est de vouloir partager cette expérience, inciter aux rêves et témoigner qu'il est possible de les réaliser, à condition d'entreprendre et de persévérer. Je sais que, pour moi et pour les autres, j'ai eu besoin d'écrire... un livre.

Beauregard, mardi 26 août 1997

Catherine CHABAUD
Quelques dates...

Née le 29 novembre 1962 à Bron (Rhône).

Parcours professionnel

1981-1983	Ecole de journalisme : Institut Pratique de Journalisme.
1983-1986	Collaboration à différents supports radio ou presse écrite.
1986-1987	Revue *Thalassa*.
1989-1990	Rédactrice en chef de la revue *Thalassa*. Catherine a couvert trois fois la Whitbread (course autour du monde en équipage avec escale).
1990	Construction de son voilier (un mini de 6,50 m) à Paris, à la Cité des sciences et de l'industrie de La Villette.
1989-1990 et 1993-1994	Catherine collabore à la communication du bateau *La Poste* dans la course autour du monde.
1994	Réalisation d'un CD-Rom sur la Route du Rhum avec *Thalassa*.
Depuis 1993	Consultante voile sur Europe 2.

Parcours nautique

8 traversées de l'Atlantique dont deux en solitaire.
1 tour du monde en solitaire.

1991	Mini-Transat (11e)
1992	Vainqueur du Mini-Fastnet et du National en 6,50.
	Vannes - Les Açores - Vannes en 6,50 (2e).
1993	Mondial de Match Racing (médaille de Bronze).
1994	Transat en double AG2R Lorient - Saint-Barthélémy avec Michèle Paret (14e).
	Solitaire du Figaro.
1995	Open UAP de l'Union Européenne (Tour de l'Europe).
	Solitaire du Figaro.
1996	Transat anglaise en solitaire Europe 1 Star (6e monocoque).
	Transat en équipage Québec - Saint-Malo (3e monocoque).
1996-1997	Vendée Globe (6e). Première femme à avoir réalisé un tour du monde en solitaire sans escale et sans assistance en course.

POSSIBLES RÊVES
POUR LE MÉCÉNAT CHIRURGIE CARDIAQUE

J'en appelle aux cœurs.

Il est encore bien d'autres rêves auxquels je crois. Et j'ai décidé de ne pas attendre pour réaliser le plus récent d'entre eux...

... Depuis mon retour, le hasard a conduit ma route sur celle d'une femme qui parcourt, à sa manière, un incroyable "Vendée Globe". A ceci près : le sien sauve des vies humaines et reste peu médiatisé.

Francine Leca est chirurgien du cœur. A l'hôpital Laënnec, elle "répare" les malformations de cœurs d'enfants. Devant les demandes de plus en plus nombreuses émanant de pays du monde ne possédant pas les structures ou l'argent pour pratiquer la chirurgie cardiaque, le professeur a décidé d'agir en créant sa propre association : Mécénat Chirurgie Cardiaque.

Avec l'aide de son "filleul", Patrice Roynette, qui a déjà beaucoup œuvré pour la voile, Francine Leca a construit autour d'elle une incroyable chaîne de solidarité : accompagnés par Aviation sans Frontières, les enfants arrivent en France, où ils sont reçus par des familles d'accueil avant et après l'intervention ; leur séjour à l'hôpital pour les examens et l'opération est réduit au minimum afin de limiter les frais, qui s'élèvent malgré tout à 50 000 F par enfant.

Depuis sa création en 1996, Mécénat Chirurgie Cardiaque a ainsi pu opérer 47 enfants, grâce aux acteurs bénévoles, aux ambulances Tour Eiffel, mais aussi au soutien de mécènes, comme les laboratoires Johnson & Johnson Médical. Avec d'autres marins, nous avons soutenu à notre manière le "Mécénat", au travers de notre participation à l'émission télévisée *Fort Boyard.* Une goutte d'eau qui a

permis d'opérer trois enfants.
Mais ce sont les gouttes d'eau qui font les grandes rivières et les océans sur lesquels nous vivons notre passion. J'en suis convaincue.
Il y a deux manières d'aider Francine Leca : proposer d'être famille d'accueil ou donner de l'argent. Pour les entreprises, un club de parrainage a été créé sous le label "une entreprise - un enfant".
En septembre dernier, j'ai assisté à une opération du professeur Leca. En sortant de l'hôpital Laënnec, c'est devenu une évidence : j'ai décidé d'associer le Mécénat Chirurgie Cardiaque à toutes mes actions. Pour réaliser mes rêves, je dépense beaucoup d'énergie à faire connaître mes projets et à boucler des budgets, mais cela fait partie de mon métier. Francine Leca, elle, n'a pas le temps de courir après les sous, car elle opère toute la journée, et son association a des besoins urgents. Malgré tout, elle consacre toutes ses pauses à remuer ciel et terre pour le Mécénat. Dès qu'elle pousse une porte, celle-ci s'ouvre, car lorsqu'on rencontre le professeur Leca, on a envie de la suivre.
Voilà pourquoi j'ai décidé, à ma mesure et dans mon domaine, de pousser les portes pour deux. Ce n'est pas grand-chose, mais c'est essentiel.

Si vous souhaitez aider le Mécénat Chirurgie Cardiaque enfants du monde, écrivez au Professeur Leca, Hôpital Laënnec - 42, rue de Sèvres 75007 Paris
CCP LA SOURCE 42 418 43 P

Remerciements

Ils m'ont apporté... leur compétence, leur amitié, leur sourire, leur humour, leur patience, leur énergie, leur temps, leur savoir-faire, leur logistique, leurs sous, leur image, leur notoriété, leur expertise, leur amour, leurs émotions, leur talent, leur esprit critique, leur audience... Grâce à eux, j'ai pu boucler mon tour et c'est aussi pour eux que j'ai voulu écrire :

Anne Combier, Frédéric Léonard, Anne Raoult, Renaud Gaultier, Hélène Attié, Lionel Lemonchois, Olivier Wroczynski, Christian Pollet, Patrick Jullien, Jean-Luc Van den Heede,
Jean-Yves Chauve,
Thierry Ambeza et toute l'agence Hickory,
Amaury Finaz de Villaine,
Christian Brabant, Jean-Louis Raynaud et toute l'équipe de Whirlpool France,
Jacques Lehn,
Yves Taïeb, Guy Banville, Laurent-Yves Giloux, Natalia Morizot, Julien Pascal, et toute l'équipe d'Europe 2,
Michel Cacouault, Jacques Leroy et toute l'équipe d'Europe Régie,
Yves Cuillandre et Bleu Corail,
Hubert Desjoyeaux et le chantier CDK,
Frédéric Charpail, Jean-Baptiste Levaillant et la voilerie Incidences,
Brice Berthier, François Lamiot et All Purpose,
François Callens et Jean-Baptiste Epron, les décorateurs,

Possibles rêves

Mercedes-Scadia, D'Aucy, Royco,
Laurent Derennes et les polaires Fastnet,
Jean-François et Dominique Lescuyer et les nutriments Starvital,
Maryse Jolly, Antoine Jaouen, François Becoyan,
Jean, Suzanne, Dominique, Jean-Frédéric et Gilles Chabaud et le clan Chabaud-Maurice.
Merci aussi à la société Jacques Benoît qui m'a aimablement autorisée à publier la légende hindoue figurant en préambule,
à Philippe Jeantot,
à tous ceux qui sont venus m'accueillir aux Sables d'Olonne,
à Christine Ockrent pour son amitié,
et à Isabelle Fortis pour sa patience et son amitié dans l'accouchement de ce livre.

Table des matières

Préface 9

Préambule 13

1re partie – Harmonie 17

2e partie – L'âme à nu 143

3e partie – Tenir 217

Épilogue – Le retour 265

Catherine Chabaud – Quelques dates 279

Possibles rêves
pour le mécénat Chirurgie Cardiaque 281

Remerciements 283

Impression réalisée sur CAMERON par
BRODARD ET TAUPIN
La Flèche

pour le compte des Éditions GLENAT
en décembre 1997

Imprimé en France
Dépôt légal : décembre 1997
N° d'impression : 6006T-5
ISBN : 2-7234-2513-4